リ文庫

アンサンブル

サラ・パレツキー
山本やよい訳

早川書房

7023

SARA PARETSKY'S SHORT STORY COLLECTION Vol.2
by
Sara Paretsky

Translated by
Yayoi Yamamoto
First published 2012 in Japan by
HAYAKAWA PUBLISHING, INC.
This book is published in Japan by
arrangement with
SARA AND TWO C-DOGS, INC.
c/o DOMINICK ABEL LITERARY AGENCY, INC.
through THE ENGLISH AGENCY (JAPAN) LTD.

三十周年に寄せて――日本の読者のみなさまへ

　V・I・ウォーショースキーがわたしの人生に初めて登場した十月のある日のことを、わたしはいまも覚えています。当時、わたしはシカゴにある多国籍保険会社でマーケティング・マネジャーをやっていました。わたしの上にいたのは、世界最高のボスとはいいがたい男性でした。傲慢で、能無しで、部下をいびるのが好きな人物でした。

　ある日、そのボスが会議だといってわたしのチームを彼のオフィスに呼び集めました。一人で何時間もしゃべりつづけたために、わたしも同僚もうなずきながら、「すばらしいお考えです」といわなくてはなりませんでした。

　どんよりと曇った日で、ミシガン湖の上空には分厚い雲が垂れこめていました。会社の窓から見おろす公園の木々は生気を失ったように見え、部屋の空気も木々と同じく生気を失い、陰気によどんでいました。

わたしはボスの考えに対するこちらの正直な意見を、本人にいってやればいいのにと思っていました。そして、その瞬間、V・I・ウォーショースキーがわたしの前にあらわれたのです。勇敢で、度胸があって、わたし自身は口にする勇気のない事柄をはっきりいえる女性でした。

わたしはティーンエイジャーのころから、ミステリに恋をしていました。大人向けの小説を読みはじめたとき、ミステリを選びました。ハイスクール時代、国語の授業で短篇小説を書くようにいわれたときは、たいてい、探偵小説かホラー小説を書いたものです。ティーンエイジャーのときに英国のミステリを読みはじめました——ピーター・ウィムジィ卿もの、マージェリー・アリンガム、ナイオ・マーシュ。二十代になって、シカゴで秘書をしていたとき、同僚の一人がレイモンド・チャンドラーの小説を薦めてくれました。チャンドラーの作品をすべて読んだあと、わたしはハードボイルドの世界で活躍する他の作家の作品も読むようになりました。その文体が気に入りました。アクションも気に入りました。気に入らなかったのは、女性の登場人物の描き方でした。

女性のセクシュアリティというものが、行動する能力を、もしくは、正しい倫理的判断を下す能力を左右するという描き方が、わたしには不満でした。それどころか、怒りすら覚えました。一般に、西欧のフィクションの世界では、セックスをする女性は邪悪、純潔な女性は善良とされています。純潔な女性は自分の問題を自分で解決する力がなく、男性に救ってもらわなくてはなりません。

　チャンドラーの長篇七作のうち六作において、セックスに積極的で探偵フィリップ・マーロウを誘惑しようとする女性が、最大の悪役であることが判明します。他の作家の作品では、女性はしばしば、凄惨な暴力の被害者にされます。とくに、セックスをする女性や、深夜に一人で出かける女性などが。

　ハードボイルドに登場する女性たちを見て、わたしは自分で女性探偵を創ってみたくなりました。これまでは女性の生き方が歪んだ形で描かれてきましたが、それをくつがえす探偵を。わたしのイメージする探偵は生身の人間であって、デパートのマネキン人形ではありません。セックスをしますが、それは、問題を解決する力があるかどうかとは無関係です。彼女のセクシュアリティは、彼女がモラルをわきまえた人間か、倫理的な人間かということとはなんの関係もありません。

　わたしは字が読めるようになってからずっと、あれこれ書きつづけてきましたが、物書きとしての自分の声を信頼していませんでした。自分に長篇小説が書けるとは思えませんでした。初めてレイモンド・チャンドラーを読んでから八年後、きわめてハードボイルドっぽい女性を主人公にして断片的なものをいくつか書いてみましたが、一冊の本にするのはとうてい無理でした。そのあいだに、キャロリン・ハイルブラン（筆名はアマンダ・クロス）がケイト・ファンスラーのシリーズの一作目を出版し、P・D・ジェイムズが『女には向かない職業』を出版しました。わたしはノワールの世界にも女性探偵の居場所があることを悟りはじめました。

そして、ボスのオフィスですごしたあの運命的な十月の日、わたしは「すばらしいお考えです」と唇を動かすあいだに、頭のなかでわが探偵を創りだしたのです。彼女はフィリップ・マーロウよりタフになろうとはしませんでした。かわりに、わたしや友人たちに似ていました。わたしたちが育った時代には女性には不向きとされていた職業に就いていました。わたしたちが企業幹部や専門職のパイオニアとして直面したのと同じ難題に、彼女も直面していましたが、わたしのボスのような男性に迎合することはぜったいにありません。

わたしの世代の少女たちは〝家庭の天使〟となるよう育てられたものですが、わが探偵はちがいます。自分が人にどう思われようと気にしませんし、クビになることを恐れてもいません。

ボスのオフィスを出たとき、わたしはすでに彼女に名前をつけていました。V・I・ウォーショースキー。この名前を選んだのは、シカゴの市民が自分たちのアイデンティティを考えるときの複雑な思いを多少なりとも反映したかったからです。ウォーショースキーという名字は、彼女の一族がポーランドの出身であることを示していますが、イタリア人の母親ガブリエラはイタリアの祖先のなかで大切だった人々にちなんで、彼女に〝ヴィクトリア・イフィゲネイア〟という名前をつけました。

あの陰気な十月の日にV・Iと出会い、長篇小説として出版するまでの道のりは、平坦なものではありませんでした。ひとつの長篇を完成させる力量が自分にあるのかどうか、迷いにとらわれ、絶望に陥ったことが何度もありました。ボスのオフィスですごした日から、『サマータイム・ブルース』を脱稿し出版にこぎつけるまでに、四年近くかかりました。

二〇一二年はV・I・ウォーショースキーのデビュー三十周年にあたります。三十年のあいだにさまざまな変化がありました。わたしが『サマータイム・ブルース』を出版し、初の女性ハードボイルド探偵を卑しき街に送りだした年は、また、シカゴの警察に女性が入れるようになった年でもありました。いまでは、合衆国の最高裁判所に女性の判事たちがいます。市長も、警察署長も、宇宙飛行士もいます。どれもみな、三十年前には女性がとうてい就くことのできなかった職業です。でもその一方で、単純作業しかやらせてもらえない女性たちもいます。男性と同じ仕事をしていても、賃金はいまだに男性の七十五パーセントしかもらえません。しかし、私立探偵として働く女性はもはや、奇抜な存在でも、珍しい存在でもなくなっているのです。

V・Iとわたしが女性の生き方を変えるのに果たした役割を思うとき、わたしは喜びと誇りを感じます。

また、日本の読者のみなさま、早川書房、そして、訳者の山本やよいさんに深く感謝いたします。早川書房は、アメリカ以外の国で初めて『サマータイム・ブルース』の出版を申しでてくれた出版社でした。わたしの書いた長篇と短篇集をひとつ残らず出版してくれている、世界で唯一の出版社でもあります。これは、わたしの書くものを読みたいと読者の方々が思ってくれるような日本語に、ミズ・山本がわたしの言葉を訳してくれるおかげだと思います。ですから、彼女に、早川書房に、そして、大切な読者のみなさんに、〝ありがとう〟の言葉を贈ります。どうか、わたしと一緒に、V・I・ウォーショースキーの幸せな三十周年を祝ってください。これから何年ものあいだ、このような楽しい日々を何回も祝うことができるよう願っています。

心をこめて

サラ・N・パレツキー

二〇一二年四月

シカゴにて

目　次

アンサンブル

第一部　V・I・ウォーショースキーの事件簿

追憶の譜面

Grace Notes

パレツキーの短篇集は本国に先行する形で、日本独自のものが刊行されている。一九九四年刊の『ヴィク・ストーリーズ』（*Sara Paretsky's Short Story Collection*／ハヤカワ・ミステリ文庫）がそれで、当時発表済みのV・I・ウォーショースキー・シリーズの短篇作品を網羅した作品集だ。アメリカでは一九九五年になって*Windy City Blues*が初の短篇集として刊行された。これは『ヴィク・ストーリーズ』の収録作品に、書き下ろし作品として本作を加えたもの（イギリスでは*V.I. for Short*のタイトルで刊行）。本作は、その後もいくつかのアンソロジーに収録されている。日本では《ミステリマガジン》一九九七年一月号に訳載された。

I

ガブリエラ・セスティエリ、ピティリアーノ出身
この女性の居所をご存じの方、ご連絡ください。
連絡先／マルカム・レイニエ事務所

朝食のテーブルで《ヘラルド・スター》を読んでいたら、個人欄のこんな広告が目に飛びこんできた。わたしは細心の注意を払ってコーヒーを置いた。自分が夢のなかをさまよっていて、行動のひとつひとつが夢の世界ののろいペースで進んでいるかのように。同じくのろい動きで新聞をたたみ、もう一度ひらいてみた。広告はまだそこにあった。無意識のうちに名前を読みちがえているといけないと思い、一文字ずつ拾って読んでいったが、文面は同じだった。ピティリアーノ出身のガブリエラ・セスティエリが二人以上いるはず

はない。それはわたしの母、一九六八年に癌のため四十六歳で死亡。

「何年もたってから母を捜そうなんて、誰なんだろ」わたしはつぶやいた。

階下の隣人と共同で飼っているゴールデン・レトリヴァーのペピーが〝ほんとにね〟といいたげに眉をあげた。わたしと一緒に陰気な十一月の朝のランニングからもどってきたところで、トーストがほしくて待っているのだ。

「お祖父さんのわけないし」祖父はドイツでの半年間の収容所暮らしで頭がおかしくなり、ガブリエラの死を父が手紙で知らせたときも、それを認めようとしなかった。わたしが祖父からの返信を英語になおしたのだが、祖父はその手紙のなかで、自分はもう老齢で旅行も無理だが、ガブリエラの演奏旅行が成功するよう祈っているといっていた。とにかく、祖父が生きているとしても、もう百歳に近いはずだ。

ガブリエラを捜しているのは彼女の弟のイタロかもしれない。戦争の混乱のなかで行方知れずになったのだが、ガブリエラはいつも彼の生存を願っていた。それとも、母が初めて師事した声楽の先生フランチェスカ・サルヴィーニだろうか。ガブリエラは、もう一度先生に会いたい、プロの道を進むよういわれていたのにその期待に添えなかった理由を弁明したいと望んでいた。消耗しきった身体を何本もの管につながれて、ガブリエラがジャクスン・パーク病院の臨終の床に横たわっていたとき、最後につぶやいた言葉はわたしとサルヴィーニにあてたものだった。父はどんなに傷ついたことだろうという思いが、けさ初めてわたしの心に浮かんだ。父は母を熱愛していたが、父に対する母の感情のほうは、古い友達に示すおだやかな好意のみであった。

新聞を持つ手が汗に濡れ、紙と活字がてのひらに張りついているのに気づいた。照れくさくなって苦笑し、新聞を置くと、台所の蛇口で手のインクを洗い流した。マルカム・レイニエに電話すればすむことなのに、憶測で心をきりきり舞いさせるなんてばかげている。居間に行き、ピアノの上に積み重なった紙をかき分けて電話帳を捜した。レイニエはラ・サール通りの、高価な新しいビルが林立する北端に事務所を構える弁護士のようだ。

どうやら一人で事務所をやっているらしい。電話に出た女性がミスタ・レイニエのアシスタントだと名乗り、事務的なことは自分が一任されているといった。ミスタ・レイニエはいまは電話に出られません。会議中か。法廷か。はたまたトイレか。

「電話を差しあげたのは、今朝の新聞に出ていた広告の件なんです。ガブリエラ・セスティエリの居所を知りたいという」

「失礼ですけど、お名前は？　それから、ミセス・セスティエリとのご関係は？」アシスタントが二番目の音節を省略したため、母の名字は〝セステーリ〟ときこえた。

「彼女を捜してる理由を教えてくだされば、こっちも喜んでお答えするわ」

「クライアントの内々の事情を電話でお話しするわけにはまいりません。でも、そちらのお名前と、ミセス・セスティエリに関してご存じのことをお教えくだされば、クライアントと相談のうえで、こちらから折り返しお電話いたします」

このやりとりなら一日じゅうつづけられそうだ。「そちらで捜してらっしゃるのは、わたしの知りあいとは別の人かもしれないわ。それに、家族のプライバシーは打ち明けたくないし。でも、今日の午前中ラ・サール通りで人と会う約束になってるから、なんなら、そちらへ寄ってミスタ・レイニエと話をしましょうか」

女性はようやく、十二時半から十分間だけならレイニエ氏の手があいていると答えた。わたしは彼女に名前を告げて電話を切った。ピアノの前にすわり、和音をガーンと鳴らした。わたしの波立つ感情をその響きで葬り去ろうとするかのように。母が死ぬ前の半年間、病状の悪化をわたしも知っていたのかどうかが、どうしても思いだせなかった。母からきかされたのに実感できなかったか、実感したくなかったのか。それとも、わたしには知らせまいと母が決心したのか。ガブリエラはつねに過酷な現実をわたしに直視させようとしていたが、考えうるなかでもっとも過酷な現実、すなわち、永遠の別離だけは例外だったのかも。

わたしはなぜ歌をやめてしまったのだろう。わたしにできる唯一の親孝行だったのに。ガブリエラ流にいうなら、わたしには〝声〟がなかったが、コントラルトとしてはまずまずで、もちろん、母からも声楽の基礎を身につけるようやかましくいわれていた。立ちあがって発声練習を始めたが、突然、母の音楽の本を見つけたくてたまらなくなった。母がわたしのレッスンに使っていた古い教則本の数々を。

ホールのクロゼットをかきまわして、母の本が入っているトランクを捜した。奥の片隅からようやく出てきた。わたしの古い事件ファイルが入った段ボール箱、野球のバット、もう着もしないのに捨てられずにいる服を詰めた箱などの下になっていた。わたしはみじめな気分でクロゼットの床にすわりこんだ。地中深く埋葬した母にはもう二度と会えない……そんな思いが胸にあふれた。

ペピーのクンクンいう声で、現在にひきもどされた。ペピーはクロゼットのなかまでついてきて、わたしに鼻を押しつけていた。耳をなでてやった。

ようやく、誰かが母を見つけようとしているのなら、わたしと母の関係を証明する書類が必要だと気づいた。床から立ちあがり、トランクをホールへひきずりだした。一番上に、黒のシルクで仕立てた母の舞台衣装がのっていた。薄紙に包んでしまっておいたのを、わたしはすっかり忘れていた。ようやく〈ドン・ジョヴァンニ〉の楽譜のあいだから、両親の結婚証明書とガブリエラの死亡証明書が見つかった。

楽譜をトランクにもどしたとき、別の古い封筒がはらりと落ちた。拾ってみると、ミスタ・フォルティエーリの金釘流筆跡が目に入った。カルロ・フォルティエーリは楽器の修理と楽譜の販売をやっている――というか、とにかく昔はそうだった。ガブリエラがイタリア語のおしゃべりと、音楽の話と、アドバイスを求めて会いにいっていた相手だった。

彼はいまもときどき、ガブリエラへの愛情ゆえに、わたしのピアノの調律をしてくれる。子供が一人いた。そちらも女の子だった。ガブリエラが彼と知りあったころ、彼はその数年前に奥さんを亡くした身だった。ガブリエラは自分が歌ったり、ミスタ・フォルティエーリと音楽の話をしたりするあいだ、わたしとその子を遊ばせようと考えたが、バーバラはわたしより十ほど年上で、共通の話題はあまりなかった。

わたしは封筒から黄ばんだ便箋をひっぱりだした。イタリア語で書かれていて、判読は困難だったが、一九六五年という日付ははっきりしていた。

〝親愛なるシニョーラ・ウォーショースキー〟という書き出しで始まって、ミスタ・フォルティエーリは彼女が五月十四日のコンサートを中止せざるをえなくなったことを残念だと述べていた。「もちろん、あなたの願いを尊重して、あなたの体調がすぐれぬことはぜったいに口外しません。そして、親愛なるシニョーラ、どうぞご承知ください——あなたから打ち明けられた話を、わたしは聖なる義務とみなします。秘密が洩れる心配はけっしてありません」最後に彼のフルネームがサインしてあった。

ふと思った——彼は母の愛人だったのだろうか。胃がしめつけられ（親が規定の枠からはみでてしまう場合を想像したときの自然な反応だ）、便箋をたたんで封筒にもどした。十五年前もやはり、いまと同じ思いに襲われて、彼の手紙を〈ドン・ジョヴァンニ〉のあいだにはさんだのにちがいない。それよりましな場所がどこにもないので、今回も楽譜のあいだに手紙をはさみ、すべてをトランクのなかへもどした。わたしの出生証明書を見つけるには別の段ボール箱をかきまわす必要があったが、今朝はずいぶんと遅くなり、郷愁にひたっている暇がなくなってしまった。

II

マルカム・レイニエの事務所からは、シカゴ川と、川沿いに建ちならぶ真新しいガラスと大理石のビルのすべてを見渡すことができた。壮大な眺めだ——目を細め、その彼方に広がるシカゴのウェスト・サイドの焼け落ちた残骸を視界から閉めだしさえすれば。わたしは手持ちの服のなかでただ一枚の上等の黒のスーツに白いクレープデシンのブラウスという装いで、十二時半きっかりに事務所に着いた。女っぽい反面、きりっとした印象——一応、それがわたしの狙いだった。

レイニエのアシスタント兼受付係はダニエル・スティールの小説に夢中だった。わたしが名刺を渡すと、急ぎもせずにページにしおりをはさみ、名刺を奥の部屋へ持っていった。レイニエは彼の重要性を理解させるためにわたしを十分間待たせたあとで、みずから挨拶に出てきた。筋肉のたるんだ、丸ぽちゃ体型の男で、年は六十ぐらい。見せかけの陽気な笑みを浮かべた唇の上方に、小石に似たグレイの目がついている。

「ミズ・ウォーショースキー。わざわざお越しいただいてどうも。ミセス・セスティエリの捜索に手を貸してくださるのですね」彼は母の名前を本格的なイタリア式抑揚で発音したが、その声は目と同じく冷酷だった。

「電話はとりつがないでくれ、シンディ」彼はわたしのうなじに片手をかけ、わたしをオフィスに招き入れた。

こちらがドアをしめる前に、シンディはふたたびダニエル・スティールに没頭していた。わたしは彼の手を逃れて——五百ドルのジャケットに手の脂などつけられてはたまらない——窓辺の棚に飾られたブロンズのニンフ像を鑑賞しにいった。

「すばらしいでしょう、ね?」レイニエは天気の話をしていたのかもしれない。「依頼人の一人がフランスから持ってきてくれたんです」

「美術館に置いたほうがよさそうな品ね」

アパートメントを出る前に弁護士会に電話を入れたところ、彼は輸出入を専門とする弁護士だとわかった。さまざまな輸入品がこの国に入ってくる途中で、彼にくっついてしまうと見える。部屋にはローズピンクの大理石の板がでんと置いてあり、どうやらこれが仕事用のテーブルらしいが、アンティークな椅子数脚はニンフ像と同じくじっくり鑑賞する価値を持っていた。向こうの壁ぎわには象嵌細工の戸棚が置いてある。その上のモディリアニはたぶん本物だろう。

「コーヒーは、ミズ――」彼はわたしの名刺に視線をもどした。「――ウォーショースキー」

「いえ、けっこうです。お忙しそうだし、わたしも急いでますから。ガブリエラ・セスティエリの話に入りましょう」

「もちろん《ダッコルド》」彼はわたしに大理石板の近くにある華奢《きゃしゃ》なアンティークの椅子のひとつを勧めた。「居所をご存じなのですか」

その椅子はわたしの百四十ポンドの体重を支えきれそうには見えなかったが、レイニエが似たような椅子にかけたので、わたしも、客を狼狽させるためにこんな椅子を置いているのではないかと思いながら、こわごわ腰をおろした。椅子にもたれて足を組む。くつろいだ女の図。

「おたがいに話題にしている女性が同一人物だということを確認したいんですが。それと、あなたがその女性を捜してらっしゃる理由をうかがわなくては」

彼のぼってりした唇を微笑がよぎったが、その笑みもスレートの破片みたいな目までは届かなかった。「この調子で夜までつづけることもできそうだが、ミズ・ウォーショースキー、おっしゃるとおり、おたがい時間が貴重な身ですからな。わたしの捜しているガブリエラ・セスティエリはピティリアーノ生まれ。生年月日は一九二一年十月三十日。一九四一年初めにイタリアを離れました。正確な時期は誰も知りませんが、その年の二月、シエナで彼女の噂がきかれたのが最後となっています。その後、シカゴにきたと思われるふしがあります。わたしが彼女を捜している理由ですが、彼女の親戚が——現在はフィレンツェに住んでいるが、もとはピティリアーノの出身という人物でしてね——彼女の居所を知りたがってるんです。わたしの専門は輸出入に関する法律で、とくにイタリアが中心です。行方不明の人間を捜すのは得意ではないが、依頼人のたっての願いで力を貸すことにしました。その親戚が——ミセス・セスティエリの親戚が——うちの依頼人と商売上のつながりを持っているのです。さて、つぎはあなたの番ですよ、ミズ・ウォーショースキー」

「ミズ・セスティエリは一九六八年三月に亡くなりました」わたしの血がドクドクいっていた。口から出た声が震えていないのを知って胸をなでおろした。「一九四二年にシカゴの警官と結婚。子供が一人生まれました。わたしです」

「では、お父さんは？　ウォーショースキー警官は？」

「一九七九年に亡くなりました。ねえ、母の親戚の名前を教えてもらえません？　母の一族のうち、わたしが知ってるのはこのシカゴに住んでいる祖母の妹一人だけなので、ほかに誰かいるのならぜひ会いたいんです」だが、正直いって、世をすねたローザ大叔母にその親戚がすこしでも似ているなら、残存するヴェラージ一族には会わないほうがよさそうだ。

「そちらが慎重な態度でこられたのだから、ミズ・ウォーショースキー、わたしの慎重さもお許しいただきたい。あなたの身元を証明するものを何かお持ちですか」

「行方不明の相続人を莫大な財産が待ち受けているような口ぶりね」わたしは自分の法的書類のコピーをひっぱりだして、彼に渡した。「母を探してるのは誰なんです？　それとも、何なんです？」

レイニエはわたしの質問を無視した。書類にざっと目を通してから、両親を亡くしたわたしに悔やみの言葉を述べながら、その書類を大理石板の上に置いた。彼の声には、ニンフ像の話をしたときと同じく、柔らかでそっけない抑揚があった。

「お祖母さんの妹さんとはお親しいんでしょう？　お母さんをシカゴへ呼んだのがその人なら、名前と住所を教えていただけると助かるのですが」

「大叔母は親しくするのがむずかしい人ですけど、一応連絡してみます。あなたに名前と住所を教えてもいいかどうか確認しなくては」

「で、お母さんの一族はほかに？」

わたしはからっぽの両手を差しだした。「誰も知りません。何人残っているかも知りません。わたしの謎の親戚って誰なんです？　その男性の――あるいは女性の――狙いは何なんでしょう？」

彼は黙りこみ、手のなかのファイルをみつめた。「じつをいうと、わたしも知らないんです。依頼人に頼まれて広告を出しただけなんです。だが、あなたの名前と住所は伝えておきます、ミズ・ウォーショースキー。依頼人からその親戚へ報告が行けば、あなたのところへ連絡があるはずです」

このはぐらかしに、わたしはいらいらしてきた。「ポーカーの名手のようね、ミスタ・レイニエ。でも、あなたがとんでもない嘘つきだってことは、おたがい了解ずみでしょ」

わたしは軽い口調でいうと、笑顔で立ちあがってドアのほうへ向かい、大理石板の横を通りすぎるさいに書類を奪いとった。このとき初めて、彼の感情が目まで届いて、スレートを溶解した岩に変えた。わたしはエレベーターを待ちながら、ふっと思った――あの広告に応じたことで、何かとんでもない災いがふりかかってくるのかもしれない……。

その夜、ロティ・ハーシェルとの夕食の席で、わたしはレイニエとの会話をくわしく話し、混乱した自分の感情を整理しようとした。問い合わせの話が本当だとしたら、ガブリエラの一族の誰が彼女を見つけたがっているのかも推測しようとした。

「ガブリエラが死んだことは、向こうも知ってるはずでしょ」ロティがいった。

「わたしも最初はそう思ったんだけど、そう単純にはいいきれないの。えっとね、うちの祖母はノンノ・マッティアと――あ、ごめん、ガブリエラの父親のことよ。つまり、マティアスおじいちゃんね――ガブリエラからいつもイタリア語でいわれてたものだから――そのおじいちゃんと結婚したとき、ユダヤ教に改宗したの。で、一九四四年にイタリア系ユダヤ人が収容所送りになったとき、祖母はアウシュヴィッツで死んでしまった。そのあと、祖父は自由の身になっても、故郷の小さな町ピティリアーノにはもどらなかった。町のユダヤ人社会は破壊されてしまったし、祖父の家族ももう残っていなかったから。でね、ユダヤ人がやってるトリノのサナトリウムへ送られたんだけど、ガブリエラがようやくそれを知ったのは、救済団体へ何年ものあいだ手紙を書きつづけたあとだったの」

わたしはワイングラスをみつめた。赤いワインが一族の秘密を明かしてくれるかのように。「母がとても親しくしてたいとこが一人いたわ。フレデリカっていう、クリスチャンの家系の人だった。ガブリエラがシカゴにくる前の年に未婚の母親になり、一族の恥さらしってことで家から追いだされてしまった。戦争がすんでから、ガブリエラはその人を見つけようと必死になったけど、母がいくら手紙を出しても、いとこの家族は転送してくれなかった。フレデリカと連絡をとるのがいやだったんでしょうね。ガブリエラはお金をためてイタリアへ行き、自分でいとこを捜そうと決心したけど、その矢先に身体をこわしてしまった。六五年の夏に流産して、出血が止まらなくなったの。父もわたしも、母が死んじゃうんじゃないかと思ったわ」

暑くてみじめだったあの夏の日を思いだして、わたしの声は細く消えていった。市街地に暴動の炎が燃えあがり、息の詰まりそうな表の寝室に横たわった母が血を流しつづけていたあの夏。母とトニーはめったにしない喧嘩の最中だった。わたしは新聞配達からもどったところだったが、二人ともわたしが帰ってきたのに気づかなかった。父は母に何かを売るよう勧め、母は自分のものでもないのに勝手な処分はできないといっていた。「おまえの命も」父がどなった。「それも、ただで捨てる気か。彼女がいま生きてたとしても——」わたしに気づいて父ははっと口をつぐみ、その話題が出ることは、すくなくともわたしにきこえる場所ではもう二度となかった。

ロティがわたしの手を握りしめた。「あなたの叔母さんはどうなの。メルローズ・パークに住んでる大叔母さん。彼女が自分の兄弟にガブリエラの死んだことを話したかもしれないでしょ。そう思わない？ 親しくしてる兄弟はいなかったの？」

わたしは顔をしかめた。「ローザが誰かと親しくするなんて考えられない。ええと、ローザは末っ子で、母親って人はそのお産のときに死んでしまったの。親戚の誰かがローザを養女にして、その一家がシカゴに移住したとき、ローザも連れてこられたのよ。彼女にはヴェラージ家の一員って自覚はあまりなかったんじゃないかしら。奇妙な話なのは認めるけど、戦争で故郷を追い立てられ、すべての絆が断たれてしまったことを考えれば、ガブリエラの母方の主だった人たちが彼女の消息を知らなかったとしても仕方がないわ」

ロティは同情に顔をゆがめてうなずいた。彼女の一族の多くもあの死の収容所で命を落としている。「あなたのお祖母さんが改宗した宗派はわからない？」

わたしは肩をすくめた。「知らない。あの一族のことをほとんど知らないんだと思うと落ちこんじゃう。ガブリエラからきいてるけど――いえ、きいてたけど――ヴェラージ家ではその改宗を快く思ってなくて、結婚式やお葬式以外はあまり顔を合わせなかったんだって。さっき話に出た、いとこ以外には。でも、ピティリアーノは戦争が始まるまでユダヤ人の文化的中心地だった町で、ノンノとの結婚は玉の輿《たまのこし》だと思われてたのよ。たぶん、ファシストに財産を没収されるまでは裕福だったんでしょうね」賠償金という幻想がわたしの頭のなかで躍った。

「望み薄ね」ロティがいった。「六十年もたってから、罪の意識に駆られた誰かから土地を譲渡されることになる――そんな想像をしてるわけ？」

わたしは赤くなった。「工場よ、正直にいうと。セスティエリ家は馬具のメーカーで、二〇年代に車の内装のほうへ転業したの。いまも商売をつづけてるなら、たぶんフィアットかメルセデスの下請けになってると思う。ねえ、わたし、一日じゅう突飛な空想から空想へと揺れ動いてたのよ――ノンノの工場とか、ガブリエラの弟の出現とか――でね、そのうち、何か恐ろしい罠じゃないかって怖くなってきた。そんなことしそうな人間にも、理由にも、心当たりはないけどね。例のマルカム・レイニエなら知ってると思うの。このさいだから、手っとり早く――」

「だめ！　いい気になるんじゃないの。現代の高層ビルの防犯システムを出し抜けるなんて証明はしなくていいの。どんな理由があろうと、その男の事務所に押し入るのはおやめなさい」

「はーい、了解」わたしはおやつをもらえなくてふくれている子供みたいな声にならないよう気をつけた。

「約束する、ヴィクトリア？」ロティの口調はきびしかった。

わたしは右手をあげた。「名誉にかけて、彼の事務所には押し入らないことを誓います」

Ⅲ

わたしの事務所に電話があったのは六日後のことだった。若い男が――イタリア訛りがひどくて彼のしゃべる英語はほとんど理解不能だったが――電話をよこし、わたしが彼の〝いとこのヴィットーリア〟かと陽気に尋ねた。

「イタリア語で話しましょうか《パルリアーモ・イタリアーノ》」とわたしがいうと、感謝とともに母国語に切り換わり、さらに陽気な声になった。

ぼくはきみの親戚のルドヴィーコ、共通の祖先であるヴェラージの孫のそのまた孫で、ゆうべミラノからシカゴに着いたとこなんだ。母方の親戚が見つかってわくわくしている。きみがイタリア語を知ってるなんて感激だ。きみのアクセントはすばらしい、わずかにアメリカ訛りが入ってるけどね。ぜひ会いたい、場所はどこでもいい、ぼくのほうで見つけておく——時刻の指定だけしてほしい、ただし、あんまり待たせないで。

矢継ぎ早に出てくる言葉に、わたしは思わず笑ってしまった。ただ、もっとゆっくりくりかえしてくれるよう、彼に頼まなくてはならなかった。長いことイタリア語をしゃべっていないので、頭がそれに慣れるまでに時間がかかる。ルドヴィーコはガリバルディという、ゴールド・コーストの端にある小さなホテルに泊まっていて、六時に一杯飲みに寄ってくれれば光栄だといった。あ、そうだ、彼の名字をいっておこう——ヴェラージ。わたしたちの曾祖父と同じ名字。

彼に会いにいく前に犬の散歩と着替えの時間がとれるよう、ふだんよりずっと効率よく仕事を片づけた。今宵の装いに神経を使い、食事のあとで踊りにいくことになっても困らないよう、しわ加工をした薄紫のパンツスーツに着替えている自分に、思わず苦笑を洩らしたが、いくら自分を笑ったところで興奮は抑えきれなかった。わたしは一人っ子で、親戚といっても、父方と母方のいとこが一人ずついるだけだった。大好きだったいとこのブーム・ブームは十年以上も前に死んでしまったし、ローザの息子のアルバートはゆがんだ恐怖のかたまりみたいな男なので、なるべく近づかないことにしている。いまようやく、新たな血縁者に会えるのだ。

興奮のあまり、犬の周囲をタップダンスしてまわった。ペピーは辛抱強い表情でわたしをみつめ、階下の隣人のところへ連れていってほしいと要求した。散歩から帰ってきたとき、彼女の息子のミッチだけそっちに残してきたのだ。

「ずいぶんおしゃれだね、嬢ちゃん」賞賛と嫉妬の狭間で心を乱しながら、ミスタ・コントレーラスがいった。「新しいデートの相手かい？」

「新しい親戚よ」わたしは彼のドアの外の廊下でタップダンスをつづけた。「そうなの。謎の親戚がついに姿を見せたの。ルドヴィーコ・ヴェラージ」

「気をつけろよ、嬢ちゃん」老人はきびしくいった。「世の中には、親戚を騙る詐欺師がうようよしておる。はっと気づいたときには——もう手遅れだ」

「わたしをだまして何を巻きあげるの？　汚れた洗濯物？」わたしは彼の鼻にキスして、歩道でダンスしながら自分の車に向かった。

ガリバルディの小さなロビーには人待ち顔の男が三人いたが、わたしのいとこはすぐに見分けられた。黒ではなく琥珀色の髪をしていたが、丸みのある秀でた額から幅広の肉感的な唇にいたるまで、わたしの母にそっくりな顔だちだった。近づいていくと、彼はさっと立ちあがってわたしの手を握り、ヨーロッパふうのキスをした——耳の横の空気にさっと触れるような感じで。

「すごくきれいだ《ベリッシマ》！」彼は手を握ったまま、わたしの顔をじっくり見ようと一歩下がった。わたしの顔には驚きがくっきりと刻まれていたにちがいない。彼がちょっと照れたように笑ったのだ。

「わかってる、わかってる。似てることをことわっとくべきだった。けど、そんなに似てると思わなかったから。ぼくが見たガブリエラの写真は、一九四〇年に彼女がヨンメッリの〈イフィゲネイア〉でプリマをやったときの舞台写真だけなんだ」

「ヨンメッリ！」わたしは口をはさんだ。「グルックだと思ってた！」

「いや、いや、わがいとこ《クジーナ》、ヨンメッリだよ。自分が何を歌ってるか、ガブリエラにもわかってたと思うけど」楽しげに笑いながら、彼はさっきまですわっていた肘掛椅子のところへ行き、茶色い革のブリーフケースをとった。ひとつかみの書類を出すと、ぱらぱらめくってから、わたしに見せようと黄ばんだ写真を抜きだした。

　イフィゲネイアに扮した母の写真だった。母が生涯に一度だけ舞台で演じ、わたしのミドルネームともなった役。舞台化粧をし、黒っぽい髪を手のこんだ形に結いあげているが、滑稽なほど若くて、なんだか小さな女の子の仮装ごっこみたいに見える。写真の下に、このときの公演地シエナにある写真スタジオの名前が入っていて、裏に誰かの字でこう書いてあった。〝ヨンメッリの歌劇〈イフィゲネイア〉でイフィゲネイアの役を演じるガブリ《ガブリエラ・セスティエリ・ファ・ラ・パルテ・ディ・フィジェニア・ネッラ・プロデュツィオーネ・ディ・フィ》エラ・セスティエリ《ジェニア・ダ・ヨンメッツリ》〟。歳月と舞台化粧で顔の輪郭がぼやけているにもかかわらず、母とルドヴィーコが似ているのは明白だった。わたしは嫉妬のうずきを感じた。オリーブ色の肌は母譲りだが、わたしの顔立ちは父のものだ。

「この写真、知ってた？」ルドヴィーコがきいた。

わたしは首をふった。「母は大急ぎでイタリアを離れたのよ。持ちだしたものといったら、ヴェネシャン・グラスが何個かだけ。ローラおばあちゃんが結婚祝いにもらった品なの。母の舞台姿を見たのは初めてよ」

「悲しい思いをさせてしまったね、いとこのヴィットーリア、そんなつもりはなかったのに。この写真、きみが持ってたほうがいいかな」

「うれしい、ぜひ。さてと――お酒にする？　それとも食事？」

彼はふたたび笑った。「アメリカにきて二十四時間しかたってないんでね、午後の半ばにディナーをとる習慣にはまだ慣れてないんだ。だから――酒だね、もちろん。いかにもアメリカって感じのバーに連れてってほしいな」

わたしはドアマンにトランザムをとってきてもらい、友達のサル・バーテルがやっているループの南端のバー〈ゴールデン・グロー〉まで車を走らせた。未知のハンサムな男を連れてあらわれたわたしを見て、バーの常連たちはざわめいた――わたしの期待どおりに。

マリ・ライアスン――事件記者で、わたしとの関係が友情と競争意識と悲劇的な恋物語とで成り立っている男——がビールをどんと置いて、こちらのテーブルにやってきた。有名なマホガニー製の蹄鉄型カウンターの奥から、サル・バーテルが姿を見せた。マリの挨拶と、ルドヴィーコの訛りのひどい英語の陰に隠れて、彼女がわたしにささやいた。「ちょっと、見せつけてくれるじゃない。色っぽい恰好して！　それはともかく、その男の子、若すぎない？　まだほんの坊やじゃないの！」

ティファニーの卓上ランプの光が弱すぎるおかげで、赤面したところを彼女に見られずにすんでほっとした。ここへくる車のなかで、彼が何親等に当たるかを計算し、またいとこどうしなら優生学的に見て安全だという結論に達していたのだ。その思いが露骨に顔に出てしまったことに気恥ずかしさを覚えた。そうはいっても、彼、わたしより七つ若いだけだもの。

「見つかったばかりの親戚なの」前置きもなしに、わたしはいった。「ルドヴィーコ・ヴェラージ。サル・バーテルよ、〈グロー〉の経営者の」

ルドヴィーコは彼女と握手した。「じゃあ、この人の古いお友達なんですね。あなたのほうが彼女のことをよく知ってるわけだ。彼女、どういう性格なんですか」

「危険だ」マリがいった。「男をスープのなかでクラッカーみたいに砕いちまう」

「頭がイカれた《クラッカー》男のときだけね」親戚の前でこんなふうにいわれたのが癪で、わたしはぴしっといいかえしてやった。

「頭がイカれた？」ルドヴィーコがきいた。

「スラングなの、つまり俗語《ジェルゴ》──狂ってる《パッツォ》って意味よ」わたしは説明した。「それから、クラッカーには間抜けって意味もあるわ──つまり、クレティーノ」

マリがわたしに腕をまわした。「ああ、ヴィク──きみの目のきらめきがぼくの心に火をつける」

「まだビール三杯目なのに、マリー──きっと胸やけだよ」サルが割りこんだ。「ルドヴィーコ、何にする？ いとこをまねてウィスキー？ それとも、カンパリみたいにおしゃれでイタリアっぽいもの？」

「ディナーの前にウィスキーかい、いとこのヴィットーリア。だめ、だめ、食事するころには、ええと──ええと──味覚がなくなってしまう。ぼくはね、シニョーラ、ワインをグラスで」

そのあと、〈フィリグリー〉で食事をするあいだに、わたしたちは〝ヴィク〟、〝ヴィーコ〟と呼びあう仲になった。「ねえ、ヴィク、親に叱られてばかりの小さな子供だったころから、誰もぼくのことルドヴィーコなんて呼んでないんだぜ──」さらに時間がたち、バローロを二本あけたあたりで、彼はわたしがヴェラージ一族のことをどれだけ知っているか尋ねてきた。

「なんにも《ニエンテ》」わたしはいった。「ガブリエラの母親が何人兄弟だったかさえ知らない。あなたが家系図のどこに位置するのかも。ついでにいうなら、わたし自身の位置も」

彼の眉が驚きに跳ねあがった。「つまり、お母さんはこっちにきてから、まったく親戚づきあいをしなかったってこと？」

わたしは、戦争、祖母と実家との仲たがい、いとこのフレデリカの死を知ったときのガブリエラの落胆など、ロティに話したのと同じことを彼にも話した。

「ええっ、ぼくはそのふしだらなフレデリカの、つまり父親のない子を生もうとしてた女の孫なんだ」ヴィーコがやたらと興奮した声で叫んだので、喉を詰まらせて死にかけているのではないことを確認するために、ウェイター連中が駆けよってきた。

「驚いたよ、ヴィク。奇遇だねえ。うちの一族で一人だけ、きみのお母さんと親しかったのが、ぼくの祖母だったなんて。

けどね、すごく悲惨なんだ、祖母のその後は。一族は戦時中にフィレンツェへ移り住み、祖母は赤ん坊を生む。父親はたぶんパルチザンだろう。一族のなかで祖母だけがパルチザンを支持してたから。曾祖父母はひどい体裁屋で、恥さらしなことだと嘆く。戦争の最中だってことや、もっと悲惨な出来事が次々と起きてることなんか知らん顔さ。そこで――フッ！――姿を消したフレデリカは赤ん坊を連れてミラノへ。そして、その赤ん坊がぼくの母になるんだが、ぼくが十歳のときに母も祖母も死んでしまい、ヴェラージ一族でいちばん羽振りのいい連中が、戦争もようやく終わった、考えてみれば孫息子は原罪の汚れから遠く離れた存在だと判断して、ぼくを迎えにあらわれ、フィレンツェでけっこう大切に育ててくれた」

　彼は話を中断してコニャックを頼んだ。わたしはエスプレッソのおかわりをした。四十をすぎたあたりから、昔に比べて酒量が落ちてきている。ボトル半分のワインを飲んだだけなのに。

「じゃ、ガブリエラのことはどうして知ったの？　なぜ彼女を見つけようとしたの？」

「あのね、大切な身内《カラ・クジーナ》のきみに会えたのは感激だけど、じつは告白しなきゃいけないことがあるんだ。ぼくがガブリエラを捜してシカゴにきたのは――あるものを――見つけるためなんだ」

「なんなの、それ？」

「きみ、曾祖母のクラウディア・フォルテッツァのこと、なんにも知らないよね。だとすると、彼女が作曲家のはしくれだったことも知らないわけだ」

　ガブリエラがそんな話を黙っていたなんて信じられない。彼女が知らなかったとすれば、ヴェラージ一族との不和は、母の話からわたしが想像していたよりひどいものだったにちがいない。「でも、そうきけば、母が小さいころから音楽教育を受けてたのも納得できるわ」わたしは声に出してつけくわえた。「母は豊かな才能に恵まれた歌手だった。でも、残念ながら、プロへの道を進むはずだったのに、その夢はかなわなかった」

「そう、そう、フランチェスカ・サルヴィーニにレッスンを受けてたんだ。そのことなら残らず知ってるよ！　サルヴィーニは有名な先生で、ピティリアーノみたいに小さな町にいても、シエナやフィレンツェから生徒がレッスンを受けにきたし、シエナ歌劇団ともつながりのある人だった。でも、とにかく、ヴィク、ぼくはクラウディア・フォルテッツァの楽譜を集めようと思ってるんだ。女性作曲家の作品がこのところブームでね。それを演奏してくれるアンサンブルを見つけて、うまくいけばレコーディングだってできるかもしれない。だから、ガブリエラのとこにも楽譜の一部がないかと思って」

わたしは首をふった。「ないわね、たぶん。母が持ってた楽譜はすべてトランクに入れて保管してあるけど、その時代のものはなかったと思うわ」

「けど、断言はできないだろ。だったら二人で調べてみようよ」彼は焦りに声を震わせ、テーブルの向こうから身を乗りだしていた。

わたしは彼の感情の激しさに不安を覚えて身をひいた。「そうねえ」

「だったら、勘定を払って帰ろう」

「いますぐ？　でも、ヴィーコ、もう真夜中近いのよ。昔からずっとあったものなら、明日の朝まで待っても大丈夫よ」

「ああ、ぼくは間抜け《クラッカー》だった、たしかに」わたしたちは夕方からずっとイタリア語でしゃべっていたが、このひねったイディオムを使うときだけ、ヴィーコは英語に切り換えた。

「ごめんね《ミ・スクーザ》。このところ楽譜集めに夢中になってて、年老いた伯母たちの書類だの、ピティリアーノの屋根裏部屋だの、フィレンツェの古本屋だのをあさってたものだから、みんなが自分と同じ熱意を持ってるわけじゃないことをつい忘れてしまうんだ。ところで、先月、祖母の日記を見つけてね、そしたら祖母のいとこのガブリエラが音楽に寄せる愛や、彼女の特別な才能のことが書かれてたんだ。そこでぼくは考えた——うーん、この楽譜がどこかにあるとしたら、きっとあのガブリエラのとこだぞって」

彼はわたしの右手をとり、指をもてあそんだ。「ほらほら、白状しろよ、ヴィク、きみは心のなかではもう家に帰って、ぼくがいるいないに関係なく、あわてふためいてお母さんの楽譜を捜してるはずだ」

わたしはかすかに震える声で笑った。真剣な表情を浮かべた彼が音楽に没頭したときのガブリエラに生き写しだったため、なつかしさに胸を締めつけられる気がした。

「どう、図星だろ。勘定払って帰ってもいいかな」

レストランを早く閉めたがっているウェイターが、すこし前に、わたしたちのテーブルに勘定書を置いていったのだ。わたしが払おうとすると、ヴィーコが勘定書を横どりした。札入れから分厚い札束をとりだした。小声で数えながら、札束から二百五十ドルを抜いて勘定書にのせた。多くのヨーロッパ人と同じく、彼もチップが請求金額に含まれていると思っているらしい。わたしは十ドル札を四枚足し、トランザムをとりに行った。

Ⅳ

車をおりるさい、わたしはヴィーコに、階段の吹き抜けではしゃべらないよう警告した。

「犬にわたしの声をききつけられて、ミスタ・コントレーラスを起こすことになると困るから」

「意地悪な隣人なのかい。なんならぼくがボディガードとして——」

「世界でいちばん性格のいい隣人よ。ただ、不幸なことに、わたしの人生を地獄の番犬のケルベロスみたいに見張るのが自分の役目だと思ってる人で、そこにオセロ的要素もすこし加わってるの。あなたを連れ帰った理由を説明するのに一時間つぶさなくたって、もう充分に遅い時刻なのよ」

わたしたちは誰も起こすことなく、抜き足差し足で首尾よく階段をのぼりきった。わたしの住まいに入るなり、夜間の外出禁止時刻に警官とすれちがった十代の子みたいに笑いころげた。なぜだか、笑いに釣られて相手の腕のなかへ倒れこむのが自然なことに思われた。最初に離れたのはわたしのほうだった。ヴィーコがわたしには解釈できない表情を見せた。嘲りの色が中心になっているような気がした。

わたしは頬にピリピリするものを感じながら、ホールのクロゼットまで行き、もう一度ガブリエラのトランクをひきずりだした。ふたたびイブニング・ドレスをとりだし、身頃を飾るレースを指でいじった。銀色のレースで、黒糸で丹念に縫いつけてある。ガブリエラは最後の病に倒れるしばらく前に、ささやかでもいいから声楽家として再出発したいとの願いから一連のコンサートを企画し、その舞台衣装としてドレスをあつらえたのだった。マンデル・ホールの最前列に陣どったトニーとわたしは、母を気遣うあまり、いまにも卒倒しそうな気分だった。ドレスの代金がわりに、母はクチュリエの娘に二年のあいだ無料レッスンをつづけ、最後の二、三回は化学療法で髪の毛が抜けてしまった姿でおこなわれた。

郷愁にひたりながらドレスをみつめるうちに、ふと気づくと、ヴィーコがトランクに入っていた本や楽譜をひっぱりだし、手早い指先で注意深くめくっていた。ガブリエラの持っていたオペラや歌曲の本が何十冊もここにしまってあるが、彼女の全蔵書に比べればものの数ではない。だが、それをヴィーコにいうつもりはなかった。彼のことだから、年老いたミスタ・フォルティエーリの店に忍びこみ、楽譜の一部がいまも残っていないか調べてみようといいだしかねない。

途中で一度、何か見つかったようだとヴィーコがいった。手書きの楽譜が〈クレタの王イドメネーオ〉のなかにはさんであった。わたしも見にいった。誰かが――母ではない――

―協奏曲を丹念に書き写していた。もっとよく見ようとわたしが身をかがめたとき、ヴィーコが財布から小さな拡大鏡をとりだして、楽譜の紙面を細かく調べはじめた。

わたしはじっと考えこみながら彼をみつめた。「旋律か記譜法に、わたしたちのひいおばあさんらしい特徴が何か出てる？」

彼は返事をせず、楽譜を照明にかざして余白の部分を調べた。わたしはついに彼から楽譜をとりあげ、クラリネットのパートにざっと目を通した。

「わたし、音楽の専門家ではないけど、この曲はバロックみたいね」ページをめくって最後を見ると、ＣＦという飾り文字のイニシャルが入っていた。カルロ・フォルティエーリが母のためにこれを書き写したのかもしれない。まさに無償の愛だ。楽譜を書き写すのは時間のかかる骨折り仕事だもの。

「バロック？」ヴィーコはわたしから楽譜を奪いかえして、さらに熱心に目を凝らした。

「けど、この紙はそんなに古くないんじゃないかな」

「わたしもそう思う。母の友達の一人が、自分たちの加わってた室内楽団のために書き写したんじゃないかって気がする。母はときどきピアノで加わってたから」

彼は楽譜を脇へやって、トランクの中身を調べる作業をつづけた。底のほうに光沢のある木のケースが見つかった。トランクの狭いほうの幅にぴったりおさまるサイズだ。無理にそれをひっぱりだそうとして、彼はぶつぶつ文句をいったが、古い書類がぎっしり詰まっているのを見たとたん小さな歓声をあげた。

「落ち着きなさい、カウボーイ君」彼が書類を次々と床へ投げはじめたので、わたしはたしなめた。「ここは市のゴミ捨て場じゃないのよ」

その叱責に彼はびくっとして怒りを浮かべたが、すぐに笑いで隠したため、わたしはそれをたしかに見たと断言する自信をなくしてしまった。「この古い木肌、きれいだね。ながめられる場所に出しとけばいいのに」

「ガブリエラのよ。ピティリアーノから持ってきたの」母はそのなかに、冬の下着でていねいにくるんだヴェネシャン・グラス八個を入れてきた。故郷から運んできた唯一の宝物。夜の闇にまぎれて大急ぎで逃げだすさい、母は脆い品を持っていこうと決めたのだ。そうすることで、母自身の脆い運命を支える力が湧いてくるかのように。

ヴィーコはケースの内側に張ってあるビロードに長い指を走らせた。緑だったのが黄色に変色し、ひだの周囲が黒ずんでいる。わたしは彼からケースを奪い、学校のころの作文やレポートのカードをしまいはじめた。母はわたしが学校のレポートで最高点をとると、いつもこのケースに入れておいてくれたのだ。

午前二時、ヴィーコも敗北を認めるしかなくなった。「どこにあるか、何か心当たりはない？　まさか売ったりしてないだろうね。急ぎの請求書の支払いとか、あのすてきなスポーツカーの代金とか」

「ヴィーコ！　何バカなことといってるのよ。侮辱は脇にどけとくとして、名もなき十九世紀の女性が書いた楽譜にどれだけの価値があると思ってるの」

「ああ、すまない《ミ・スクーザ》、ヴィク——このヴェラージの曲を、誰もがぼくと同じように評価してるわけじゃないってことを、ぼくはつい忘れてしまう」

「そうね。でも、こっちだってウブな世間知らずじゃないのよ」わたしはじれったさから英語に切り換えた。「いくら熱意に燃える孫だって、この程度の謎で世界中飛びまわったりはしないわ。どういう事情なの——あなたが彼女の楽譜を差しだせば、ヴェラージ家があなたを相続人にしてくれるわけ？　それとも、それと一緒にほかのものを捜してるの？」

「ウブ？　そのウブっての、どういう意味」

「言語学上の脱線は忘れて、吐いちゃいなさい、ヴィーコ。あ、〝告白は魂の安らぎになる〟って意味よ。だから正直におっしゃい。ほんとは何を捜してるの？」

彼は楽譜をめくったために汚れてしまった指先をみつめていたが、そのあと、急に率直そうな笑みを浮かべてわたしを見あげた。「じつはね、フォルトゥナート・マジが彼女の楽譜の一部を見てるかもしれない。彼は、ほら、プッチーニの伯父さんで、十九世紀末のイタリアの作曲家たちに大きな影響を与えた人なんだ。ぼくは祖母からよく、マジがクラウディア・フォルテッツァの楽譜を読んでたって話をきかされた。祖母は嫁にすぎなかったし、どっちにしても、祖母があの家に嫁ぐ何年か前にクラウディア・フォルテッツァは死んでしまってたから、ぼくはその話になんの興味も持たなかった。ところが、のちに祖母の日記が見つかって、けっこう信憑性のありそうな話だって気がしてきた。プッチーニがクラウディア・フォルテッツァの楽譜の一部を流用した可能性だってある。だから、その楽譜が見つかれば、莫大な値打ちを持つことになる」

なんともばかげた話に思われた。まさか、プッチーニの作品のなかに著作権をめぐる訴訟の対象となりそうな曲があって、そこから彼の子孫が印税収入を得ているわけでもあるまいに。万が一そうだとしても、流麗な旋律を持つ声楽曲ならどれもだいたいプッチーニふうにきこえるものだ。しかし、そのことでヴィーコと口論したくはなかった。明日は早朝から仕事が待っている。

「家のなかにすごい貴重品があるって話、ガブリエラからきいた記憶はない？」彼は執拗だった。

完全に彼を黙らせようとしたそのとき、突然、わたしが邪魔する形になった両親の口論を思いだした。しぶしぶ――わたしが何か思いだしたのを見抜かれてしまったので――ヴィーコにその話をした。

「自分のものじゃないから処分できないって、母はいってたわ。そこに母のお祖母さんの楽譜も含まれてたのかもしれない。でも、父が死んだとき、家のなかにそれらしいものはなかったわ。ほんとよ、ひとつ残らず書類を調べたんだから」母の形見となる命の通った品が何かほしくて。ヴェネシャン・グラス以外の何かが。

ヴィーコが興奮の面持ちでわたしの腕をつかんだ。「ほら！　やっぱりガブリエラが持ってたんだ。売ってしまったにちがいない。それとも、お父さんが売ったのかな。彼女の死後に。売ったとしたら相手は誰だろう」

すなおにミスタ・フォルティエーリの名前を教える気は、わたしにはなかった。他人の持ち物を処分することの倫理上の是非についてガブリエラが悩んでいたなら、おそらく彼に相談しただろう。ついに売るしかなくなった場合は、彼に売却を頼んだ可能性もあるが、ヴィーコにそこまで教える必要はない。

「心当たりがあるんだね、そうだろ」彼は叫んだ。

「まさか。こっちは子供だったのよ。大事な話なんてしてもらえなかったわ。父が売ったとすれば、恥ずかしくてわたしには打ち明けられなかっただろうし。もうじき午前三時よ、ヴィーコ、あと何時間かしたら、わたしは仕事なの。タクシーを呼んで、ガリバルディまで行くよういってあげる」

「仕事するの？　ずっと行方知れずだったヴィーコが生まれて初めてシカゴにきたのに、上司に楯突くこともできないわけ？」彼は表情豊かに指をフッと吹いてみせた。

「わたし、自営業なの」自分でも声にそっけない響きが混じるのがわかった。強引な男なので、その魅力がすこし薄れている。「おまけに、明日の午前中に片づけてしまわなきゃいけない仕事があるし」

「遅れちゃいけないっていうと、どういう種類の仕事だい？」

「探偵よ。私立探偵。でね、あと四時間したら——」イタリア語の表現が見つからないので、英語を使うことにした。「——港のドックへ行く約束になってるの」

「へーえ、探偵さんか」彼は唇をすぼめた。「さっきのマリって男がなんできみのことを警告したのか、やっとわかったよ。きみと彼、恋人？　それとも、アメリカの女性にそんな質問は無礼かな」

「マリは新聞記者よ。職業柄、よくわたしと衝突するの」わたしは電話のところへ行き、タクシーを呼んだ。

「ねえ、この手書きの楽譜、持って帰っていいかな。もっと時間をかけて調べたいんだ」

「ちゃんと返してくれるなら」

「明日の午後ここにくるよ。きみが探偵仕事から帰宅するころに」

わたしはヴィーコのことをいぶかしく思いながら、楽譜を包む新聞紙をとりに台所へ行った。音楽の知識が豊富なタイプには見えない。たぶん、楽譜が読めないのを白状するのが恥ずかしいものだから、この楽譜と曾祖母の作曲形式を比較した結果を教えてくれる第三者のところへ、楽譜を持ちこむ気なのだろう。

数分後、窓の下でタクシーが警笛を鳴らした。わたしは親戚にふさわしい貞淑なキスをして、彼を一人で帰らせた。わたしの情熱の衰退を、彼はさっきわたしをたじろがせたのと同じ嘲りの表情で受け入れた。

V

翌日、トラックの陰に身をひそめて、エレクトロニクス会社の副社長から運転手の手に何かが渡される現場をカメラにおさめるあいだも、運転手を尾行して南のカンカキーまで行き、その何かが今度はスポーツカーの男へ渡されるのを撮影するあいだも、スポーツカーの所有者がリバティヴィルに住む男であることを突き止め、それをネイパーヴィルのエレクトロニクス会社へふたたび報告するあいだも、ヴィーコと楽譜のことが一日じゅう頭から離れなかった。あの男、本当は何を捜してたんだろう。

ゆうべのわたしは、彼の話にさほど細かい疑問をはさみはしなかった。夜遅かったのと、新しい親戚に会えた喜びとで、猜疑心が弱まっていたのだ。今日は寒々とした空気がわたしの浮かれ気分を冷やしてくれている。たしかに曾祖母の楽譜捜しは喜びをもたらすものかもしれないが、ヴィーコが見せたような熱意をひきだすものでは決してない。彼は父親が誰なのか、いや、祖父が誰なのかさえ知らずに、ミラノの貧しい暮らしのなかで大きくなった。いとこをあれほどの情熱で駆り立てているのは、ルーツを求める心なのかもしれない。

わたしはまた、母が三十年前の夏に売るのを拒んだ値打ち物とは何なのだろうと考えた。母のものではないから売れないという品、もっといい治療が受けられるのを犠牲にしてまで頑固に守ろうとした品とは、いったい何なのだろう。傷ついている自分に気がついた。わたしは母の大事な娘なのだから、母から何もかも話してもらうのが当然と思っていた。その母に秘密があったことを知って、冷静に考えをまとめるのが困難になった。

父が死んだとき、わたしはヒューストン通りにあった小さな家のなかの品を売り払う前に、すべて調べてみた。あれほどの苦悶に値する品はひとつもなかったから、結局は母の手で売却したか（いや、父のしわざかもしれない）、誰かに譲り渡したかのどちらかだろう。もちろん、母が家のどこかにしまいこんだ可能性もある。母が何かを隠すとしたら、わたしに思いつける場所はピアノぐらいなもので、もしそうなら、わたしには運がなかったことになる。十年前に住んでいたアパートメントが火事で全焼し、そのときにピアノも焼けてしまったのだ。

でも、もしそれが――何なのか知らないが――ヴィーコが捜しているのと同じ品なら、つまり何かの楽譜なら、ガブリエラはたぶんミスタ・フォルティエーリに相談を持ちかけたことだろう。そうでないとしても、彼なら、母の相談相手になりそうな人物を知っているはずだ。ネイパーヴィルのショッピング・モールで写真の現像ができあがるのを待つあいだに、彼に電話してみた。彼は現在八十歳だが、まだ元気で働いているので、応答がなくても不審には思わなかった。

エレクトロニクス会社へまわり、社長室の控えの間で居眠りしていたら、社長がようやく十分間だけわたしの報告に耳を傾ける時間を作ってくれた。五時すこし前に用がすんだので、ミスタ・フォルティエーリにもう一度電話しようと思い、社長秘書のオフィスに寄った。今回も応答はなかった。

三時間しか寝ていないので、皮膚が裏返しに張りついているみたいにヒリヒリした。今朝の七時から百九十マイルを移動しつづけてきたのだ。いまはベッド以外何もほしくなかった。だがかわりに、渋滞した高速道路を、はるか北西にあるオヘアの出口めざして走りつづけた。

ミスタ・フォルティエーリの住まいはノース・ハーレム・アヴェニュー沿いのイタリア人地区にある。昔ガブリエラに連れられてきたときは、一日がかりの遠出だった。まず六番のバスでループまで行き、高架鉄道のダグラス線に乗りかえて、終点でハーレム行きのバスに乗った。通りに面したレストランのひとつでお昼をすませてから、ミスタ・フォルティエーリのところに行き、母は歌や雑談を楽しみ、わたしのほうは、分解してもかまわない古いクラリネットをおもちゃがわりに渡されるのだった。帰りは、バス停へもどる途中で〈フレスコバルディのデリ〉に寄って、ポレンタとオリーブ油を買った。年とったミセス・フレスコバルディが、ずらりとならんだカルダモンの袋をよくさわらせてくれて、官能的な香りに興奮したわたしは、コマーシャル・アヴェニューで見かける酔っぱらいのしぐさを誇張して、店内をよたよた歩いてみせたものだった。ガブリエラは苦い顔でわたしをどなりつけ、行儀よくしないとジェラートはおあずけだと脅した。

今日訪れた通りはその魅力の多くを失っていた。昔の店もすこしは残っているが、他の地区と同じく、ここにもチェーン店が触手を伸ばしてきている。ミセス・フレスコバルディはジュウェル・オスコに対抗しきれなかったし、〈ヴェスプッチ〉という、ガブリエラが贔屓にしていた靴屋は近くのショッピング・モールに吸収されてしまっていた。

ミスタ・フォルティエーリの店は鎧戸を閉ざした暗い家の一階にあり、うらぶれた感じで、通りの店々が活気にあふれていた時代を恋しがっているみたいに見えた。たいした期待もせずに呼鈴を鳴らした。一階にも二階にも明かりが見えなかったので。

「留守じゃないかしら」隣接する歩道のところから、女性が声をかけてきた。

女性は洗濯物を詰めこんだショッピング・カートを外に出したところだった。わたしはミスタ・フォルティエーリを見かけなかったかと、女性に尋ねた。けさ出勤の身支度をしていたとき、彼の寝室に明かりがついているのを見たという返事だった――フォルティエーリさんもうちと同じで早起きだから、この季節はいつも寝室に明かりがついてるのよ。じつをいうと、台所の明かりが見えないんで、さっきからふしぎに思ってたとこなの。いつもこれぐらいの時間に夕食の支度をしてる人だから。でも、もしかしたら、結婚してウィルメットに住んでる娘さんのとこへ遊びに行ったのかもね。

わたしはバーバラ・フォルティエーリの結婚式を思いだした。ガブリエラの容態が悪くて出席が無理だったので、わたしがかわりに行かされたのだ。音楽はすばらしかったが、わたしは頭にきていたし、居心地も悪かったので、周囲のことには（新郎も含めて）ほとんど注意を向けなかった。バーバラの結婚後の姓を知っているかと、女性にきいてみた――そちらへ電話して、お父さんが行ってるかどうかたしかめたいんです。

「あら、娘さんを知ってるの？」

「うちの母がミスタ・フォルティエーリの友達だったので――ガブリエラ・セスティエリ――いえ、ウォーショースキー」昨日、ヴィーコの相手をしたおかげで、母の過去がわたしの心の奥深くに入りこんでいた。

「あいにくだけど、ハニー、娘さんとは一度も会ってないのよ。大学時代に知りあった男の子と結婚したそうだけど、なんて名前だったか、思いだせないわ。わたしは夫と一緒に越してきたばかりだったし、あの二人は湖に面した郊外へ行ってしまったから」

彼女の口調からすると、祖先がおこなった大西洋横断に劣らぬ勇気ある旅立ちのようにきこえた。疲労のせいで、それがやたら滑稽に感じられ、わたしは笑いに全身を震わせているのを彼女に見られまいとして、知らぬ間に身体を二つ折りにしていた。「いますぐお行儀よくしないと、ジェラートはおあずけよ」というガブリエラの言葉を思いだしてよけいおかしくなり、脇腹を押さえてしゃがみこむしかなくなった。

「大丈夫、ハニー？」女性は赤の他人にかかわりあいたくなくて、ためらいを見せた。

「長い一日だったから」わたしはあえぎながら答えた。「急に――痙攣が――脇腹に」

それ以上しゃべることができなくて、手をふって女性を追い払った。バランスをくずしてよろよろとドアにもたれた。背中でドアがバタンとひらいたため、その勢いで店のなかへ倒れこみ、肘を椅子にぶつけてしまった。

倒れたおかげで頭がはっきりした。痛みに低くうめきながら肘をさすった。椅子で身体を支えて立ちあがった。そのとき初めて、椅子がひっくりかえっていたことに気づいた。どこの店だろうと、それは警戒すべきしるしだが、ミスタ・フォルティエーリみたいに几帳面な人間の店ではなおさらだ。

理由を考えるのはあとまわしにして、まずあとずさりでドアの外へ出ると、片手をジャケットでくるんでからノブをつかみ、ドアをしめた。洗濯物のカートを押した女性はすでに通りの先のほうへ行っていた。車のグローブボックスをかきまわして懐中電灯を見つけ、駆け足で歩道をひきかえして、店にもどった。

奥で老人が見つかった。仕事場の中央だった。オーボエを左手に握ったまま、作業道具のあいだに倒れていた。脈を探ってみた。わたし自身の心臓の不安な鼓動だったのかもしれないが、かすかな生命のしるしが感じとれたような気がした。部屋の向こう端に電話があった。棚から抜かれ、放りだされた本の山のなかに、電話は埋もれていた。

Ⅵ

「……ったくもう、ウォーショースキー、ここで何やってたんだ」鑑識係が表の店内をかきまわすあいだ、ジョン・マゴニガル部長刑事とわたしは奥の部屋で話をしていた。

彼に出会って、わたしも向こうに劣らず驚いた。ダウンタウンの市警本部に勤務する彼とともに、もしくは彼の周囲で、わたしも何年か仕事をしてきたのだから。彼が転勤になったなんて警察の誰も教えてくれなかった。ちょっと意外だ。彼はわたしの父の一番古い友人であるボビー・マロリーの右腕だったのだから。ボビーは定年を間近に控えている。マゴニガルはたぶん保護者から独立した権力基盤を作りたくて、モントクレアに転勤したのだろう。わたしが殺人事件に首を突っこむとボビーがいやな顔をするので、マゴニガルもときどき彼のまねをする。というか、以前はそうだった。

マゴニガルはボビーの不機嫌をまともにぶつけられてひどくいらだっているときですら、わたしがすべての真実を話すわけではないにしても、彼を惑わせたり警察の捜査をぶちこわしにすることはない、その点だけは信用できる、と思ってくれていた。だが、今夜の彼は、事件現場へ彼を呼びだした声がわたしの声だったという偶然だけで怒り狂っていた。仕事の性質上、ほとんどの警官は多少なりとも迷信深くなるものなのだ。わたしがモントクレアへきたのは楽譜のことを尋ねたかったからにすぎないのに、彼はそれを信じようとしなかった。仕方がないので、生まれて初めて会った親戚の男が幻の楽譜を捜しているのだという話をしてやった。

「へえ、その楽譜ってのは？」

「ソナタなの。クラウディア・フォルテッツァ・ヴェラージの作品」うーん、ときにはわたしも彼を惑わすことがあるかもね。

「老人が帰ってくるすこし前から、誰かが店じゅうをひっかきまわしていた。侵入者がいるところへいきなり老人が帰ってきて、自分の身は自分で守れると思いこんだ――そんな感じだね。手に何持ってたんだっけ。オーボエ？　ひょっとして、きみの親戚のしわざとか？　動機は老人がクラウディアなんとかかんとかのソナタを持ってなかったから」

わたしはその質問に飛びつきはしなかった。「そんなことないと思うわ」わたしの声は遠くから細い糸のように響いてきたが、すくなくとも震えてはいなかった。

わたし自身もヴィーコのことが心にひっかかっていた。ミスタ・フォルティエーリのことはヴィーコにはひとことも話していない。それだけはたしかだ。でも、わたしが〈ドン・ジョヴァンニ〉の楽譜にはさんでおいた、フォルティエーリからガブリエラに宛てて書かれた手紙を、彼が見つけたのかもしれない。で、ここまで出かけてきて、何が本当の狙いなのか知らないが、ともかくその目当ての品を捜しまわり、首尾よく見つかったので、証拠湮滅のためにミスタ・フォルティエーリを刺した——彼がシカゴへきたのは、何か貴重な品を捜すにあたって、わたしをだますことが目的だったのだろうか。また、マゴニガルはなぜその説に簡単に飛びついたのだろう。胸の不安を打ち明けてしまうなんて、わたしもよほど疲れていたにちがいない。

「そのいとこの名前を教えてくれ……こら、ヴィク、隠すんじゃない。おれはな、こっちの管区へは三カ月前にきたばかりなんだ。初めての強盗事件の通報を受けて駆けつけてみたら、かわいいマペットちゃんがおれの芝生にすわりこんでたってわけだ。きみは麻薬でラリってでもいないかぎり、男にナイフを突き立てたりはしないだろうが、何か知ってるのはたしかだな。でなきゃ、事件が起きて何分もしないうちにここにいるわけがない」

「それが事件の発生時刻なの？　わたしが着く何分か前？」

マゴニガルはいらだたしげに肩をいからせた。「救急隊員にはそんなこと推定してる暇なんかないよ——老人の血圧が低すぎた。きみがああも都合よくあらわれなかったら、死んでたことはまちがいない。今度市長がメダルを授与するときには、きみに表彰状が贈られるだろうよ。フォルティエーリが出血してた時間はたぶん三十分ぐらい。それ以上ではない。だから、きみの親戚の話をききたいんだ。そのあと別の誰かの話をきいて、さらに別の誰か、次の誰かへとつづけていく。警察の捜査の手順ぐらい、きみだって知ってるだろう」

「ええ、手順は知ってるわ」ヴィーコの名前を一文字ずつ彼に教えてパトロール警官へ伝えてもらううちに、わたしは耐えがたい疲労を感じた。「フォルティエーリの娘さんの居所はわかった？」

「彼女なら、いま病院で付き添ってる。で、彼女、きみの打ち明けてくれそうにない何を知ってんだい？」

「うちの母を知ってたわ。いまから彼女に会いにいってくる。知らない人間が自分の身内を切り刻んでるあいだ、病院で待ってるのはつらいもの」

彼は胡散臭い目でわたしを見てから「おれだって最近何度もそんな目にあってるぜ。妹がループス腎炎で腎臓を片方だめにしたからな。きみも一晩中病院の待合室をうろつくかわりに、すこしは睡眠をとったほうがいい」と、乱暴な口調でいった。

彼の助言に従いたいのはやまやまだったが、わたしの脳に寄せては砕ける疲労の荒波の下に、非常事態を告げる感覚がひそんでいた。ヴィーコがこの店へきて目当てのものを見つけたとすれば、すでにイタリアへ戻る飛行機のなかかもしれない。

電話が鳴った。マゴニガルが柱の向こうへ手を伸ばし、電話に出たパトロール警官から受話器を受けとった。低く短いやりとりののちに電話を切った。

「きみの親戚はまだガリバルディのチェックアウトをすませていないが、部屋にもいない。フロント係が知るかぎりでは、今朝の食事のとき以来姿を見ていないそうだが、もちろん、ホテルの客は出入りのたびにサインするわけじゃないからね。そいつの写真、持ってるかい？」

「昨日が初対面だったのよ。高校の卒業アルバムの交換はしなかったわ。年は三十代半ば、背はわたしよりたぶん一インチか二インチ高め、体型はスリム、髪は赤褐色、サイドがちょっと長めで前髪をおろしてる、目は髪とほぼ同じ色」

ドアまで歩こうとしてふらつき、倒れそうになった。表の店の乱雑さはわたしが着いたときよりひどくなっていた。散らかった本と楽器のほかに、指紋検出用のグレイの粉と、犯罪現場用の黄色いテープがふえていた。なるべくその混乱を避けて通ったが、トランザムに乗りこんだとき、車のフロアマットにグレイの粉が一筋ついてしまった。

Ⅶ

豊かな髪の色合いはいまや黒よりグレイのほうが強くなっていたが、手術室の待合室に入ったとたん、バーバラ・フォルティエーリだとわかった(現在はバーバラ・カーマイクル、五十二歳、フルートのレッスン中だったところを父親の枕元に呼びだされたのだ)。彼女のほうは最初、わたしのことがわからなかった。最後に会ったとき、こちらはまだ十代だったし、あれから二十七年もの歳月が流れたのだ。

彼女は驚きの、そして心配のこもった、ごくありふれた叫び声をあげてから、父親が病院で麻酔をかけられる直前にほんの一瞬目をひらき、ガブリエラの名前を口走ったという話をしてくれた。

「どうしてあなたのお母さんのことを考えてたのかしらね。あなた、最近父に会いにいった? うちの父、ときどきあなたの話をするのよ。お母さんの話も」

わたしは首をふった。「お父さんに会いたくなったの。ガブリエラが病気になった年の夏——ええと、一九六五年の夏ね——何か貴重な品を売る件でお父さんに相談に行かなかったかどうか、きいてみたくて」

もちろん、バーバラはそんなことは何も知らなかった——わたし、二十代だったのよ。婚約中だったし、ノースウェスタン大学でフルートとピアノの勉強に忙しかったから、父の店に出入りする女性たちに注意を向ける暇なんてなかったわ。

わたしは彼女の言葉に加え、その口調にたじろいだ。ガブリエラをハーレムの女の一人としてとらえたその感覚に。こわばった表情で、彼女の父親が襲われたことに慰めの言葉を述べ、帰ろうとまわれ右した。

彼女がわたしの腕に手をかけた。「許して、ヴィクトリア。あなたのお母さんのことは好きだったのよ。でも、やっぱりいやな気がした――父がお母さんと一緒にいるのを見るたびに。うちの母の思い出が汚されるような気がして。それはともかく、いま夫が街を留守にしてるの。一人ぼっちでここにいて、知らせを待つのかと思うと……」

やはりわたしも残ることにした。時間を埋めるために、彼女のレッスンや、彼女が夫婦でひらいたリサイタルや、わたしが結婚していないという事実や、音楽をやめてしまったことについて、おたがいうわの空でしゃべりつづけた。九時ごろ、執刀医の一人が入ってきて、ミスタ・フォルティエーリの手術が無事にすんだことを知らせてくれた――ナイフが肺まで達していて、かなりの失血が見られました。心臓に負担がかからないようにするため、二、三日は睡眠剤で眠ってもらい、呼吸装置を使うことにします。実の娘さんたちなら面会は自由ですが、ショックかもしれないので、心の準備をしておいてください。

姉妹とまちがわれたことに、わたしたちの両方が顔をしかめた。わたしはバーバラを集中治療室の待合室に残し、足をひきずるようにしてトランザムにもどった。こまかい霧が流れはじめて、街灯におぼろな光の輪郭を与えていた。バックミラーの角度を調節して、銀の光のなかにわたしの顔が映るようにした。この高い頬骨は明らかにスラブ系だし、目はトニーにそっくりの澄みきった深いグレイ。うん。どこから見ても、わたしはトニー・ウォーショースキーの娘だ。

通りはスリップしやすかった。わたしは自分の疲労にびくつきながら、極度に神経をはりつめて運転した。無事に家に着いたとたん、眠りに焦がれる気持ちが猛烈な食欲のごとく襲いかかってきた。ベッドへの憧れで、鍵を持つ手が震えた。

吹抜けのドアのひらく音をききつけて、ミスタ・コントレーラスが廊下に飛びでてきた。

「おお、帰ったか、嬢ちゃん。あんたの親戚が入口のあたりをうろついて、あんたの帰りを待っとるのを見かけてな、いやいや、親戚だとは知らなんだが、向こうからくわしく説明してくれたんで、親戚をそんなとこに立たせとくのはあんたもいやだろうと思ってな。帰りがいつになるかわからんのに」

「ああ、大切な身内《カラ・クジーナ》！」わが隣人のうしろからヴィーコが姿を見せたが、彼が叙唱《レチタティーヴォ》を披露する暇もないうちに、犬たちのコーラスが彼を圧倒し、ワンワンキュンキュンいいながらその横をすり抜けてわたしを迎えにきた。

わたしは言葉もなく彼をみつめた。

「元気？ 仕事はうまくいった？」

「大変だったわ。疲れてくたくた」

「じゃあ、ぼくがきみをディナーと踊りに連れていく。きみは元気になる」彼はミスタ・コントレーラスに気を遣って英語でしゃべっていた。老人の知っているイタリア語といったら〝グラッパ〟だけだもの。

「ディナーと踊りにつきあったら、こっちは死体の気分だわ。ホテルへ帰ってくれない？　すこし眠らせてよ」

「もちろん、もちろん。きみは一日じゅうせっせと働き、ぼくは遊んでいる。ぼくはきみの――きみの――パルティテューラを――」

「楽譜《ブォーノ》ね」

「そう。楽譜。ぼくはそれを持っている。それを階上まで運んで、きみのためにきちんと片づけて、きみを休ませてあげる」

「自分で持ってくからいいわ」わたしは片手を出した。

「だめ、だめ。ゆうべ、部屋をすごく散らかしてしまった。わかってるんだ。それに、ゆうべのぼくは欲張りで、今日きみが仕事だというのに遅くまで寝かせなかった。だから、ぼくがきみと一緒に行ってきれいにするよ――イル・ディスオルディーネを――乱雑っていうの？　そのあと、きみは心配なしに休息する。ぼくが働くあいだ、きみは花の香りを嗅いでいて」

こちらが抗議する暇もないうちに、彼はミスタ・コントレーラスの居間に駆けもどり、大きなスーツケースを持って飛びだしてきた。大仰なしぐさで、春の花のブーケと、今回は黄色い封筒に入った楽譜を差しだしてから、片腕をわたしにまわし、階上へ連れていこうとした。犬と老人があとにつづき、二人プラス二匹のあまりの騒々しさに、ついに、ミスタ・コントレーラスの部屋の向かいに越してきたばかりの病院のレジデントが廊下へ出てきた。

「ちょっと！　わたし、三十六時間のシフトからやっと解放されて、いまから寝るとこなの。そのバカ犬を行儀よくさせとけないんだったら、市に苦情を申し立てるわよ」

　ミスタ・コントレーラスが大きく息を吸って、愛する犬たちを弁護する派手なアリアを歌いあげる用意をした瞬間、ヴィーコが割って入った。「すみません《ミ・スクージ》、シニョーラ、すみません《ミ・スクージ》。すべてぼくの責任です。ぼくはこの親戚に初めて会うためにイタリアからきています。とても興奮しているので、考えがまとまらず、うるさく騒いで、あなたの美しい目が必要としている眠りを邪魔してしまい……」

　わたしは残りの弁舌を待たずに、足音荒く階段を駆けあがった。ドアを閉めようとしたとき、ヴィーコに追いつかれた。「ここは睡眠が必要な働き者のレディたちをひきつける建物なんだね。きみの隣人も気の毒に。病院に勤務して、夜も昼もなしに働かされてる。アメリカってどういう国なんだい？　女性がこんなに働かなきゃいけないなんて。彼女にきみの花をすこしあげてきたよ。きみは気にしないだろうと思ったから。彼女、とっても喜んでたから、獰猛な動物のことで文句をいってくることはもうないだろう」

彼はすでにイタリア語に切り換えていた。彼のしゃべる英語よりずっと理解しやすい。カウチにどさっとすわりこむと、〝パルティテューラ〟を調べてすごした今日一日のことを楽しげに語りはじめた。わたしたちの共通の知人ミスタ・レイニエに頼んで、楽譜の読める人間を捜してもらったという。わたしの勘は当たっていた。バロック音楽。しかもそれだけにとどまらず、ペルゴレーシの作品と考えてまずまちがいないとのこと。

「つまり、ぼくたちの曾祖母の曲って可能性はまったくないんだ。きみのお母さんはなぜ、どこの楽器店でも手に入る作曲家の楽譜を手書きにしてとっといたんだろう？」

わたしは疲れがひどくて、遠まわしに探りを入れる余裕などなかった。「ヴィーコ、今日の夕方五時、どこにいたの」

彼はさっと両手をあげた。「なんで急に警官みたいな質問するの、ねえ」

「警察が同じことをききにくるかもしれないわ。わたしも知っておきたいの」

彼の目に警戒の色が浮かんだ。怒りではない。それなら自然だろうに。当惑ですらない。彼の返事には、当惑した男の使いそうな言葉が並んではいたけれど——まさか、きみ、嫉妬してんじゃないだろうね。会ったばかりのきみに嫉妬されれば、男としてはいい気分だけどさ、いったいなんの話だい？　それに、なんで警察が？　まあ、どうしても知りたいなら答えてあげる。階下にいたんだ。きみの隣人のとこに。

「だったら、ぼくもきくけどさ、ヴィク、きみのほうは五時にどこにいたの？」

「ケネディ高速道路よ。北のハーレム・アヴェニューに向かってた」

彼はいささか長めの沈黙を置いてから、ふたたび両手を大きく広げた。「きみの街には不案内だから、そういわれても、ぼくには何もわからない」

「わかった《ベネ》。楽譜のことでいろいろ骨折ってくれてありがとう。じゃ、そろそろ休ませて」

わたしは楽譜をもらうつもりで片手を出したが、彼はそれを無視して「きみを休ませなきゃ。いまからぼくがひと働きだ」と叫ぶなり、ゆうべからホールに出しっぱなしになっていた紙の山のほうへ飛んでいった。

ペルゴレーシの楽譜を彼が封筒から出した。「この曲の最後にサインが入ってる。CFってイニシャルが。誰だろう」

「母のために書き写してくれた人のじゃない？　わたしにはわからないけど」

彼はそれをトランクの底に入れて、上からオペラの楽譜の山をどさっとのせた。わたしは怒りに唇をこわばらせ、ペルゴレーシを出そうとして楽譜の山をどけた。ヴィーコがあわてて手伝いにきたが、彼にできたのはすべてを落としてしまうことだけで、楽譜と古い書類の両方が床に散乱した。わたしは疲れてくたくたで、額をネジで締めあげられる感覚のほかは何も感じなくなってしまっていた。ものもいわずに彼から楽譜を奪いとり、カウチへ退却した。

これはヴィーコがゆうべ持ち帰ったのと同じ協奏曲だろうか。ろくな安全策も講じないで楽譜を渡してしまうなんて、わたしも甘かった。ライトにかざしてみたが、六ページの楽譜に別段変わった点はなかったし、秘密の暗号が消し去られたような跡もなかった。ライトに近づけて調べてみても、第百六十八小節の音譜が二、三注意深く訂正されている以外は何も見つからなかった。最後のページをひらくと、黒インクの几帳面な筆跡でCFのイニシャルが入っていた。

ヴィーコのやつ、フォルティエーリから母に宛てた手紙が〈ドン・ジョヴァンニ〉の楽譜にはさんであったのを見つけて、彼の居所を突き止めたにちがいない。いや、彼は五時にはこのアパートメントにいた。となると、弁護士のレイニエが一枚噛んでいそうだ。ヴィーコは今日一日レイニエと一緒だった。二人でミスタ・フォルティエーリの住まいを突き止めた。ヴィーコはアリバイ作りのためにここに顔を出し、弁護士が店のなかを捜しまわる。わたしはレイニエの目を思いだした。柔和な顔にはめこまれた花崗岩のかけらのような目。良心の呵責などまったくなしに年寄りを刺せる男だ。

満足そうな笑みを浮かべたヴィーコがガブリエラのイブニング・ドレスをとりにカウチまでやってきた。

「これが一番上だね、うん、このきれいなコンサート用のドレスが。さてと、すべてきれいに片づいた。きみを夢の世界に置いていこう。楽しい夢が見られるといいね」

彼はスーツケースをとると、帰りぎわに投げキスをよこし、はずむ足どりで夜の闇のなかへ消えていった。

Ⅷ

わたしは泥のような眠りに落ち、やがて母が出てくる夢の世界へ入っていった。最初は、ミスタ・フォルティエーリと一緒の母が、マゴニガルとわたしが話をした奥の小部屋でコーヒーを飲みながら笑っているのをながめていた。母がよその人間に注意を奪われていることにいらだったわたしは、ミスタ・フォルティエーリの手で修理中だったオーボエにストロベリー・ジェラートをなすりつけはじめた。ボビー・マロリーとジョン・マゴニガルが制服姿であらわれ、わたしを連れ去った。わたしの行儀の悪さが母の命を奪いつつあるのだとボビーにいわれて、わたしは怒りの、もしくは恐怖の叫びをあげていた。

そして突然、病院で死を目前にした母のそばにわたしはいた。網の目のような管や点滴壜の向こうに、母の黒い目が大きく見えた。ひび割れた唇から、ささやくような声がわたしの名前を呼んでいた。わたしの名前、そして、フランチェスカ・サルヴィーニの名前を。「マエストラ・サルヴィーニが……箱のなかに《ネッラ・カーサ》……ヴィットーリア、かわいい子《ミア・カリッシマ》、彼女に渡して《ダーレ》ね……」しわがれた声で母はいった。母の手を握っていた父が、何をいっているのかとわたしにきいた。

夢がここまできたとき、わたしはいつものように、髪が汗でべとつくのを感じながら目をさました。「マエストラ・サルヴィーニが箱のなかにいるんだって」夢のなかでわたしはトニーに力なくそう告げたのだった。「彼女に何か渡してほしいそうよ」

声楽の先生はすでに死んでしまったのかもしれない、だから彼女に手紙を出しても未開封のままもどってくるんだという不安に、母がおののいていたのだと、わたしはずっと思っていた。ごく幼いころから、わたしの耳には、発声レッスンをするフランチェスカ・サルヴィーニの声があふれていた。ガブリエラは舞台復帰のコンサートを計画したとき（結局は実現しなかったが）、この恩師から励ましの言葉をもらいたいと強く望んだ。ピティリアーノの昔の住所へ、シエナ歌劇団へ、いとこのフレデリカ経由でと、それぞれに手紙を出してみた。フレデリカ自身もその二年前に死んでしまったことを知らないで。

〝カーサ〟、つまり箱というのは、柩をあらわす一般的なイタリア語ではないが、英語と同じく粗雑な表現として用いられることがある。母からその言葉をきくと、わたしはいつも神経を逆撫でされるような気がした。母の言葉遣いは正確で、洗練されていて、卑俗な表現の入りこむ余地などなかったからだ。なのに、それが母の最後の言葉になったため——その日の昼過ぎに昏睡状態におちいり、意識がもどることはついになかった——箱に入れられて埋葬されるサルヴィーニの姿、目の前に迫った自分の運命と重なりあうその姿がガブリエラの心に浮かんでいたのだと思うたびに、わたしの身体に震えが走ったものだった。

だが、母は生気あふれる人生を大切にしていた人だ。母から夢のなかで具体的な指示を与えられたような気がして、わたしはベッドから起きあがり、着替えもせずにホールまで歩いて、もう一度トランクをあけてみた。中身をすべてとりだし、何度も何度も調べたが、ガブリエラが船でアメリカへ渡ってきたときグラスを入れるのに使っていたオリーブ材の箱は、どこにも見つからなかった。居間の隅から隅まで捜しまわり、ついでに無駄と知りつつ、アパートメントのなかの物を置けそうな場所を残らず調べてみた。

ヴィーコが昨夜ドアを出るときによこした、気どった笑みが思いだされた。あの男、スーツケースに箱を隠して持ち去ったのだ。

IX

ヴィーコはシカゴを離れてはいなかった。すくなくとも、ホテルの支払いはすんでいなかった。わたしはガリバルディのロビーの電話でルームサービスを呼びだし、シャンパンを注文するという策略を用いて、ホテルの彼の部屋へ入りこんだ。バーからサービスワゴンが出てくるのに合わせて、ウェイターのあとからエレベーターに乗りこみ、彼がどの部屋をノックするかを盗み見ながら、ゆっくりと横を通りすぎて廊下の端まで行き、ウェイターが腑に落ちない顔で立ち去ったのを見届けてから、万能鍵を使って部屋に入ったのだ。ヴィーコがいないことはわかっていた。というか、すくなくとも電話に出ないことだけは――あらかじめ通りの向かい側から電話をかけてみたのだ。

わたしの捜索を秘密にする気はなかった。引出しの中身をすべて床に投げだし、ベッドのマットレスをはがし、壁ぎわの家具を無理やり動かした。怒りがわたしを無謀にしていた。箱はこの部屋にはないと納得したときはすでに、室内は難破船の残骸みたいな有様になっていた。

箱がヴィーコのところにないのなら、レイニエにあずけてあるにちがいない。輸出入業務にたずさわる弁護士で、特別な貴重品を専門に扱うレイニエなら、古い楽譜の価値も、それを売りさばく方法も知っているはずだ。

ベッドの横にあるはずの時計はシーツの下のどこかに埋もれてしまっていた。腕時計を見た。もう四時をすぎている。レイニエが箱を置いておくとしたら、事務所だろうか、自宅だろうかと考えながら、ホテルの部屋を出た。どちらとも決めかねるが、忍びこむなら事務所のほうが簡単だ。この時刻はとくに。

ラッシュアワーの渋滞のなかを車で出かけて駐車場所を捜すよりも、ウェスト・ループまでタクシーで行くことにした。十一月の陽の光はほとんど消えていた。昨夜の霧が身を切るようなみぞれに変わっている。人々は風のなかで頭を低く下げ、自宅方向へ向かう輸送機関へと急いでいる。わたしはタクシー代を払って車をおりると、みぞれから逃れて、電話をかけるためケイレブ・ビルのコーヒーショップへ飛びこんだ。レイニエが出たので、鼻にかかった甲高い声を出し、シンディをお願いしますといった。

「今日はもう帰りました。そちらのお名前は?」

「アマンダ・パートン。読書サークルの仲間です。彼女が忘れてやしないか確認したくて——」

「自宅へかけてください。そういう個人的な用件をわたしの事務所で相談されては困ります」電話を切られてしまった。

偉い、偉い。勤務時間中は個人的な用件は禁止。やっていいのは窃盗だけ。ケイレブ・ビルのロビーで人の群れに紛れこみ、エレベーターで三十七階までのぼった。文字も数字もついていない金属ドアがあった。たぶん備品置場のドアだろう。廊下が一瞬からっぽになった隙に、万能鍵を使って手早くドアのロックをはずした。ドアの向こうには、大量のワイヤ、このフロアの電話および通信回線、そして、わたし一人がやっと立てるスペースがあった。わたしはなかに入ってドアをひきよせ、細いわずかな隙間を残して、そこから外を見張ることにした。

ブラックホークスのホッケー試合を見にいく男たちの一団が漂うように通りすぎていった。ブリーフケースを手にしてうなだれた一人ぼっちの女の渋面がこちらを向いた。一瞬、ドアを調べられるのではないかと焦ったが、彼女はどうやら自分だけの不快な思いに沈みこんでいるようだった。六時ごろようやく、レイニエがヴィーコとイタリア語で話しながら姿を見せた。わたしのいとこは相も変わらず愛想がよく、襟にマリゴールドの花をさしていた。十一月の中旬にどこでそんなものを見つけたのか、わたしにはわからないが、茶色いウーステッド地に飾られたその花はとてもおしゃれだった。ちらっと耳に入った会話の断片は、わたしの母や楽譜のことではなく、フィレンツェにあるお気に入りのレストランのことらしかった。

二人がエレベーターの前に立っていたり、忘れた傘をとりにもどってきたりしないことを確認するため、さらに十分間待ってから、備品置場からそっと抜けだし、輸出入業務を扱っているレイニエの法律事務所へ向かった。ドアのロックをはずすわたしを、隣室の企業から出てきた誰かが不審そうにみつめた。わたしは微笑をふりまき、夜の残業は大嫌いだといった。男は同情の言葉をつぶやいてエレベーターのほうへ歩み去った。

シンディの椅子はデスクにきちんと収められ、椅子の腕に白いカーディガンがきどってかけてあった。彼女のコーナーは素通りして、内側のドアをあける作業にとりかかった。こちらのドアのロックはもっと厳重だった。はずすのに十分かかった。怒りといらだちに襲われ、万能鍵を操作する指が何度もすべった。

こうした最新式のビルの照明はフロアの四分の一ずつがマスター・タイマーで管理されているので、すべての照明が同時についたり消えたりする。外にはすっかり夜の帳《とばり》がおりていた。明るくぎらつくライトが、わたしの揺れる輪郭を黒い窓に映しだしていた。ビルで働く人間の大半がもう帰宅したとの判断をマスター・タイマーが下すまで、まだ一時間ぐらいは、蛍光灯がわたしの捜索を照らしだしてくれるかもしれない。

奥のオフィスに入ったとたん、わたしの怒りは殺人的レベルにまではねあがった。母のオリーブ材の箱がばらばらにこわされ、屑籠に捨ててあったのだ。わたしはそれをひきずりだした。あの二人は箱をこわし、ビロードの内張り布を引き裂いていた。薄緑の布切れが床に落ちていた。屑籠をかきまわして残りのビロードを捜していたとき、母が書いたと思われるくしゃくしゃの紙片が目についた。

思わず息を呑み、それをとろうと手を突っこんだ。屑籠全体がわたしのほうへせりあがってきた。デスクの端にすがりついたが、デスクはすごい速さで横を通りすぎていくかに見え、暴風のうなりがほかの音を消してしまった。

やっとの思いで膝のあいだに頭を入れ、めまいがおさまるまでじっとしていた。感情の嵐に消耗しきったまま、ガブリエラの書いたものを読むために、のろのろとレイニエのカウチまで行った。その紙片に書かれた日付は一九六七年十月三十日、つまり母の最後の誕生日で、文字はいつもの大胆で威勢のいい筆跡ではなかった。このころは、鎮痛剤の影響で母の動作のすべてが不安定になっていたのだ。

手紙は〝最愛の者へ〟で始まっていて、それ以外の呼びかけは何もなかったが、わたし宛てであることは明らかだった。母の最後の手紙が夫ではなく娘へのものだったことに当惑して、頬がカッと熱くなった。「せめてもの救いは、愛人宛てじゃなかったことね」そうつぶやきながら、前よりも深い当惑のなかで、ミスタ・フォルティエーリのことと、暗示に満ちた夢のことを考えた。

最愛の者へ

あなたがいずれ見つけるはずの場所へこれをしまっておくことにしました。あなたも人生の旅路をたどるうちに、自分にとって無意味なものを切り捨てていくでしょうが、この箱とわたしのグラスだけはつねに旅路の友となるであろうと信じて――望んで――います。フランチェスカ・サルヴィーニがまだ生きていたら、この貴重な楽譜をどうか彼女に返却してください。彼女が死亡している場合には、そのときの状況に応じて処理してください。何があろうと、自分の利益のためにそれを売ることはなりません。マエストラ・サルヴィーニが断言するだけの価値がその楽譜にあるなら、おそらくは博物館に展示すべき品でしょう。

この楽譜はいつも、マエストラ・サルヴィーニの音楽室のピアノの横か、彼女の家の一階に、額に入れて飾ってありました。わたしはイタリアを離れる直前の真夜中に、別れの挨拶をするため彼女のところを訪ねました。彼女は自分も逮捕されるのではないかと恐れていました。ファシストに頑強に抵抗してきたからです。楽譜が下劣な人間の手に渡ることのないようアメリカで守ってほしいといって、彼女からそれを託されました。だから、たかが薬代のために楽譜を売るなどということを、承知するわけにはいかないの。あなたのパパに見つからないところへ隠すことにするわね。パパはわたしの信頼を裏切って、お医者への謝礼をふやしかねない人だから。そんな必要はもうないのに。結局は、お医者のくれる薬でよけい悪くなり、声が出なくなってるんだもの。命を半年延ばして、さらに苦痛を増すだけのために、彼女の宝物を使うべきだと思う？　愛しいわが子、こんなものは人生とは呼べない、単なる器官の生存にすぎないということを、あなたなら理解してくれるはずです。

ああ、わたしのかわいい娘、何よりもつらいのは、危険と誘惑に満ちたこの世界へあなたを一人で残していかねばならないことです。つねに正義を求めて戦いなさい。

周囲の世界から二流のものを押しつけられることがあっても、自分のなかにそれを存在させてはなりません。あなたが成長して自分の人生を築いていくのを見届けられなくて残念だけれど、これだけは覚えておいて――イル・ミオ・アモーレ・ペル・テ・エ・ラモール・ケ・ムオーヴェ・イル・ソレ・エ・ラルトレ・ステッレ。

あなたに対するわたしの愛は太陽とすべての星をも動かす愛なのです。子供のころのわたしに、母はいつもこう口ずさんでくれたものだった。これがダンテからの引用であることをわたしがようやく知ったのは、大学に入ってからだった。

痛みで意識朦朧とし、サルヴィーニの楽譜を守らなくてはという強迫観念にとりつかれた母が、箱のビロードに切れ目を入れ、いずれわたしが発見することを信じて、その奥へ楽譜を封じこめたのだ。痛みと薬ゆえにそんな無謀な手段に走ってしまったのだ。ヴィーコが楽譜ほしさに訪ねてこなかったら、わたしがそれを捜すことは決してなかっただろう。あの最後の言葉「箱のなかに《ネッラ・カーサ》」にこめられた苦痛が幾度心に浮かんでこようと、この箱、この内張り布、この手紙との関連には気づかなかっただろう。

わたしは手紙の皺を伸ばして、ブリーフケースの平らな内ポケットにしまいこんだ。母がこの部屋に一緒にいるような気がして、怒りもすこしおさまった。多少は理性をもってフランチェスカ・サルヴィーニの宝捜しを始められそうだ。

幸いなことに、セキュリティに関しては、レイニエはビルのありきたりの装置に頼っていた。金庫があるのではと心配していたのだが。かわりに、彼は書類をアンティークな戸棚にしまっていた。昔の装飾的な錠前の奥に小さな最新式のロックがついていたが、はずすのに時間はかからなかった。ガブリエラの箱をこわされて頭にきていたので、万能鍵が戸棚の前面の象嵌細工に深いひっかき傷を残したときは胸がすかっとした。

楽譜は〝セスティエリ／ヴェラージ〟と記されたファイルのなかから見つかった。使われているのは古い羊皮紙で、端がすり切れて変色し、明らかに手書きと思われる音符はところどころ色褪せて薄い茶色になっていた。オーボエ、ホルン二本、バイオリン、ビオラのために書かれたこの楽譜は八ページの長さだった。音符は細心の注意を払って書かれていた。二ページ目、三ページ目、六ページ目を見ると、ホルンのパートの上に誰かが五線をもうひとつ走り書きして、手早いぞんざいな筆跡で音符を書きこんでいた。ほかの部分の入念な仕上がりとは大きなちがいだ。二カ所に〝ダ・カーポ〟という走り書きが入っているが、大急ぎで書いたらしく、文字がほとんど読みとれない。その同じ誰かが余白と最後にいくつかメモを残している。ドイツ語らしいが、内容までは読みとれなかった。作曲家の正体を教えてくれるはずの署名は楽譜のどこを捜しても見つからなかった。

楽譜を戸棚のてっぺんにのせて、ファイルの中身調べをつづけた。シニョール・アルノルド・ピアーヴェという男からの手紙があり、ヴィーコのことを、シカゴにある貴重な音楽関係の書類を捜している人物だとレイニエに紹介していた。関係者の居所を突き止めるにあたってシニョール・レイニエの力をお借りできれば、こんなうれしいことはない。レイニエはレイニエで、〝十八世紀の手書きの楽譜に関心を持っていることで有名な〟ドイツに住むある男に手紙を書き、ほどなく〝掘り出し物〟が手に入るのでお見せできるかもしれないと知らせていた。

そこまで読み進んだとき、外のドアに鍵の音がした。清掃係なら嘘をついて追っぱらえばいいが、レイニエがもどってきたとなると……あわてて、戸棚にのせておいた楽譜をとり、最初に目についた場所へ押しこんだ。戸棚の上にかかっていたモディリアニの絵のうしろへ。次の瞬間、レイニエとヴィーコが飛びこんできた。レイニエは拳銃を持っていて、わたしに狙いをつけた。

「やっぱりな！」ヴィーコがイタリア語で叫んだ。「ホテルの部屋の状態を見た瞬間、きみが楽譜を盗みにきたんだとわかった」

「楽譜を盗みに？　愛しいヴィーコったら！」自分の声にこもった軽い軽蔑を耳にして、わたしは満足した。

ヴィーコはわたしに向かってこようとしたが、レイニエに鋭くたしなめられ、あとずさった。両手を頭にのせてカウチにすわるよう、弁護士がわたしに命じた。彼の目に浮かんだ非情な冷たさは怒りよりも始末が悪かった。わたしは命令に従った。

「さて、どうする？」ヴィーコがレイニエにきいた。

「いまからこの女を連れだして――いや、地名をいっても、あんたには意味がない。街の西にある森だ。保安官助手の一人がこいつの面倒をみてくれる」

シカゴ市に属していないクック郡のいくつかの地区には、金で殺しを請け負う保安官助手たちがいる。春になったら、腐った落ち葉の山の下から、犬か子供によってわたしの死体が発見されるだろう。

「つまり、マフィアにコネがあるわけね」わたしは英語でいった。「あなたが向こうへお金を払うの？それとも、向こうがあなたに？」

「あんたには関係ない」レイニエは相変わらず冷淡だった。「そろそろ行こうか……あ、ヴェラージ」イタリア語でつけたした。「出かける前に、楽譜が無事かどうかたしかめてくれ」

「その貴重な楽譜って、何の曲なの？」わたしはきいた。

「いまさら知ったところで無意味だろう」

「わたしのアパートメントから盗みだしておきながら、わたしに教える必要はないっていうの？　裁判になれば、検察側は別の見解を示すと思うけど」

レイニエの相も変わらぬ冷淡な返事が終わらないうちに、楽譜が消えていると、ヴィーコがわめき立てた。

「なら、彼女のバッグを調べろ」レイニエが命じた。

ヴィーコは彼のうしろを横切って、カウチにのっていたわたしのブリーフケースをとった。中身を床にぶちまけた。ショーン・コルヴィンのテープ、ケースから一部がはみでたタンポン、ばらばらのレシート、ひとつかみのドッグ・ビスケットなどが、仕事用の手帳と小型カメラと双眼鏡に加わって、プロの探偵にはふさわしくない山を作りだした。ヴィーコがブリーフケースを大きくひらいて揺すった。母の手紙は内ポケットにおさまったままだった。

「どこにある？」レイニエが詰めよった。

「きいても無駄よ。答えない」ふたたび英語を使って、わたしは答えた。

「ヴェラージ、彼女のうしろにまわって、手を縛れ。デスクの一番下の引出しにロープが入ってるから」

レイニエには事務所でわたしを撃つ気はないのだ。ビルの管理者に弁明するのが大変だから。わたしは猛烈に抵抗した。だが、レイニエにみぞおちを蹴られて一瞬息ができなくなり、ヴィーコに荒々しく腕をねじあげられた。彼のマリゴールドはつぶれてしまったし、その目は明日の朝までに黒あざになっているだろう。彼は怒りにぜいぜいあえいでいて、手を縛りおえてから、わたしの頬に平手打ちをくれた。わたしの鼻からシャツへ血がしたたり落ちた。それを拭きとりたかった。自分の無力さへの怒りに、一瞬、我を忘れそうになった。ガブリエラのことを思い、太陽とすべての星を動かす愛のことを思い、レイニエの無表情な目を見まいとした。

「さて、楽譜をどこに隠したか教えてもらおう」レイニエが相変わらずの冷淡な声でいった。

わたしはカウチにもたれ、目を閉じた。ヴィーコがまた平手打ちをよこした。

「はいはい、わかったわ」わたしはつぶやいた。「どこにあるのか教えてあげる。でも、その前にひとつ質問させて」

「交換条件を出しても無駄だ」レイニエは冷たくいった。

わたしは彼を無視した。「あなた、ほんとにわたしの親戚なの?」

ヴィーコは歯をむきだし、犬のような笑みを浮かべた。

「ああ、そうさ、まちがいない、血のつながった親戚なんだ。一族のみんなから軽蔑されてたあの尻軽女のフレデリカは、たしかにぼくの祖母だった。そう、ミラノへこそこそ逃げて、貧民街で父なし子を生んだんだ。母親も祖母の生き方にいたく感動して、同じことをくりかえした。で、その尊敬すべき女二人が死んでから——一人は肺炎、もう一人はヘロインのやりすぎでね——高貴なヴェラージ家が哀れな貧民街の子を救いだし、フィレンツェで贅沢に育ててあげたってわけさ。あいつら、祖母の手紙を残らず箱に突っこんで、ぼくを連れ、ぼくのたったひとつのおもちゃを持って——誰かがゴミ溜めに捨てた馬のおもちゃで、例によって夜遊びに出てた母親が持ち帰ったものなんだが——フィレンツェへもどったんだ。馬は伯母が捨てちまって、かわりにすごく清潔なおもちゃをいくつも与えてくれたが、手紙のほうは屋根裏にしまいこまれた。

で、ごりっぱな伯父が死んだとき——伯父としてはこの役立たずのガキを救いだしたことで、いくら自己満足に浸っても足りなかっただろうがね——ぼくは祖母が持ってた手紙をすべて見つけだした。そこにきみのお母さんの手紙も混じってて、すごく貴重な楽譜をフランチェスカ・サルヴィーニに返したいんで、彼女を見つけるのを手伝ってほしいと書いてあった。そこで、ぼくは思った——ヴェラージの家の連中がぼくに何をしてくれた？ぼくの鼻を泥に突っこんだだけじゃないか。きみもだ。やつらと同じあの美しい血がきみのなかに流れてるんだ。そして、ぼくのなかにも！」

「ところで、わたしたちの曾祖母のクラウディア・フォルテッツァなんだけど。彼女は作曲をしてたの？　それとも、すべて作り話？」

「ああ、わが一族の貴婦人がみなそうであるように、彼女も音楽をかじってたことはまちがいない。きみだって——こないだの晩、あの楽譜を見て、ぼくに記譜法がどうのってきいたじゃないか！　ああ、そうさ、高慢ちきなヴェラージの連中と同じで、ピアノを見たこともないぼくを嘲笑ってたんだ！　ぼくは思った——きみにああいう話をすれば、簡単にひっかかってくるぞと。存在しもしない彼女の楽譜を捜すきみを見てるのはけっこう愉快だったぜ」

彼の目は琥珀色のぎらつきを放ち、話を終えるころには唾が泡となって口をおおっていた。彼がガブリエラと似ているような気のしたのが、汚らわしいことに思えてきた。レイニエが彼の頰を強烈に張りとばし、静かにするよう命じた。

「この女はな、われわれを興奮させようとしてるんだ。わたしの隙を突くにはそれしか手がないからな」彼は銃の握りをわたしの左膝に軽く叩きつけた。「さあ、楽譜がどこにあるか白状してもらおう。いやなら、その膝頭を砕いて這いまわらせてやるからな」

わたしの手がじっとり湿った。「廊下の先に隠したのよ。配線用のクロゼットがあったから……エレベーターのそばにある金属ドア……」

「見てこい」レイニエがヴィーコに命じた。

いとこはドアがロックされているという知らせを持って、数分後にもどってきた。

「いまのは嘘か」レイニエがどなった。「どうやって入ったんだ?」

「ここに入ったのと同じ方法よ」わたしはつぶやいた。「万能鍵。お尻のポケットに入ってるわ」

レイニエはヴィーコに命じてわたしからそれをとりあげたが、ヴィーコが使い方を知らないので、うんざりした顔になった。わたしを連れていって、わたし自身にクロゼットの鍵をあけさせる決心をした。

「フロアのこの区域では今夜は誰も残業してないし、清掃係がくるのは九時すぎだ。邪魔が入る心配はない」

二人はわたしをひきずるようにして、廊下の先のクロゼットまで連れていき、そこで手のロープをほどいた。わたしは万能鍵を使うために膝を突いた。カチッと音がしてロックがはずれたとたん、ヴィーコがドアをつかんで乱暴にあけた。わたしはワイヤのなかへ倒れこんだ。腕いっぱいのワイヤをつかみ、渾身の力をこめてひきちぎった。廊下が真っ暗になり、警報ベルが響き渡った。

ヴィーコがわたしの左足をつかんだ。わたしは右足で彼の頭を蹴飛ばした。彼の手が離れた。ふりむくなり彼の喉をとらえ、頭を床に叩きつけてやった。彼はわたしの左腕をつかんでもぎ離した。彼に殴りかかられる前に、わたしは床に身を伏せ、彼の頭にもう一度蹴りを入れようとした。わたしが蹴ったのは空気だけだった。目が闇に慣れてきた。床に倒れた暗い影が彼の輪郭らしい。わたしの手の届かないところでのたうっている。

「そこから離れるんだ。居場所をはっきりさせろ！」レイニエが彼をどなりつけた。「五つ数えたら女を撃つ」

わたしはレイニエの足に飛びつき、転倒させてやった。彼が床にぶつかった瞬間、銃が暴発した。彼の鼻柱にわたしのこぶしをめりこませたら、彼は気絶してしまった。ヴィーコが銃に手を伸ばした。突然、廊下のライトがついた。わたしはまばゆさのなかで目をしばたき、ヴィーコが狙い定めて引金をひく前に銃を蹴飛ばさなくてはと、彼のほうへころがった。

「そこまで！　両手を頭のうしろへやって。全員だ」シカゴ市警の警官だった。彼のうしろに、ケイレブ・ビルの警備員の一人が立っていた。

X

わたしの法的問題を解決するのに、心配したほど長くはかからなかった。わたしに事務所へ乱入されたため身を守ろうとしたのだと、レイニエは主張したが、警官たちを納得させるには至らなかった。レイニエが事務所を守るつもりだったのなら、なぜ外の廊下でわたしを撃とうとしていたのか。さらに、市警ではずっと以前から彼に目をつけていた。彼がマフィアとつるんでいる疑いが濃厚だったが、確たる証拠がなかったのだ。わたしのほうは、そもそもなぜ彼の事務所にいたかを説明するのに嘘八百を並べたてねばならなかったが、ボビー・マロリーがきてくれたおかげで助かった。ループで発生した傷害事件はすべて彼のデスクを通ることになっていて、旧友の娘の名が逮捕記録に出ているのを見て、大あわてで留置場へ駆けつけてくれたのだ。

わたしは珍しくも、知っていることすべてを彼に話した。そして、彼のほうも珍しく、感情移入してくれただけでなく、力にもなってくれた。モディリアニの額のうしろから楽譜を――彼みずからの手で――とりだし、オリーブ材の箱の破片と一緒にわたしに返してくれた。州検事へのことわりも、本来なら検察側の証拠品の一部として押収すべきなのだがというコメントもなしだった。わたしを守るためなら彼は徹底的に戦い抜くだろうという気がしたのは、ガブリエラの手紙を誰かに訳させている最中に――わたしでは信用できないといって、やらせてくれなかったのだ――彼が洟《はな》をかみはじめたときだった。

「しかし、何の曲なんだ？」わたしに楽譜をよこすさいに、彼はきいた。

わたしは肩をすくめた。「知らないわ。母の声楽の先生が持ってた古い楽譜なの。マックス・ラーヴェンタールならわかるんじゃないかしら」

マックス・ラーヴェンタールは、ロティ・ハーシェルが周産期科の医長として勤務している病院、ベス・イスラエルの理事長だが、アンティーク品の収集が趣味で、音楽にもくわしい。わたしはその日のうちに彼に一部始終を話し、楽譜を渡した。ふだんの彼は悠然たる態度をくずさぬ都会人だが、楽譜に目を通したとたん、頬を紅潮させ、目に異様なぎらつきを浮かべた。

「なんの曲なの？」わたしは叫んだ。

「わしの勘が当たってるとすれば――いや、いわんほうがいいだろう。この方面にくわしい友人がいる。彼女に渡して見てもらおう」

レイニエにみぞおちを蹴られたおかげで、わたしは身動きもできない状態だった。そうでなければ、たぶんマックスに殴りかかっていただろう。彼の目のぎらつきを不安に思い、楽譜を彼に託す前に預かり証を要求した。

その要求に、彼の天性のユーモア感覚がよみがえった。「仰せのとおりだ、ヴィクトリア。わしには欲望に対する免疫がない。これを持って逃亡する気はないと約束するが、それでもやはり、預かり証を渡したほうがよさそうだ」

XI

マックスのいっていた音楽の専門家が結論を披露する準備を整えたのは、二週間後のことだった。わたしはボビー・マロリーとバーバラ・カーマイクルに直接そのニュースを伝えなくてはと思い、ロティを含む関係者全員をわが家のディナーに招待した。もちろん、ミスタ・コントレーラスと犬二匹も招くしかないという意味だ。わが隣人はそういう重大な集まりなら、一張羅《いっちょうら》の背広を防虫剤のなかから出してくるに値すると判断した。

ボビーが奥さんのアイリーンを連れて早々と到着し、ちょうどそこへバーバラもやってきた。彼女はわたしに、父親はぐんぐん回復していて、睡眠剤で眠りつづけなくてもいいまでになったが、まだ衰弱がひどくて事情聴取に応じられる状態ではないと話してくれた。ボビーがそれにつづけて、フォルティエーリの店への家宅侵入を目撃した人物が見つかったといった。路地に隠れていた少年が、裏口から忍びこむ二人の男を見かけたのだ。その少年はガレージの裏でマリワナを吸っていたため、なかなか名乗りでられなかったのだが、今回だけは麻薬《ヤク》のことを大目に見ようと、ジョン・マゴニガルが約束すると、何枚もの写真のなかからレイニエの顔をつまみあげた。

「すると、大物弁護士はすぐさま彼の雇っていた筋肉マンを生け贄として差しだした――非常勤の保安官助手でな、名前をばらされた腹いせに、洗いざらいしゃべりまくってる」

彼はそこで一瞬ためらってから、つけくわえた。「きみのほうで訴える気がないなら、ヴェラージは本国へ送還ってことになる。いいね」

わたしは不承不承笑みを浮かべた。「わかってる」

アイリーンが彼の腕を叩いた。「お仕事の話はもうたくさん。ヴィクトリア、今夜は誰がくるの？」

ちょうどそのとき、マックスが呼鈴を鳴らした。ロティと音楽の専門家も一緒だった。その専門家というのは小柄な痩せ型のブルネットで、ジーンズとぶかぶかのセーター姿はまるで浮浪児だった。マックスは彼女をイザベル・トンプスンと紹介した。ニューベリー図書館に勤めていて、珍しい音楽に関する権威なのだそうだ。

「ディナーを遅らせたのでなければいいが――ロティの手術が終わるのが遅くなってしまって」マックスはつけくわえた。

「食事はあとよ」わたしはいった。「もう待ちきれない。わたしがシカゴ中ひきずって歩いてた未知の楽譜の正体は、いったい何なの？」

「彼女はね、きみの同席がないかぎり、わしらには一言もしゃべらんというのだ」マックスがいった。「だから、こっちもきみに劣らずうずうずしている」

ミズ・トンプスンはにっこりした。・マルティネスの協奏曲ではないかと思われます」

「だが、書き込みがある。最後のところに」マックスがそういいかけたとき、マリアーナ・マルティネスとは何者なのかとボビーが尋ねた。

「彼女は十八世紀のウィーンの作曲家です。四百以上の曲を書いたといわれていますが、現存しているのはわずか六十曲ほど。だから、新しい作品が見つかるのは画期的なことなんです」彼女は膝の上で手を重ね、目にいたずらっぽい表情を浮かべた。

「で、書き込みについては、イザベル？」マックスが問いただした。

彼女は微笑した。「あなたが正しかったわ、マックス。モーツァルトの字よ。ホルンのパートに変更を加えてはどうかという提案。口で説明しようとして、次に、彼女の書いた楽譜の上にそれを書き足すことにした。ついでに、来週月曜日に二人で演奏する約束を忘れないようにと念を押している。この二人はよくピアノのデュエットをやってたのよ。ときには二人きりで。ときには人に聴かせるために」

「ワハハ！　やっぱりな！　にらんだとおりだ！」マックスは有頂天、いまにも踊りださんばかりだった。「だから、クリュッグを冷やしておいた。モーツァルトの手にした楽譜をわしがこうして持った瞬間に乾杯しようと思ってな、黄金の液体を」

彼はブリーフケースからシャンパンを二本とりだした。わたしはダイニング・ルームから母のヴェネシャン・グラスをとってきた。母がとても大切にしてイタリアから運んできた八個のうち、無事に残っているのは五個だけだ。一個は昔住んでいたアパートメントが火事で焼け落ちたときに粉々になり、もう一個は悪党がアパートメントに押し入ったときに割れてしまった。三個目は修理して、また使えるようになった。わずかな形見の品を、わたしはなぜこうもぞんざいに扱ってこられたのだろう。

「でも、この楽譜、いまは誰の所有物になるわけ？」みんながたらふく飲んで騒いで、ようやく静かになったところで、ロティが尋ねた。

「いい質問だわ」わたしはいった。「イタリア政府を通じていくつか問い合わせをしてみたの。フランチェスカ・サルヴィーニは一九四三年に亡くなってて、相続人は誰もいなかった。自分が死亡した場合、楽譜の処分はガブリエラに一任したいといっていた。正式な遺言状がないんで、イタリア政府はクレームをつけるかもしれないけど、ガブリエラの手紙に読みとれるサルヴィーニの意向からすれば、処分する権利はわたしにあると思うの。自分の利益のために手元に置いたり、売ったりしないかぎりはね」

「うちの図書館に置かせていただけるなら喜んで」ミズ・トンプスンが提案した。

「困ってる人間のために役立てれば、きみのお母さんも喜んでくれそうな気がするが」ボビーが照れくささを隠すために、ぶっきらぼうな口調でいった。「この楽譜、どれぐらいの値打ちがあるものだね」

ミズ・トンプスンは唇をすぼめた。「個人のコレクターなら二十五万ドルは出すでしょう。うちの図書館ですと、そこまでは無理ですが、十万から十五万ぐらいなら大丈夫だと思います」

「なあ、お母さんにとって一番大事なものは何だった、ヴィッキー？　きみは別として。音楽だ。音楽と、不当な社会の犠牲者たち。二番目のほうは、きみ一人の力じゃどうしようもないが、子供たちが音楽を学ぶ手助けならできるはずだ」

バーバラ・カーマイクルが賛意を示してうなずいた。「シカゴの子供たちに音楽のレッスンを受けさせるための奨学資金。すてきな案だわ、ヴィク」

数カ月後、わたしたちはニューベリー図書館でのコンサートで、ガブリエラ／サルヴィーニ計画をスタートさせた。ミスタ・フォルティエーリの怪我もすっかりよくなり、出席してくれた。ガブリエラは死ぬ前の夏にやはり彼のところへ相談に行ったそうだ。ただ、楽譜は持っていなかった。彼が楽譜の話をきいたのはそのときが初めてだったので、病気と投薬のために母が幻覚症状を起こしているのだと思ったらしい。

「申しわけない、ヴィクトリア。街の北西まで出かける体力がお母さんに残ってたのはあのときが最後だったのに、お母さんを失望させちまって、ほんとにすまないと思ってる。バーバラからその話をきかされて以来、わしゃ、ずっと悩んでるんだ」

わたしは彼に、あなたは母の愛人だったのかときいてたまらなかった。でも、本当に知りたかったのだろうか。彼も母のために太陽と星々を動かしたことがあったとしたら――それを知れば、いやな気がするだろう。わたしは彼を最前列の椅子にすわらせてから、ロティの横の席へ行った。

ガブリエラに敬意を表して、慈善コンサートのためにロンドンからチェリーニ管楽アンサンブルがきてくれた。マルティネスの楽譜を、最初は彼女が作曲したとおりに、次はモーツァルトの変更を加えて演奏した。正直なところ、わたしはオリジナルのほうが気に入ったが、ガブリエラからよくいわれたように、わたしには音楽の天分が不足している。

売名作戦

Publicity Stunts

本作はパレツキー自身が編纂した一九九六年のアンソロジー『ウーマンズ・ケース』（*Women on the Case*／ハヤカワ・ミステリ文庫）に書き下ろされた作品。日本では一九九八年の邦訳版刊行に先だって《ミステリマガジン》一九九七年十一月号に訳載された。その後パレツキー自身が二〇〇二年に、本作と後出の「フォト・フィニッシュ」をあわせて *V.I.×2* という小冊子に仕立てて自費出版している。

I

「わたし、ボディガードが必要なの。あなたなら優秀だってきいてきたんだけど」ライザ・マコーリーは脚を組み、わたしが感謝のよだれを垂らすものと思っているような顔で、依頼人用の椅子にもたれた。

「わたしが優秀なボディガードだと誰かにきいてらしたのなら、その人物はわたしの専門分野を知らなかったんでしょう。うちでは身辺警護の仕事はやっておりません」

「報酬なら充分に差しあげるわ」

「一日百万ドル出すといわれても、お受けできません。身辺警護には特殊な技能が必要ですから。本格的にやるには大勢の人間が必要です。わたしは一人で事務所をやっています。あなたを警護するためにほかの依頼人をことわるわけにはいきません」

「大事な依頼人を永遠にあきらめてくれといってるわけじゃないのよ。来週このシカゴで宣伝キャンペーンをするので、その二、三日だけ」

その表情からすると、マコーリーは自分をよく知られた人物だと思っているらしいが、わたしのほうは彼女のアポイントが入ったあとの二日間、忙しく飛びまわっていたため、彼女について下調べをする時間がとれなかった。とにかく何を宣伝するにせよ、それでリッチになった女性らしい。腕のいい美容師にカットさせた巻毛が黒くふわっと広がるさまから、彼女を二月の寒風から守っているセーブルのコートや、底が三インチあるステファン・キランのプラットフォーム・シューズにいたるまで、富の匂いがプンプンしている。

わたしが黙ったままなので、彼女はつけくわえた。「新刊本の宣伝よ、もちろん」

「だったら、出版社に頼んだほうがいいんじゃありません？　あるいは、あなたのエージェントに」

カブスの人気選手だったアンドレ・ドーソンが〈マーシャル・フィールド〉で野球関係のプロモーションをしたときに彼を見にいったことを、わたしはぼんやり思いだした。彼は演壇のところにいて、ライトに照らされ、そこへ近づこうとする熱狂的ファンを数人の屈強な男が追い払っていた。マコーリーがどんなものを書いているにしても、スポーツ界のヒーローほど大きな危険にはさらされていないはずだ。

彼女はいらだたしげなしぐさを見せた。「出版社はね、いつも広報部の役立たずしかよこさないのよ。わたしの命が危険にさらされてることを、出版社の人たち、信じようとしないの。もちろん、ゴーディ出版から本を出すのはこれが最後だけど。デラ・デストラ・プレスとかわした新しい契約書には、わたしが地方へ出るときはかならず専任のボディガードをつけるという条項が入ってるわ。でも、いまはとにかく、新作のプロモーションをやるあいだだけ、警護の人が必要なの」

わたしは彼女の契約に関する苦悩を無視した。「命が危険なんですか。いったいどんな問題作を書いたんです？　マザー・テレサを攻撃したとか？」

「わたしが書いてるのはミステリよ。あなた、本を読まないの？」

「ミステリは読みません。毎朝わが家の玄関を出たときから、本物の犯罪にいやというほどかかわってますから」

マコーリーは気どった小さな笑い声をあげた。「あなたみたいな女性探偵には、わたしの小説が受けるだろうと思ってたのに。あなたを選んだそもそもの理由がそれだったのよ。わたしの作品の主人公はトーク番組の司会をやってる女性で、視聴者がらみの事件に巻きこまれるって設定なの。彼女が番組でとりあげる問題は大きな論争を巻きおこすものばかり――中絶、レイプ、環境保護。ある回では、大学での地位がフェミニストの学生たちの攻撃の的《まと》になっている男性を、彼女がかばおうとするの。フェミニストによる学内の洗脳の陰謀をあばきだしたために、危うく殺されかけるのよ」

「そのぐらいのことであなたの命が危険にさらされるなんて信じられない――フェミニス

ト・バッシングは、最近じゃ、アップルパイに負けない退屈な話題ですもの。あなたの主人公って、なんだかクロード・バーネットの女性版みたい」

バーネットはシカゴのWKLNラジオのスタジオから週に五日ずつ、信仰心に欠け、家庭に破壊をもたらすフェミニストとリベラリストを攻撃している。フェミニストとコミュニストを合わせて彼が作った、進歩的な女性を指す〝フェミュニスト〟なる言葉は極右連中お気に入りの専門用語になってしまった。クロードの人気は大変なもので、彼の番組はほぼすべての州で放送されているし、彼の住むここシカゴでは夜と週末に再放送されている。

何かを――たとえそれが現実のものでも――模倣したと思われるのは、マコーリーにとって気に食わないことらしい。ムッとした口調で、自分の生みだした主人公ナン・カラザーズには独自の個性と社会問題への観点が備わっているのだと説明した。

「ただね、フェミニストがメディアを操って自分たちに有利な意見を書かせてることに対して、わたしの主人公が反対の姿勢をとってるため、信じられないぐらい多くの抗議の手紙が舞いこんでくるの」

「で、誰かがあなたの命をおびやかしてるわけですか」わたしは自分の声に希望よりも好奇心のほうが強く出るよう努力した。

マコーリーはブルーの目を勝ち誇ったように光らせて、バッグから一通の手紙をとりだし、こちらによこした。パソコンを使って書かれた手紙で、安物の白い便箋に印字してあった。すべて大文字でこう書いてあった。〝**いまに後悔するぞ、牝犬め、だがそのときはもう手遅れだ**〟

「もしこれが本物の脅迫状だとしたら、もう手遅れですね」わたしはぴしっといった。

「いじりまわす前に警察の鑑識へ持っていくべきでした。売名作戦として自分で自分に出したのなら話は別ですが」

まじりっけなしの真紅の色が彼女の頰を染めた。「よくもそんなことを……。わたしの最新作三冊はどれも全国的ベストセラーになってるのよ。そんな安っぽい売名行為は必要ないわ」

わたしは手紙を彼女に返した。「警察に見せました？」

「まじめにとりあってくれないの。州検事に頼めば正式な事件にできるっていうんだけど、それでなんの得があるというの？」

「スコットランド・ヤードなら、印字されたサンプルをもとにして、どのレーザー・プリンターを使ったかが特定できますけど、アメリカの警察にはそういうデータがありませんからね。封筒はとってありますか？」

彼女は汚れた封筒を出してきた。拡大鏡で見てみたところ、消印についている郵便番号がわかった。シカゴのゴールド・コースト。つまり、十万人の住民か、そのあたりに毎日やってくる五十万人の観光客のなかのたった一人がそれを投函した可能性ありという意味だ。わたしは封筒を投げ返した。

「命を狙った脅迫状ではなさそうね――ただの脅迫状、しかもかなり曖昧だわ。〝いまに後悔するぞ〟ってなんのことでしょう」

「それがわかれば、探偵なんか雇やしないわ」彼女はどなった。

「脅迫状はほかにもきてます？」忍耐強い声を保つのがひと苦労だった。

「似たようなのがほかに二通きたけど、持ってこなかったわ――参考になるとも思えなかったし。このあいだから、無言電話や、不気味な笑い声だけの電話がかかってくるの。ときどき、誰かにつけられてるような気のすることもあるわ」

「そんなことをしそうな人物に心当たりは？」わたしは形式的にきいているだけだった。本物の危険が迫っているとは思えなかったが、彼女はどうも、他人の心の中心に自分がいないなどとは信じられないタイプの人間のようだ。

「さっきもいったように」彼女は熱っぽく身を乗りだした。「四作目の『夜をとりもどせ』を出して以来――あ、これはレイプの緊急電話相談センターをまったく新しい視点から見た作品なんだけど――わたし、この国のあらゆるフェミュニストの攻撃リストのトップにきてるのよ」

わたしは笑いだし、アメリカに住むフェミニスト嫌いの連中をわたしの友人何人かが手当たりしだいに銃撃してまわる姿を想像しようとした。「脅迫状の文句は物騒ですけど、あなたが命を狙われる危険となると、そうですね、中絶をやってる平均的な医者と同じぐらいの確率じゃないかしら。でも、クロード・バーネットの番組に出演するさいにボディガードがほしいとおっしゃるなら、二カ所ほど推薦してもいいですよ。ただ、覚えておいてください――シークレット・サービスでさえ、決意を固めた狙撃手からJFKを守りとおせなかったってことを」

「わたしが愚痴っぽいフェミニストだったら、あなたももっと真剣に考えてくれたでしょうね。ひきうける気がないのは、わたしの政治姿勢のせいなんでしょ」

「もしあなたが愚痴っぽいフェミニストだったら、たぶん、これからもっとつらいことが待ってるだろうからこんなことで泣くんじゃない、といってあげたでしょう。でも、あなたは愚痴っぽい権威主義者だから、わたしではたいして力になれません。ただし、無料のアドバイスをすこしばかり……。ラジオで泣き言をいったりしたら、この種の脅迫状がもっともっと舞いこむ結果になりますよ」

現代の衣服というのは、裾をひるがえして部屋から出ていくのに向いているとは思えないが、マコーリーはまちがいなく裾をひるがえしてわたしの事務所から出ていった。わたしはアポイント記録にいまのミーティングの概略を書きこんだあと、彼女のことはきれいさっぱり忘れてしまい、翌日の夜になった。その夜の食事は、ミステリを乱読している友人サル・バーテルと一緒だった。ライザ・マコーリーの名前を知らないというと、サルは唖然とした。

「スポーツ記事と金融セクション以外読んだことないんじゃないの、ウォーショースキー。彼女、すごい人気なのに。なんでも、デラ・デストラとの契約金が千二百万とか。ナチズムの心酔者たちが彼女の本を大量に買ってるそうよ。次の本はオペレーション・レスキュー（中絶をやっているクリニックの爆破や放火を目的とする団体）の勇敢な男たちに捧げるんだって」

それっきり、マコーリーのことはほとんど考えなかった。郊外の小さな学区で起きた、そこの年金がデリバティブ取引にまわされてしまった事件で手いっぱいだったのだ。ところが、その一週間後、作家は強引にわたしの心のなかにもどってきた。

「厄介なことになってるぜ、ウォーショースキー」木曜の夜遅くにかかってきた電話をとると、マリ・ライアスンがいった。

「あら、マリ。お声がきけてうれしいわ」マリは《ヘラルド・スター》の事件記者で、かつての恋人。ときにライバルとなり、喧嘩相手にもなり、それでも、たまにいい友達になったりする。

「なんでライザ・マコーリーといがみあってんだい？ 彼女はシカゴの誇る最大の人気者なんだぜ。オプラ・ウィンフリーの次に」

「彼女がおたくの新聞社に泣きついたの？ ひどい仕打ちを受けたとかいって？ ボディ

ガードを頼まれたから、そういう仕事はしてないって答えただけなのに」

「おや、ウォーショースキー、きっと横柄な口調でことわったんだろ。彼女、ごきげんななめだぜ。きみが自分と政治姿勢を異にする相手の仕事はひきうけないやつだってことを、クロード・バーネットに訴えたもんだから、バーネットのやつ、やたらはりきっちまった。きみが以前に中絶のための地下組織にかかわってたことをほじくりだして、この二日間、最低の人殺しフェミュニストだといってきみを非難しつづけてる。すばらしい女性が命の危険におびえて震えながらきみを訪ねたのに、きみは彼女が中絶に反対してるってだけの理由で冷たく追いかえした。やつがいうには、きみは仕事の依頼があると、まず相手の政治姿勢を調べて、クリスチャンや共和党のために金を出してる相手の仕事はぜったいひきうけないんだってさ。で、きみを排斥するよう世間に呼びかけてる」

「クロードの話に耳を貸すような連中は、自分の脳ミソを捜すのに探偵を雇う必要があるわね。あんな男に何をいわれても、わたしは平気よ」

マリはふざけ半分だった声をひそめた。「あの男はきみが――いや、このおれもだが――考えただけでうんざりしそうな権力を持っている。ダメージを食い止める方法を捜したほうがいいと思うけどな」

胃の筋肉がこわばるのを感じた。わたしはほとんどいつも財政破綻の手前ぎりぎりのところで暮らしている。主な依頼人を三人か四人失ったら、もうおしまいだ。

「ラジオ局を開設して、反撃に出たほうがいいかしらね。それとも、共和党本部から出てくるとこを写真にとってもらうだけでいい？」

「きみには二十一世紀にふさわしい作戦が必要だな、ウォーショースキー――広報担当を含めたスタッフが。誰かに頼んで、この数年間にきみが解決した難事件のすべてを街じゅうに触れまわってもらい、きみがいかにすばらしい人物かを宣伝するんだ。おれは癇癪持ちのイタリア人ギャルが大好きだからさ、ディナーをおごってくれれば、記事を書いてやってもいいぜ」

「二十一世紀の作戦てなあに？――どんな仕事をするかより、自己宣伝のほうがずっと大切ってこと？　ついでにうかがいますけど、あなた、エージェントを持ってるの、マリ」

電話の向こうの長い沈黙からすると、答は明白だった。マリはまちがいなくメディアの時代の仲間入りをしたのだ。彼が電話を切ったあと、わたしは鏡をのぞきこんで、ウロコが生えていないか、恐竜に変身する徴候がほかに何か出ていないか、捜してみた。何もないようなら、この先も力のつづくかぎり、女一人の小さな事務所を守っていくとしよう。

《ヘラルド・スター》のエンターテインメント・ガイドのページをめくり、WKLN（わたしが国選弁護士をやっていたころ、弁護士仲間はこの局を〝クー・クラックス・クランの声〟というあだ名で呼んでいたものだ）でバーネットの再放送をやるのはいつかを調べた。幸運だった。十一時半に再放送。そうすれば、残業で遅くなった勤め人にも、口から泡を飛ばしてしゃべる話題ができる。

高級なスポンサーからのお知らせが二、三分流れたあとで、巨大な樽から流れだす糖蜜のように、うちのラジオのスピーカーから彼の豊かで親しみやすいバリトンの声が流れてきた。「いやあ、みなさん、フェミュニストたちがまた動きまわっています。ロシアで鉄のカーテンがはずれてしまったものだから、このアメリカでかけなおすつもりなんでしょう。彼女たちの考えに同調なさい。でないと——ブルルル——強制収容所行きですよ。

このシカゴにも、そうしたフェミュニストが一人います。私立探偵。ご存じのように、昔は私立探偵のことを〝プライベート・ディック〟と呼んでたものです。ディック（俗語で男根を意味する）ときけば、その探偵さんがこんな職業を選んだのは彼女の人生に何が欠けてたせいだろうって、つい考えてしまいますねえ。彼女はシカゴのサウス・サイドにあるアカの大学に在学中、赤んぼ殺しを始めて、そのあと探偵になりました。まあ、世の中いろいろですが、こんな人間がはたして必要なんでしょうか。

ここシカゴには偉大な作家もいます。その勇敢な女性が書く本は、おおぜいのみなさんが読んでおられることと思います。自分の主張をはっきり述べることが災いして、彼女は死の脅迫状を何通も送りつけられています。そこで、例のフェミュニスト探偵、男だか女だかわからない探偵のところへ相談にいくのですが、探偵はなんの力にもなってくれません。なぜかというと、ライザ・マコーリーはレイプや中絶についての真実を女性たちに大胆に告げていて、その探偵は、V・I・ウォーショースキーは、それを苦々しく思っているからです。

ところで、ライザ・マコーリーの新刊『殺人の鐘が鳴る』、ぜひ読んでくださいね。ロの達者なトーク番組の司会者ナン・カラザーズがACLU（アメリカ市民的自由連合）の世界とクリスマス・バッシングに巻きこまれるという、すばらしい作品です。うちの局内の書店でも扱ってます。いますぐお電話くだされば、局のほうからお宅へ郵送いたします。あるいは、お宅のすぐ近くの倉庫へ行ってみてください。この本がストックされてるはずですから。例のウォーショースキーも、これを読めば心を入れ換えるかもしれませんね。ただ、ああいうタイプの女性にそもそも心があるかどうか疑問ですが」

彼は三十分のあいだそんな調子でしゃべりつづけ、途中でわたしから右派のお気に入りのターゲットであるヒラリー・クリントンへとなめらかに話題を切り換えた。わたしが悪魔なら、彼女は闇の女王というわけだ。番組が終わったあと、わたしはしばらく窓の外をぼんやりながめていた。バーネットの糖蜜のような声から吐きだされた毒気にあたって気分が悪かったが、ライザ・マコーリーにも腹が立った。どう考えても、彼女の罠としか思えない。彼女はいい加減な脅迫状を持ってわたしに会いにきた。バーネットと組んでラジオでわたしを叩くためだ。でも、なぜそんなことを？

II

　マリのいったとおりだった。バーネットはわたしが考えただけでうんざりしそうな権力を持っていた。何日もぶっとおしでわたしを攻撃しつづけた。毎回わたしの話題が中心というわけではなく、トゲのある卑劣な言葉を二、三ぶつけるだけの日もあったが。シカゴの日刊紙三紙のゴシップ欄でネタにされ、通信社もこの話題をとりあげた。バーネットと新聞のおかげで、マコーリーは無料でたっぷり本の宣伝ができた。売り上げがぐんぐん伸びた。それを見て、わたしはふたたび、あの脅迫状は彼女が自分でタイプしたのではないかと疑った。

　同時に、泥にまみれたわたしの名前が仕事面に影響しはじめた。新しい依頼人二人から調査の途中で仕事を切られてしまったし、昔からの依頼人の一人からは、彼の会社がわたしに依頼したい仕事は当分なさそうだとの電話が入った。契約打ち切りというわけではないらしいが、絵に描いたように企業人っぽい彼の物言いによれば、「しばらくのあいだ休止状態にしよう」とのことだった。

　弁護士に電話して、こちらにどんな手段がとれるかきいてみた。うなる犬には気のすむまで吠ませてやるしかないという助言がかえってきた。「きみにはクロード・バーネットを敵にまわせるだけの財力がない、ヴィク、それに名誉毀損で彼を訴えて勝ったとしても、審理がだらだらつづくあいだに探偵商売が傾いてしまう」

日曜日、仕方なくマリに電話をして、このあいだの提案を実行する気はあるかときいてみた。彼は〈フィリグリー〉でわたしに二百ドルのディナーをおごらせたあと、《ヘラルド・スター》の〝シカゴ・ビート〟欄にわたしに関する好意的な記事を出し、過去の大手柄をいくつか書き立ててくれた。おかげで、バーネットの注意の一部がわたしからマリへ——いわゆるわたしの手先のほうへ——それた。もちろん、バーネットのことだから、ラジオでマリを叩くようなまねはしなかった。わたしみたいな庶民相手なら嘘八百をならべられるやつだが、訴訟費用を出してくれる大手報道機関をバックにした人間には手が出せないのだ。

わたしは無意識のうちに、バーネットとマコーリーの両方に大きな屈辱を与える計画を練ろうとしていた。やめなさい——真夜中にベッドで寝返りを打ちながら、自分にいいきかせた。それこそ向こうの思うつぼじゃない。あんなやつのことでカッカするなんて。忘れるのよ。だが、この思慮深い助言に従うことは、わたしにはできなかった。

ついにはライザ・マコーリーの人生に探りを入れるまでになった。マコーリーがかつて勤めていたチャンネル13にいる友達に電話して、局に残っている彼女の資料を調べてもらった。ウィスコンシン生まれ、ニュース報道の世界に入りたくてシカゴへ出てきた。この業界の片隅で芽が出ないまま五、六年すごしたあと、ナン・カラザーズを主人公とする初のミステリを書いた。皮肉なことに、女性運動が盛んになり、フィクションの世界でも現実の人生と同じく女性の新しい役割を求める動きが出てきたことが、マコーリーの作家としての成功を決定づけた。二作目がベストセラーになったところで、ウィスコンシン大学のジャーナリズム学科で知りあって結婚した男と別れて、名声への道を歩きはじめた。身の安全を異常に気にする作家として有名。売名のために始めたことなのか、それとも、じっさいに抗議の手紙がたくさんたまっているのか、世間では意見が分かれている。

彼女に好意を持っていない人間がたくさん見つかった――あくどい自己宣伝がいやだという者、その政治姿勢を嫌う者、成功をねたむ者。サルがいったように、マコーリーはいまやドル箱作家だ。クロードだけでなく、《ウォール・ストリート・ジャーナル》も、《ナショナル・レヴュー》も、その他すべての保守的な三流紙も、マーシャ・マラーやアマンダ・クロスのような作家に対するうれしい解毒剤として、歓呼で彼女を迎えている。

しかし、いくら掘りかえしてみても、マコーリーに関する決定的な汚点は見つからなかった。彼女を困らせて沈黙させるための材料はひとつも見つからなかった。さらにまずいことに、わたしがマコーリーのことを調べまわっているのを、チャンネル13の誰かが彼女に話してしまった。偶然か故意かわからないが、サルと一緒に〈コロナ〉へ出かけた夜、彼女もそこに姿をあらわした。サルとわたしはベル・フォンテーンというジャズ歌手の熱狂的ファンで、毎週水曜はベルが〈コロナ〉の看板スターとして歌う夜と決まっていた。ライザがやってきたのは第一部の終わりごろだった。どうやら、喜んで彼女の警護をしようという業者が見つかったらしい——騒がしい一団に囲まれて入ってきて、そのなかに、腋の下の近くがふくらんだ大男二人が混じっていた。ライザはわたしたちに近いテーブルの椅子にセーブルのコートをふわりとかけた。

わたしは最初、彼女がきたのは不運な偶然にすぎないと思いこんでいた。彼女はこちらに気づかない様子で、大声をあげてシャンパンを頼み、メニューのなかでいちばん高いものを注文した。近くのテーブルにいたカップルが腹立たしげに「シーッ！」といった。そのとたん、ライザは自分のテーブルにいる仲間に向かって乾杯の文句をがなりはじめた——天才的な広報係へ、畏敬すべき弁護士へ、屈強なボディガードの〝ローヴァー〟と〝プリンス〟へ。むっつりした顔の男たちは自分たちのあだ名を呼ぶ騒がしい歓声には加わらなかったが、怒りを爆発させもしなかった。

ライザの騒ぎのおかげで《テル・ミー・ライズ》の最後がきこえなくなってしまったが、ベルはそこで休憩に入ることにした。サルが酒のおかわりを注文して、わたしに家庭の話を始めた。恋人がテレビの連続コメディ番組にレギュラー出演することに決まり、冬のあいだ西海岸に行きっぱなしになるので、サルはマネージャーを雇って彼女のバー〈ゴールデン・グロー〉をまかせようかどうか思案中だという。そうすれば、恋人のベッカと一緒にいられるから。ベッカがプロデューサーと初めて顔を合わせたときのことを、サルがユーモアたっぷりにくわしく話していたとき、ライザが店内の全員にきこえるほど大きな声をはりあげた。

「あなたたちが力になってくれたこと、すごく感謝してるわ。この街の探偵ときたら、まったく臆病なんだから、信じられないぐらいよ。中絶をやるクリニックではえらそうな顔でいばりちらすくせに、自分と同じサイズの人間からは、こそこそ逃げ隠れするだけだものね」椅子にすわったまままわざとらしく向きを変え、わたしの姿に仰々しく驚いてみせて、相変わらずの大声でつづけた。「まあ、V・I・ウォーショースキー！　いまの話、個人的にとらないでね」

「下水にシャネルの5番は期待してないわ」わたしは誠意のこもった返事をした。

これをきいて、歌のあいだにライザを黙らせようとしていたカップルが吹きだした。人気作家は顔をひきつらせ、シャンパン・グラスを手にして立ちあがると、わたしのところにやってきた。

「わたしをつけまわしてるそうね、ウォーショースキー。ハラスメントだといって訴えることもできるのよ」

わたしは微笑した。「あらあら、なぜあなたみたいに大成功した人気ギャルがわたしを叩きのめす口実を手に入れるためだけに脅迫状を偽造したのか、わたし、その理由を探ろうとしてただけなのよ。わたしを法廷にひきずりだしたいのなら、こっちは喜んで、すごーく喜んで、公《おおやけ》の場であなたの嘘をあばいてみせるわ」

「法廷だろうとどこだろうと、わたしの前に出たら、その間抜け面をさらすのがオチだわね」ライザはシャンパンをわたしの顔にぶちまけた。酒が顔にかかった瞬間、カメラのストロボが光った。

わたしはシャンパンよりも怒りに目がくらんだ。彼女の首を絞めてやろうと、椅子を倒して立ちあがったが、サルがわたしの腰に手をかけてひきもどした。マコーリーの背後ではプリンスとローヴァーが腰を浮かせ、行動に出ようとしていた。わたしを袋叩きにするチャンスを二人に与えるために、ライザがこの一幕を仕組んだのは明らかだった。

〈コロナ〉のオーナー、クウィーニーがタオルを持ってわたしの横にあらわれた。「ジェイク！　この方たちにおひきとりいただいて。それから、どこかのキュートなお嬢さんが写真を撮ってらしたようよ。フィルムはあなたのほうで、お預かりしておいてね、わかった？　ミズ・マコーリー、こぼしたドン・ペリニヨンの代金三百ドルをお支払いくださいな」

プリンスとローヴァーはクウィーニーの店の用心棒をやっつけられると思ったようだが、ジェイクはこの連中には手も足も出せないような大きな喧嘩を何度も仲裁してきた男だった。二人を持ちあげて頭をガツンとやってから、ドアからあわてて逃げだそうとする〝天才的な〝広報係のバッグをとりあげた。カメラをとりだし、フィルムを抜きとり、人を小バカにしたようなにこやかなお辞儀とともに、彼女にバッグを返した。ジェイクに請求されて弁護士が紙幣を三枚渡し、一行は観客の大きな喝采を浴びながら店を出ていった。

クウィーニーとサルは一緒に育った仲で、だから、その夜のわたしに特別待遇が与えられたのだろうが、彼女から秘蔵のヴーヴ・クリコを出されても、口のなかの苦い味を消し去ることはできなかった。ライザを殴り倒していれば、わたしは彼女とバーネットの狙いどおり、乱暴者というレッテルを貼られてしまったことだろう。しかし、すわったまま顔にシャンパンをかけられるなんて、どう見たって意気地なしだ――自分でもそんな気がしてくる。

「バカなまねするんじゃないよ、いいね、ヴィク」午前二時ごろ、わたしを車からおろすときに、サルはいった。「バカなこと考えてんだったら、あたしが朝までそばで監視するよ」

「ううん。無分別なまねはぜったいしません。あなたのいうのがそういう意味なら。でも、あのバカ女、いずれ何かの方法で仕返ししてやるわ」

二十四時間後、ライザ・マコーリーが殺された。その翌日、わたしは留置場にいた。

Ⅲ

ライザ殺しについてわたしが知っていたのは、警察がわたしを連行しにくる前に新聞で読んだことだけだった。彼女の専任トレーナーが日課のワークアウトをやるために金曜日の朝彼女の家を訪ね、死体を発見した。血みどろの格闘らしきものの末に撲殺されていて、それでようやく州検事がわたしを解放してくれたのだった。捜し求める血痕がわたしの身体から発見されなかったから。そして、わたしの自宅と事務所を捜索しても、なんの証拠も出てこなかったから。

ただ、警察はわたしが木曜の夜に彼女のアパートメントを訪ねているはずだと主張しつづけた。そう断言する根拠は伏せたまま、金曜の夜じゅう、その点をしつこく問いつめてきた。土曜の午後になってようやく、弁護士フリーマン・カーターがわたしを迎えにきて、彼らから強引に理由をききだしてくれた。ライザのアパートメントのドアマンが、木曜の午前零時すこし前にわたしを彼女の部屋へ通したと主張しているらしい。

フリーマンは家へ帰る車のなかで、執拗に追及をつづけた。「その女性の外見からするとだね、きみが彼女と一対一で話をつけようとした可能性も考えられる、ヴィク。わたしに隠しごとはしないでほしい。もし現場にいたのなら、それを内緒にされると、きみの弁護ができなくなる」

「現場にはいなかったわ」わたしはそっけなくいった。「記憶喪失や幻覚を起こす人間でもないし。現場に行ったのに忘れてしまってるってことはありえない。カンザス大学の野球部がデューク大学をやっつけるのを、いい子にしてテレビで見てたわ。証人だっているのよ。うちのゴールデン・レトリヴァーがわたしとピザを分けあって食べてたの。ワンちゃんの証言はこうよ——あたしは金曜の朝、ヴィクのベッドの前でチーズソースを吐きました」

フリーマンはそれを無視した。「〈コロナ〉での喧嘩騒ぎ、サルからきいたよ。とにかく、マコーリーの広報を担当してたステイシー・クリーヴランドが、すでに警察に何もかもぶちまけてる。ライザを殺したいほど憎んでた理由があるのは、警察が調べたかぎりでは、きみしかいないんだ」

「だったら、ろくに捜査もしてないってことだわね。誰かがわたしに変装したか、ドアマンを買収してわたしが現場にいたという証言をさせたかのどちらかよ。ドアマンの名前を教えて。どっちか調べてみるから」

「それはできない、ヴィク。州側の重要な証人に偽証を強いなくたって、きみはすでに充分なトラブルを抱えこんでるんだよ」

「あなた、わたしの味方のはずでしょ」わたしはわめいた。「証拠を持って法廷に入りたいと思わないの?」

「ドアマンにはわたしから話をしよう、ヴィク。きみは風呂に入るんだ——留置場はあまりいい匂いのする場所じゃないからね」

わたしがフリーマンの助言に従ったのは、疲れがひどくてほかに何もできなかったからだ。そのあと十二時間ぶっとおしで眠りつづけて、日曜の正午すこし前に目がさめた。きのう帰ってきたとき電話のベルが鳴っていた。マリからで、わたしの独占インタビューがほしいというのだった。その話はことわって、留守番電話に切り換えておいた。今日の午前中だけで、ほうぼうの新聞記者からメッセージが四十七件も入っていた。日曜新聞を買いに外へ出ようとすると、建物の前でカメラマンの連中ががんばっていた。家にひきかえし、コートと一泊用の旅行カバンをとりだして、裏口から外へ出た。わたしの車はカメラマンのヴァンのすぐ前に停まっていたので、新しい事務所までの三マイルを歩くことにした。

プルトニー・ビルが去年の四月に解体されたとき、わたしは事務所をウィッカー・パークの端にある倉庫へ移転した。ミルウォーキー・アヴェニューとノース通りが交差する角のところだ。ちょっと変わった画廊やナイトスポットといったおしゃれな新顔が、昔ながらの酒屋や手相占いなどと覇権を競いあっていて、空き地がたくさんあるが、わたしの仕事の大半が集中している金融の中心地へは、車でも、バスでも、高架鉄道でも、十分で行ける距離だ。彫刻をやっている友達が改装ずみの倉庫へ彼女のスタジオを移した。彼女を訪ねた翌日、わたしもその向かいの部屋を五年契約で借りることにした。スペースは前の事務所の二倍、賃貸料は三分の二。家具を自分で入れなくてはならなかったので、大型ゴミ容器から拾ってきたり、オークションで手に入れたりしてそろえ、衝立の奥にソファベッドを置くことにした。ここにいれば、わたしに対するメディアの興味が失せるまで、二、三日は暮らしていける。

歩いてくる途中で、酒屋の一軒によって日曜新聞を買った。《サン・タイムズ》はマコーリーの生涯を中心に記事をまとめていて、ウィスコンシン州ラインランダーでの子供時代の感動的な物語も入っていた。彼女は両親が遅めに授かった一人娘だった。父親のジョゼフは去年八十歳で亡くなったが、母親のルイーズはいまも、ライザが育った家で暮らしている。ポーチにブランコが揺れる小さな庭つき木造バンガローの写真や、ライザが集めた人形の前で涙にくれるルイーズ・マコーリーの写真(「この部屋は娘が大学へ行くために家を離れたときのまま残してあるんです」とのキャプションつき)が、紙面を飾っていた。

母親は娘をウィスコンシンの大学へは行かせたくなかったという。「正しい価値観のもとに娘を育て、日曜学校へも通わせましたが、大学は恐ろしいところですからね。でも、娘は耳を貸そうとせず、とうとうこんなことになってしまって……」

《トリビューン》には、ライザが先日わたしと衝突した件が余談という感じで控えめに出ていた。《ヘラルド・スター》では、〝V・I・ウォーショースキーと名乗る人物〟をマコーリーのアパートメントに通したドアマンの名前を、マリが公表していた。レジー・ウィットマンという男だった。一九七八年にそのアパートメントが建って以来ドアマンをやっていて、孫がいて、教会の執事をつとめ、ヘンリー・ホーナー・ホームズでバスケットボール・チームのコーチをやり、とにかくどこから見ても高潔な人物で、真実が彼のなかから灯台の明かりのようにあふれでている感じだった。

マリはまた、ライザの別れた夫ブライアン・ガースタインにも取材をしていた。シカゴのニュース専門のキー局に勤めるアシスタント・プロデューサーだ。かつての妻を殺された男にふさわしい悲しみを示していた。ガースタインの局の広報部から提供された写真には、テレビ用の微笑を浮かべてはいるが目がおどおどした感じの、三十代なかばの男性が写っていた。

わたしはベス・ブラックシンに電話を入れた。チャンネル13のレポーターで、ライザ・マコーリーが死ぬ前に、彼女に関するわずかな情報をくれた女性である。

「ヴィク！　どこにいるの。あなたの話をききたいと思って、おたくの玄関の外にカメラマンを待機させてるのに！」

「知ってるわよ、お嬢ちゃん。話ならいくらでもしてあげる。わたしをライザ・マコーリー殺しの犯人に仕立てようとした人物が見つかったらすぐにね。だから、情報をすこしちょうだい。そしたら、聖書に出てくるあの有名なパンの話みたいに、十倍にして返してあげるから」

ベスはあれこれ条件をつけようとしたが、この二週間の経験からわたしの神経は筋金入りになっていた。彼女もついに、いつとは断言できない将来に見返りをもらうという条件で、情報を提供することを承知した。

ブライアン・ガースタインはかつてチャンネル13に勤務していたことがあった。この街のニュース局のほとんどに勤務した経験があるらしい。

「あの男は負け犬なのよ、ヴィク。ライザが成功への階段をのぼりはじめたときに彼を捨てたのも、しょうがないかなって感じ。相手のほうが自分より給料がいいって理由から、コーヒーを前にしてすわったまま涙をこぼし、愚痴をいい、相手の同情をひこうとするタイプなの。どの局もビデオ編集者としての腕を買って採用するんだけど、彼のおかげでニュース編集室全体が暗い雰囲気になるものだから、そのうちお払い箱にしてしまうのよ」

「先週のあなたの話では、二人が出会ったのは八〇年代、ウィスコンシン大学に在学中だったわよね。そのあと、二人はどこへ移ったの？」

ベスはファイルを調べなければならなかったが、数分後に、くわしい情報を持って電話口にもどってきた。ガースタインはロング・アイランド出身。ライザと知り合ったのは二人がウィスコンシン大学の三年のとき、一九八〇年にレーガンの初の大統領選挙戦を支援したのがきっかけだった。五年後、シカゴへ越す直前に結婚した。政治とテレビによって結びついた二人は、それから七年間一緒に暮らした。

ガースタインは現在、市のずっと北端にあるロジャーズ・パークにアパートメントを借りている。「いかにも彼らしいわね」住所をいいながら、ベスはつけくわえた。「離婚してから、自分の家を持とうとしないの。お金の余裕がない、人生がめちゃめちゃになってしまって家事をする気もしない——などなど、十以上の哀れな理由を本人からきかされたわ。みんながみんな家を買うべきだとはいわないけど、テレビ局に勤めてる人間が、何もちんぴらのうようよしてる地区でおんぼろアパートを借りることないじゃない」

「つまり、ライザを殺したいほど恨んでた可能性もあるってことね」

「彼がスカートと毛皮にくるまって、ドアマンのレジー・ウィットマンにV・I・ウォーショースキーだと名乗ったんじゃないかって想像してるの？　そこまでやるには、彼にはない大胆さが必要よ。でも、悪い考えじゃないかもね。四時のニュースで流してみようかな。ほかでやってるのとはちがうネタが提供できそう。連絡を絶やさないでね、ヴィク。あなたが無実であることは喜んで信じるけど、彼女を殺したのはあなただっていうほうがニュースとして楽しめるから」

「ありがと、ブラックシン」わたしは笑いながら電話を切った。彼女の熱っぽい口調には悪意は含まれていなかった。

わたしは高架鉄道に乗ってロジャーズ・パークへ向かった。のろのろと走る日曜日の電車。ベスは悪口をならべていたが、ここは市内でもおもしろい地域だ。麻薬中《ヤク》がうろつくブロックや、庭にうんざりするほどゴミのたまった通りがあるが、どこを歩いても子供時代のシカゴがよみがえってくる。こぎれいなレンガ造りの二棟つづきの平屋、ありとあらゆる言語で話している公園の移民の群れ、そのそばには、あらゆる国籍の者をあてこんだデリやコーヒー・ショップ。

ガースタインの住まいは静かな横丁のひとつにあった。わたしの期待どおり、彼は家にいた。車も持たずにアパートメントの張りこみをするはめになったら、寒い二月の日だけに、さぞみじめだったことだろう。彼はたいした抵抗もせず家に入れてくれさえした。わたしは探偵だと名乗って、許可証を見せたが、向こうはわたしの名前に気づいた様子もなかった。別れた妻が殺された事件に関するニュースの編集は担当しなかったにちがいない。あるいは、悲しみに沈むあまり、編集はやったけれど何も頭に残らなかったのかもしれない。

わたしの先に立って階段をのぼっていくあいだも、たしかに哀れさを感じさせる男だった。ライザが死んだことへの悲しみなのか、罪悪感なのか、それとも、ベスがいっていた慢性の鬱状態なのか知らないが、とにかく、いまにも倒れそうだ。わたしよりすこし背が高いが、体型はスリム。コートとショールにくるまれば、夜勤のドアマンの目には女性に映ったかもしれない。

ガースタインのアパートメントのビル全体は清潔で、手入れも行き届いていたが、彼の住まいは家具がほとんどなくて、すぐに引っ越すつもりでいるみたいに見えた。壁にかかった写真も、額入りのが二枚あるだけだった——一枚は彼自身とライザとロナルド・レーガン、もう一枚は夫婦のそばにわたしの知らない男。部屋に彩りを添えるカーテンや植物のたぐいはいっさいない。わたしに椅子を勧めようとして、クロゼットから折りたたみ椅子をひっぱりだしてきた。

「家のなかのことはライザにまかせきりだったもので」彼はいった。「とても快活で趣味のいい妻だった。ライザがいないと、何をどうすればいいのか途方にくれてしまう」

「離婚してもう何年にもなるんじゃないですか」わたしは部屋の真ん中にあるカード・テーブルの上へコートを放った。

「まあね。しかし、ここへは九カ月前に越してきたばかりなんだ。もとのコンドミニアムをライザが明け渡してくれたのに、去年の夏、とうとうローンが払えなくなってしまった。ここの家具もライザがそろえるといってくれたのに、忙しくてその暇が……」彼の声が細くなって消えた。

この男、これまでのいくつもの勤務先にどうやって自分を売りこんできたのだろうと、わたしは不思議に思った。彼をゆすぶって枕のように袋からとりだし、根性を叩きなおしてやりたくなった。「それじゃ、ライザとはずっと連絡をとりあってたのね」

「うん、まあ。忙しくて向こうからの電話はあまりなかったけど、こっちからかけると、ときどき話し相手になってくれた」

「じゃ、あなたは離婚したことに悪感情は持ってなかったわけね」

「いや、持ってたさ。別れたくなかったから——向こうからいいだしたことだった。ぼくはずっと希望を持ってた。いまとなってはもう手遅れだけど」

「ライザみたいに成功した女性なら、男性との出会いも多かったのでは？」

「うん、そう、たしかにそうだった」彼の声は賞賛の響きでいっぱいだった。憎しみではなく。

ガースタインにライザが殺せたはずがないというベスの意見を、わたしも受け入れる気になってきた。不思議でならないのは、そもそもなぜ彼女が彼に惹かれたかということだが、男女が惹かれあう経緯や理由をきちんとつかめる人間がいたら、身の上相談のアン・ランダーズは一夜で商売あがったりになるだろう。

わたしは形式的に彼に質問していった——彼女の印税はあなたにも部分的に入ってくるの？——うん、デビュー作だけね。まだ夫婦だったころに出た作品だから。向こうが離婚してくれといったとき、ぼくの弁護士は、将来出版されるものも含めて彼女の作品すべてにつき、印税の五〇パーセントをぼくのものにする判決がかちとれるはずだといったけど、ぼくはライザを愛していた、彼女がもどってきてくれることだけが望みだった、報復手段をとることには興味がなかった。ライザの遺言状にあなたの名前は入ってるの？　入ってないと思う。じゃ、わたしから彼女の弁護士にきいてみなくては。残余財産受遺者が誰だか知ってる？　ぼくら二人が心酔していたある保守的な財団。

わたしは帰ろうとして立ちあがった。「誰が奥さんを――別れた奥さんを殺したんだと思う？」

「たしか、誰か逮捕されたんじゃなかったっけ。ほら、クロード・バーネットがいってただろ――ライザにつきまとってた探偵」

「バーネットを知ってるの？　個人的にって意味だけど」わたしはただ、彼の注意をそらして、わたしのことを忘れさせようとしただけだった。いくら落ちこんでいるとはいっても、ラジオでわたしの名前をきいたことを思いだすかもしれない。ところが、彼から意外な返事がかえってきた。

「知ってるよ。いや、ライザが知り合いなんだが。だったというべきか……。こっちに越してすぐ、保守系メディアのコンベンションに二人で出たことがあった。バーネットが基調演説をおこなった。ライザがひどく興奮してね、〝小さいころに知ってた人だわ。あのころとは名前がちがってるけど〟といいだした。そのあと、彼女はバーネットとたびたび会うようになった。二年ほどして、サン・ヴァレーで別のコンベンションがあったときには、彼に頼んでぼくたち二人の写真に入ってもらった」

彼は写真がかかっている壁のほうへ首をひねった。わたしはそれを見にいった。ギッパー（レーガン大統領のニックネーム）の有名な笑顔はすでによく知っているので、バーネットの写真のほうに注意を集中した。どことなく見覚えのある顔だった。この国の右寄りの動きに大きな影響を持つといわれる人物だけに、ニュース雑誌にたえず彼の顔が出ているのだ。年齢は五十歳ぐらい、ほっそりしていて、身だしなみがよくて、つねに、優越感をちらつかせた愛想のいい微笑を浮かべている。

このサン・ヴァレーでのバーネットはきっと体質に合わないものを食べてしまったにちがいない。ライザとその夫に腕をまわしているが、態度がぎごちなく、まるで誰かから胴体にベニヤ板の手足をくっつけてもらったみたいに見える。ライザはメディアの寵児と一緒なのがうれしいらしく、こぼれんばかりの笑みを浮かべている。ブライアンも背筋をぴんと伸ばして、けっこう楽しそうだ。ところが、バーネットときたら、爪を拷問道具で締めつけられてカメラの前に立たされたのかと思いたくなるような顔をしている。

「子供のころのライザが知ってた彼は、なんて名前だったのかしら」わたしはきいた。

「いや、それが彼女の誤解だったんだ。近くによって彼を見たとたん、うわべが似てるだけだと気づいたそうだ。でも、バーネットは彼女を気に入ってね――たいていの男がそうさ、快活な女だったから——彼女の作家活動を応援してくれるようになった。ナン・カラザーズのシリーズをほめちぎったのも彼が最初だった」

「この写真では、彼女の横にいてもうれしそうじゃないわね。これ、借りていい？　ライザがとてもよく撮れてるから、聞きこみにまわるときに使いたいの」

ブライアンはライザの広報係に頼めばもっといい写真が手に入るはずだと、陰気な声でいったが、彼を説得するのは簡単だった——いや、わたしのこの訪問を正直な言葉で呼ぶなら、脅すというべきか。写真を布巾でていねいに包み、なるべく早く返却するという約束をメモにして、彼のところを出た。

高架鉄道のジャーヴィス駅まで小走りで急ぎ、そこの公衆電話からほうぼうの航空会社へ電話をした。オヘア空港からウィスコンシン州ラインランダーへ小型飛行機を飛ばしているだけでなく、二時間後に出発する便のある航空会社が見つかった。わたしはシカゴの司法管区から出ないようにと州検事にいわれている。空港で足止めを食うといけないので、母の旧姓のセスティエリでフライトを予約して、高架鉄道でのろのろとループにもどり、空港へ向かった。

Ⅳ

ライザの新作『殺人の鐘が鳴る』が空港の書店にどさっと積みあげられていた。銀色の鐘を飾った小枝が光沢ある黒の地に浮き彫りになっている表紙は人目を惹いた。三つめの書店を通りかかったとき、わたしはついに抵抗をあきらめて、一冊買った。

フライトに使われたのは軽飛行機で、北へ向かう途中でミルウォーキーとウォーソーにおりた。ラインランダーに着くころ、わたしはミステリの大詰めに近づいていた。ACLU（アメリカ市民的自由連合）の代表者が市庁でクリスマスに幼子イエスの像を飾ることに反対している、なぜなら、イエス像の製造業者を業界からしめだそうとする企業の陰の所有者がじつはその男だからという場面であった。ナン・カラザーズは幅広い熱烈なラジオのファンを持っているおかげで、三十年も忠実に勤めてきたのに昼休みにナンの番組をきいていたことがばれたためACLUの悪玉に解雇されてしまった従業員から、その情報を手に入れる。物語は真夜中のミサで幕を閉じる。ナンは意気揚々と職場に復帰した従業員と（これは雇用機会均等委員会とアメリカ市民的自由連合の努力によって一九六四年に公民権法が強化されたおかげなのだが、ライザ・マコーリーはそこまで述べる価値はないと考えたようだ）、その妻と、九人の子供たちとともに、市庁に飾られた幼子イエスの像の前にひざまずく。

本を読みおえたのは午前一時ごろ、ラインランダーの〈ホリデイ・イン〉の部屋でだった。いちばんよく書けていたのは、ナンと彼女のキャリアを強く後押しする男の関係をめぐるサブプロットだった。ナンが子供のころに教会で牧師をしていた男で、のちにテレビ伝道師として有名になったという設定。ナンが子供だったころ、男は日曜学校のクラスでナンやほかの子供たちに、子供どうしの、あるいは彼とのセックスを強要して、それを写真に撮っていた。彼が子供たちの頭に永遠の天罰という呪わしい恐怖を吹きこんでいたため、みんな、親には一言も話せなかった。だが、ラジオの世界でキャリアを築きはじめたナンはひそかな脅迫の文句をちらつかせて、彼が木曜の晩にやっている《救済されし者の輪》という番組で彼女のトーク番組の宣伝をするよう彼を説得する。最後の場面で、彼女はかいば桶のなかの幼子イエスをみつめながら、聖母マリアならどうしただろうと考えこむ——牧師を許しただろうか。それとも、彼の罪をあばいただろうか。自分のキャリアアップのために彼を利用することだけはぜったいなかっただろう。物語はそうした苦悩を漂わせて終わっていた。わたしはマコーリーの作家としての技量に思っていた以上の敬意を抱いて、眠りについた。

　翌朝、地元の電話帳でミセス・ジョゼフ・マコーリーの住所を調べて、彼女に会いに出かけた。彼女は七十代なかばになっていたが、まだまだ元気だった。温かい歓迎は無理だったが、ライザを殺した犯人を見つけようとしている探偵《ディテクティヴ》だとわたしが名乗ると、刑事《ディテクティヴ》と勘ちがいされた。シカゴ警察はわたしの有罪を確信するあまり、こちらへ人を派遣して彼女に事情をきく手間を省いてしまったものと見える。

「シカゴの新聞記者にうるさくつきまとわれて、もううんざり。でも、刑事さんなら、質問にお答えするわ。何をおききになりたいの？　ライザの子供時代のことならなんでもお話しできるけど、あの子がマディスンへ越したあとは、あまり顔を会わせる機会がなかったのよ。あの子のつきあってた友達の一部が感心しない人たちだったの。わたしたち、個人的にユダヤ人に偏見を持ってるわけじゃないけど、一人娘がユダヤ人と結婚して、汚いお金の取引にかかわりあうなんていやですもの。もちろん、彼がロナルド・レーガンのために選挙運動をしてたことには感心したわ。でも、離婚しても残念だとは思わなかった。うちの教会は離婚に眉をひそめるとこですけどね」

しばらくのあいだ彼女に好きなようにしゃべらせたあとで、クロード・バーネットの写真をとりだした。「これ、ライザが子供のころに知ってた人物なんですけど。見覚えはありません？」

ミセス・マコーリーはわたしから写真を受けとった。「わたしのこと、ぼけてるとでもお思いなの？　これ、クロード・バーネットでしょ。この界隈に住んだことなんかないはずよ」

鼻を鳴らしてわたしに写真を返そうとしたが、もう一度手にしてしげしげとながめた。

「あの子、パンツをはくとわたしがいやがるのを知ってたから、ここに帰ってくるときはいつもスカートだった。でも、このパンツ姿、すてきね。ほんとにすてき。あら……娘がこの男とカール・ベイダーをまちがえたとしたら、わかるような気がするわ。カールは髪が黒っぽかったし、髭なんか生やしてなかったけど、額のあたりがなんとなく似てるわねえ」

「あの、カール・ベイダーって誰ですか」

「ああ、昔の話よ。町を出てって、それきり消息がとだえてしまった人」

彼女からようやくききだせたのは、カール・ベイダーは町の教会にいた男で、一部の信者がささやいていたゴシップを、彼女は半分も信じる気になれなかったということだけだった。「あのミセス・ホファって女はいつも子供を甘やかし放題、子供が何をいおうと叱りもしなかった。うちでは、偉い人にちゃんと敬意を示す子になるようライザを育てたっていうのに。一度あの子がそういうくだらない噂話に加わろうとしたことがあったけど、そのときは、せっけんであの子の口を洗って、一週間ほどすわれなくなるぐらいきびしく鞭で叩いたものよ」

そこから先はどうしてもききだせなかったので、わたしは写真を持って図書館へ行き、地元の新聞の古いものを調べていった。『殺人の鐘が鳴る』では、牧師にいたずらされたときのナン・カラザーズは八歳だったから、ベイダーとホファという名の人物に関する記事がないかと、一九六五年から六七年にかけて調べてみた。見つかったのは、一九六七年にベイダーがアトランタのテレビ伝道団に入るためにユナイテッド・ペンテコスト派教会を去ったのだが、それが突然だったため、教会では送別パーティをやる暇もなかったという小さな記事だけだった。

疲れはてた午後の時間をミセス・ホファ捜しにあてた。ラインランダーの電話帳に出ているホファは全部で二十七人。ユナイテッド・ペンテコスト派教会のメンバーはそのうち六人だった。教会の事務をやっている女性は感じがよくて親切だったが、わたしがようやくミセス・マシュー・ホファを訪ね、わたしの求める女性ミセス・バーナバス・ホファが娘のことでゴタゴタして教会から離れたことを彼女からきかされたのは、その日遅くなってからのことだった。

「教会にずいぶんしこりを残したわね。一部の親は子供を信じて、教会へ通うのをやめてしまった。ほかの親は、ただのいたずらだ、みんなの関心を惹こうとする子供たちの企みだと考えた。ライザ・マコーリーもその一人だと思われてた。彼女がシカゴで殺されたのは気の毒だけど、わたし、ある意味では驚いてないんですよ。いつも〝ぶちたかったらぶちなさいよ〟と大人に挑みかかるような感じの子だったから。作り話をしたり、あちこちしゃしゃりでたり。といっても、ルイーズ・マコーリーがしつけをなおざりにしたわけではないけど。ただ、ときどき思うの――子供をぶちすぎるのはよくないんじゃないかって。とにかく、小さなライザがケイティ・ホファと一緒になって牧師を非難するのを見ただけで、大人たちはその話を真剣に受けとる気をなくしてしまったの。信じたのはガートルードだけ――あ、ケイティの母親ですけどね。ベイダー牧師の味方をしたわたしたちを、彼女はいまでも恨んでるわ」

そして、ようやく夜の九時に、わたしはガートルード・ホファの家の居間にあるふかふかのホースヘアのソファに腰かけて、悲しげな子供二人のひびが入ったカラー写真をみつめていた。ケイティとライザだというミセス・ホファの言葉を信じるしかなかった。二人の顔は不鮮明だし、写真をとられたこの時点で何をしていたかも不明瞭だった。

「わたし、牧師のところへ洗濯をしにいったときに写真を見つけたんです。ベイダー牧師は独身だったので、信者の女たちが交代で家事をやっていました。いつもなら牧師もその場にいて、自分の服を片づけるんですが、その日はたまたま留守だったんで、わたしが下着をしまってたら、こんな写真が束になって出てきたんです。最初は自分の目が信じられなくて、そのうちケイティの顔が出てきたものだから――それで――写真をつかんで部屋から飛びだしました。

最初は、子供たちが勝手に考えだしたいたずらで、牧師はそれをわたしたちに見せるために、子供が何をしでかしたかを親に見せるために、写真を撮ったんだろうと思いました。うちの主人が牧師に話をしにいったら、向こうもそういいました。子供が自分でそんなことを思いつくはずがないっていって、わたしのほうで気づくまでに、ずいぶん長くかかりましたが、ほかの親たちは耳を貸そうともしませんでした。しかも、あのルイーズ・マコーリーときたら、それから一週間、毎晩のようにベイダー牧師のためにパイを焼き、かわいそうなライザを鞭で打ってたんですよ。ケイティと二人で牧師にやらされたことを、あの子がわたしに打ち明けたばかりにね。娘があんなふうに殺されたのも、ルイーズには天罰ですよ、まったく」

V

クロード・バーネットとカール・ベイダーを喜んで結びつけようとする人物をシカゴ警察のなかに見つけるのは至難の技だった。しかし、二人が同一人物だとわかったあとは、すごいスピードで謎がほぐれていった。ライザはサン・ヴァレーで彼に気づいて、強引な要求を突きつけた——金ではなく、『殺人の鐘が鳴る』で主人公が昔の牧師にやったように、キャリアアップへの協力を求めたのだ。誰にもたしかなことはわからないが、彼女がナン・カラザーズに課した感情的な苦しみはライザ自身の苦悩を反映していたにちがいない。ライザは成功をおさめ、かつて自分を苦しめた男を脅迫して成功の後押しをさせたが、彼を崇拝しているふりをし、彼の番組に出演し、彼の華やかなキャリアの背後に何があるかを知っているのは、耐えがたいことだったにちがいない——彼女の主人公もそうだったように。

バーネットは『殺人の鐘が鳴る』を読んで、たぶん、ライザが秘密を自分一人の胸にしまっておくのもそう長くなさそうだと不安になったのだろう。警察は彼の自宅の書斎から、脅迫状が書かれた証拠を見つけだした。検事の主張によると、バーネットはライザに脅迫状を送り、それから、わたしをボディガードとして雇うよう説得したのだという。そのときのバーネットはわたしになんの恨みも持っていなかったが、わたしは女だった。女探偵とライザをもめさせて、それを世間に広めれば、夜勤のドアマンのレジー・ウィットマンをだまして、殺人の夜にライザのアパートメントへ女性を通したと信じこませることができると考えたのだ。わたしの進歩的な政治姿勢を彼が知ったのはそのあとだった——わたしを番組で罵倒できるというのは、おいしいおまけだった。

もちろん、このすべてがすぐに表面に出てきたわけではない——裁判のときまで不明だった点もあった。ウィットマンが聖人同様の人物であるいっぽう、視力がひどく弱っていることがわかったのも、裁判のときだった。寒い夜だったら、どんな男性だって分厚いコートを着て帽子をかぶれば、女性になりすましてウィットマンをだますことができただろう。

マリとベス・ブラックシンのおかげで、わたしは世間にたいして充分に申しひらきができきた。有罪判決が出た日には、サルとクウィーニーがベル・フォンテーンの出演するディナーショーへお祝いに招いてくれた。第二級殺人の判決しか出なかったことに、わたしたち全員が落胆していた。しかし、わたしを愕然とさせたのは、翌日の午後に出た世論調査だった。バーネットが子供を性的に虐待した別の事件も裁判の途中で明るみに出たというのに、彼の番組のファンたちはこうした犯罪に彼はいっさい無関係だと信じているのだった。

「すべては彼の評判を落とすためにフェミニストたちが企んだことだわ」その午後、一人の女性がラジオでそう断言した。「そして、《ニューヨーク・タイムズ》を動かして、彼女たちの嘘っぱちを記事にさせてるのよ」

クウィーニーのとっておきのヴーヴ・クリコでさえ、その苦い味をわたしの口から拭い去ることはできなかった。

フォト・フィニッシュ

Photo Finish

《メアリ・ヒギンズ・クラーク・ミステリ・マガジン》（Mary Higgins Clark Mystery Magazine）の二〇〇〇年夏号に掲載された作品。日本では《ジャーロ》二〇〇一年春号に訳載された後、日本独自編纂のアンソロジー『探偵稼業はやめられない』（光文社文庫／二〇〇三年）に収録されている。

I

彼がその七月の午後にわたしの事務所に入ってきたとき、前にどこかで見かけた男のような気がした。人を差し招くと同時に距離を置こうとしているような、甘いけれどよそよそしい微笑に、どことなく見覚えがあったのだ。わたしもいまではコンピュータ時代に入っているので、新しい依頼人と初めて顔を合わせるときは、その前にデータベースを検索することにしているが、ハンター・ダヴェンポートが何者であれ、〈レクシス・ネクシス〉には彼に関するデータはまだ何も入っていなかった。前に見かけた男だとしても、それは夕方のニュース番組ではなさそうだ。

「さっそく会ってくださって感謝します、ミズ・ウォーショースキー。この街にはほんの二、三日の予定なんです。シカゴのホテル代は高いですから」彼の口調には、わたしたち北部の人間が内心ひそかに魅力的だと思っている、あの南部特有のゆったりしたアクセントがかすかに感じられた。「シカゴの夏を知ればチャールストンが涼しく思えてくるって、向こうで脅されてきましたが、飛行機をおりるまで、どうしてもそれが信じられませんでした」

わたしは彼と握手してから、アームチェアを勧めた。戸外では、炎暑のおかげで歩道から熱気が立ちのぼっているが、窓のないわたしの事務所のなかは、どの季節も、どの時刻も、似たようなものだ。エアコンとフロアスタンドがついているかぎり、真冬だって同じことだ。

「サウスカロライナ州のチャールストン？　そちらのご出身なんですか、ミスタ・ダヴェンポート」

「十代のときに住んでましたが、大人になってからは、ヨーロッパがほとんどです。でも、アクセントは抜けないものですね。あるいは、長い夏の午後に憧れる気持ちも。夏の午後は時間が止まってしまい、ぼくらのすることといったら、丈の高い草のなかに寝そべって、レモネードを飲みながら、魚が水面に顔を出すのを待つだけなんです」

わたしは微笑した。わたしもそれと同じ永遠の夏に郷愁を感じている。友達と一緒になわとびをしながら、グッド・ヒューマー社のアイスクリームを積んだトラックがこないかと、みんなで耳をそばだてていたものだった。

「だったら、チャールストンにいらっしゃればいいのに、なぜまたシカゴに？　ここだって向こうに負けないぐらい暑いし、向こうにいればなつかしい場所を訪ねることもできるはずでしょ」

　彼はふたたび微笑した。「ぼくを育ててくれた祖母が死んでからは、向こうに帰る理由がなくなってしまってね。じつは父親を捜してるんです。引退してシカゴで暮らしてると、教えてくれた人がいるんだけど、どの電話帳を調べても、父の名前は出ていなかった。そこで、ぼくは探偵を雇おうと考えた。《ヘラルド・スター》の人から、あなたなら優秀だときいてきました」

　りこうなやり方ね——わたしは思った——よそからきた人間がアドバイスを求めて新聞社へ直行するっていうのは。「お父さんの顔を最後に見たのはいつですか？」

「ぼくが十一のときだった。母が死んで、父はそれに耐えられなかったんだと思う。祖母のところに——母の実家なんだけど——ぼくを預けて、どこかへ行ってしまった。それっきり、ハガキ一枚よこさなかった」

「じゃ、なぜいまごろ、お父さんを見つける気になったの。ずいぶんたつでしょ……ええと、十五年ぐらい？」

「なかなか鋭い推測だね、ミズ・ウォーショースキー。ぼくはいま二十四。祖母が亡くなってから、身内の人間がもっとほしいと思うようになったんだ。それと、あの……」彼はきまり悪げに自分の指をいじった。「父のほうにも言い分があるのなら、きいておくべきだと思って……。ぼくは祖母と叔母から——あの家には独身を通した叔母がいて、祖母と暮らしてたんだけど——とにかくその二人から、父がどれだけあこぎな男だったかって意見をくりかえしきかされて大きくなった。二人は母が死んだのも父のせいにしていた。だけど、そんなの、ひどい言いがかりだって気がついたころから、ぼくは両親に関して二人からきかされたそれ以外の意見にも、疑問を持つようになっていった。自分の父親がどんな人間だったか、誰だって知りたいはずだ。どんなことにとりくんでいたのか、とか」

わたしだって人並みの人情は持っている。自分を卑下するような微笑や、ブルーグレイの目に浮かんだやるせない憧れの色には抵抗できなかった。彼のために契約書をプリントアウトし、前金として五百ドル払ってほしいといった。フロアスタンドの光の下で、きれいになでつけたアッシュ・ブロンドの髪を金糸のようにきらめかせながら、彼は身を乗りだし、わたしに五百ドルの現金をよこそうとした。

「お支払いは小切手か、通常のクレジットカードでお願いしてるんだけど」わたしはいった。

「ここしばらく、決まった住所がなくてね。現金のほうが楽なんだ」

妙な話だが、とりたてて妙なわけではない。探偵を訪ねてくる人の多くは文書で足跡を残すのを避けたがる。わたしはふっと好奇心に駆られただけだった。

彼の話を要約すると、つぎのようになる。父親は彼と同じハンター・ダヴェンポートという名前で、カメラマンだった。すくなくとも、ハンター坊やの母親が亡くなった時点ではカメラマンだった。ハンター・シニアはフリーのジャーナリストとしてヴェトナムに赴き、のちにわが依頼人の母親となる女性もそこで従軍看護師をしていた。二人は出会い、結婚し、ハンター坊やが生まれた。

「ぼくが子供のころヨーロッパに住んでたのも、そのためなんだ。戦争が終わったあと、父はアフリカやアジアの危険地帯を取材してまわるようになった。学校のあるあいだ、母とぼくはパリで暮らし、夏休みになると父の仕事先まで出かけていった。やがて、母が南アフリカで車の衝突事故にあい、亡くなった。父が取材してた戦闘とはまったく無関係だったけどね。父がどこで仕事をしてたかさえ、ぼくは知らないんだ。子供のころって、そんなことには興味を持たないものだろ。あれはただのありふれたバカな事故で、母がパリやチャールストンにいたって同じ目にあったかもしれないんだ。父は一緒じゃなかった――同乗してなかったって意味だけどね――なのに、祖母はいつも父を非難して、父が母を地球の反対側に連れていきさえしなければ、あんな事故はおきなかったはずだといっていた」

彼が言葉につっかえつっかえ、ひどく早口でしゃべるものだから、何をいっているのかききとるために、わたしは身を乗りださなくてはならなかった。だしぬけに話がやんだ。ふたたび彼が口をひらいたときは、ゆったりと落ちついた声にもどっていたが、組んだ足にかぶさった両手は関節が白くなっていた。

「母が死んだとき、ぼくもその場にいた。母はすばらしい美人だった。あんなきれいな人はちょっといないだろうね。それが血まみれになってしまって……無惨だった。いまでも夢にその姿が出てくるんだ」彼は深く息を吸った。「父には耐えられなかったにちがいない。だって……父は……父は……つぎに気がついたときは、ぼくは祖母の家にひきとられ、チャールストンの学校に通わされていた。それきり父には会っていない」

「お母さん、なんて名前だったの？ 旧姓って意味だけど」

彼はどこか私的な世界へさまよいでていた。わたしの質問にビクッとして、この事務所にもどってきた。「えっと、ヘレン。ヘレン……オールダー」

「で、何を根拠に、お父さんがシカゴにいると？」

「エージェンシーなんだ——父が写真を売るときに使ってたエージェンシー。そこの人から、父の最後の連絡はこの街からだったときかされて」

あとの情報はわたしが無理やりひきださなくてはならなかった。エージェンシーはフランスのものだった。最初のうち、彼は名前なんか覚えていないといいはったが、わたしがテーブル越しに五百ドルをつきかえすと、ようやく白状した。パリのサンジェルマン大通りにある〈シュール・プラース〉。いや、父の社会保障番号は知らない。生年月日も知らない。ぼくも母も父とはほとんど別居状態だったから、ふつうの祝日や誕生日を一緒にすごすことはなかった。父親の出身地についても、ハンター坊やは同じく知らなかった。

「ぼくの覚えてるかぎり、父が子供時代の話をしたことは一度もなかった。しかも、母の実家では父のことをオル・ラ・ロワと呼んでて、だから……」

「オー・ラ・ラって呼んでたの？」

「えっ？　あ、オル・ラ・ロワね──無法者って意味なんだ。母の一族は父のことなんか話題にもしなかった」

この依頼人が泊まっているのは〈ホテル・トレフォイル〉だった。スコット通りにある小さなホテルで、スーツケースの中身はメイドが片づけてくれるし、外から帰ってくれば、一日の汗を額から拭きとるための熱いおしぼりを出してくれる。〈トレフォイル〉に泊まれるほどの男であれば、わたしの料金がその所持金に痛手を与えることはないだろう。手を尽くして調べてみる、二、三日中に連絡を入れる、と彼に告げた。彼はあの女心をそそるにこやかな笑みを浮かべて、わたしに礼をいった。

「あなた自身はどういうお仕事を？　ミスタ・ダヴェンポート。なんとなく見覚えのあるお顔なんだけど」

彼はギクッとした表情になった。それどころか、恐怖に近い表情を浮かべたように、わたしには思えたのだが、スタンドの淡い光のなかなので、はっきりそうといいきれる自信はなかった。とにかく、一秒後には彼は笑いだしていた。

「とくにこれといった仕事はしていない。俳優でもないし、インターネットの天才でもないから、あなたの目にとまるはずはないけどね」

その言葉を最後に、彼は出ていき、残されたわたしは、そんな人間がどうして〈トレフォイル〉に泊まれるんだろうと首をひねった。たぶん、チャールストンの祖母がお金を遺してくれたんだろう。デスク上に丸く並べて偽札鑑別用ペンで調べてみた。偽札ではなかった。でも、もちろん、妖精の黄金は一夜にして消えてしまう。用心のため、家に帰る途中で銀行に寄って預けてこよう。

国際電話のオペレーターが〈シュール・プラース〉の番号を教えてくれたので、ホッと安心した。ダヴェンポート坊やの情報の出し方がしぶしぶだったため、エージェンシーの名前は架空かもしれないと危惧していたのだ。パリはいま夜の九時。エージェンシーの夜勤オペレーターは英語をしゃべってくれなかった。明日かけなおしてほしい、その時刻ならムッシュ・デュヴァルがいるから、といっているのだろうが、百パーセント確実とはいえなかった。

シカゴはまだ午後の二時なので、《ヘラルド・スター》の写真担当の編集者シャーマン・タッカーがデスクで電話をとってくれた。「ヴィク、うれしいじゃないか」と歓声をあげた。「死体を見つけたんで、おれに真っ先に見せようってんだろ!」

「大はずれ」シャーマンは昔のノワール系の私立探偵に惚れこんでいる。わたしがレイス

・ウィリアムズやコンチネンタル・オプのごとくふるまって、玄関から外へ出るたびに死体に出くわすようになるのを待っているのだ。「ハンター・ダヴェンポートって特派員を使ったことない？　あるいは、彼の噂をきいたこととか？　アフリカでフリーのジャーナリストをやってた男なんだけど、一部の人からは、シカゴに越したかもしれないって思われてるの」

「ハンター・ダヴェンポート？　きいたこともないけど、そいつ、一時間ごとに有名になってるぜ。今日そいつのことを問い合わせてきたのは、きみで二人目だ」

「みごとな美貌の若者をわたしのとこへよこしたのはあなただったの？」わたしはきいた。

シャーマンは笑った。「おれ、男の脚は見ない主義なんだ、V・I。けど、そうさ、早い時間に坊やがここを訪ねてきた。おれは坊やに、行方不明者の捜索をおまわりに頼む気がないんなら、あんたんとこへ行けといってやった」

ダヴェンポートの名前に聞き覚えのある者が同僚のなかに誰かいたら電話すると、シャーマンは約束してくれた。自分の依頼人の身辺を嗅ぎまわっているような気分ではあったが、念のために市内と郊外の電話帳も調べてみた。ダヴェンポートはたくさん出ていたが、ハンターと名前のつく者は一人もいなかった。しかめっ面でデスクを見て、加入しているデータサービスから購入した南東部の電話帳のフロッピーディスクを捜しだし、サウス・カロライナ州チャールストンに住むオールダーを調べてみた。一人もいなかった。オールダーマンとオールダーショットはどっさり見つかったが、ただのオールダーはどこにもなかった。依頼人の話では、祖母はすでに亡くなったとのこと。ハンター坊や以外に身内の人間はいなかったようだ。彼が父親を見つけたいと思ったのも無理からぬことだ。

自動車局に問い合わせてみたが、ハンター・シニアは運転免許を持っていなかった。これ以外の調査をするには、社会保障番号か、出生地および生年月日か、それに類するものが必要だ。この男が本当にシカゴにひっこんだのなら、ここが出生地という可能性もある。市内に住む百人ほどのダヴェンポートと、郊外に散らばった二百人のダヴェンポートを、わたしは嫌悪の目でみつめた。万策尽きたときには、片っ端から電話して、ハンターという名前のいとこか兄弟がいないか尋ねてみるという手もあるが、その前にまず、郡からどんな情報が得られるか見てみることにした。

ワシントン大通りにあるあの陰気な建物で、わたしは顔を知られているが、いまなお、誰がその日のカウンターにすわっているかで歓迎の度合いが変わってくる。この午後はラッキーだった。早めに引退して手作りパイの店に人生を捧げる日を指折り数えて待っている中年の事務員が、今日の係だった。わたしもたまに、彼のところでデザートを買うことがある。彼は十五年分の出生届をこころよく渡してくれた。

執務時間が終了する二十分前、わが親切な事務員が市民たちに向かって、さっさと切りあげるようにとわめいていたとき、ハンター・ダヴェンポートが見つかった。生まれたのは一九四二年、場所はシカゴ産科病院、父はウェイランド・ダヴェンポート、母はミルドレッド（人種／白人、初産、自宅住所／コテージ・グローヴ、両親の年齢／父三十五歳、母二十七歳）。ミルドレッドとウェイランドがいまも生きているとしたら、かなりの年だ。コテージ・グローヴからは、たぶんとっくに越してしまっただろう。しかし、とりあえずはそこが出発点だ。

五百ドルを預けるために銀行に寄った。レイク通りで高架鉄道に乗りこんだ瞬間、人混みのなかに依頼人の金色に輝く髪を見たような気がした。あわてて飛びおりたが、ラッシュアワーの混雑をかき分けたときには、その姿はもうなかった。結局、光のいたずらだったにちがいないと思うことにした。

II

ウェイランド・ダヴェンポートはわたしの依頼人の母親と同じ年に亡くなっていた。かわいそうなハンター・シニア。妻と父親を一度に亡くすなんて。しかし、母親のミルドレッドはまだ健在で、リンカーンウッドのみすぼらしい団地で暮らしていた。わたしが呼鈴を鳴らしたあと、インターホン越しにお定まりの退屈なやりとりが始まった。向こうはわたしのいっていることが理解できず、わたしはドアのインターホンに向かってバカみたいにがなりつづけた。

「いいや、あたしは年とってて、仕事なんかもうできないよ」向こうがキーキーいった。「息子さんの仕事のことなんです」わたしはわめいた。「息子さんの写真。わたしどものほうで展示を企画中なんです——写真展を。アメリカ人の目から見た一九八〇年代のアフリカをテーマにして」

「帰っとくれ」最後に彼女はいった。「なんにも買わないからね」

わたしは歯ぎしりした。食料品の大きな袋を二つ抱えた女性が歩道をやってきた。うしろに幼い子供が三人。年かさの子は自分でも小さな買物袋をさげているが、下の二人は手ぶらなので、殴りっこをしている。女性は「マイクル、タニア、やめなさい」と無駄なつぶやきをくりかえすだけだ。彼女が鍵を探すために腰の上で袋のバランスをとろうとしたので、わたしはその袋を持ち、あいたドアを支えた。彼女は子供たちに向けたのと同じ疲れた声で、わたしに礼をいった。

「四階のKに住んでるミルドレッド・ダヴェンポートさんとこへ行く途中なんだけど、その前に、あなたの袋を階上まで運んであげるわ」わたしは明るくいった。

「まあ! どうも、ご親切に。マイクル、タニアの髪の毛を放しなさい」

その女性も四階に住んでいるのだが、部屋は反対端にあるという。いいえ、ミルドレッドって人のことは、顔を見ればわかる程度よ。あたしは子供の世話に一日じゅう追いまくられてるし、ミルドレッドはまるきり外に出ない人なの。ただ、月曜日だけはべつで、シニア・センターから人がきて、お店や医者へ連れてってくれるみたいよ。

「息子さんが同居してるかどうか、ご存じ？」

「あの男がそうなの？　タニアを見る目つきが薄気味悪くって。うちの主人にいったのよ――あの男が幼児猥褻の犯人で、刑務所から出てきたばかりでも、あたしは驚かないって。同じ建物にどんな人が住んでるか、まったくわからないものね。ここで人が殺されたり、子供が誘拐されたりしたって、経営者が気にすると思う？　タニア、つねっちゃだめ――」

　彼女のところのドアまでたどりついたとき、わたしは胸をなでおろした。レゴのブロックや、ビーニー・ベビー（小さなぬいぐるみの動物）や、半分残ったシリアルのボウルが散らばった床に食料品の袋をどさっと置いて逃げだした。

けさ、事務所を出る前に、ミルドレッド・ダヴェンポートあての短い手紙を用意してきた。そこにはインターホン越しにがなりたてたのと同じことが書いてある――わたしはフリーのジャーナリストで、アメリカ人の目から見たアフリカをテーマに本を書いている、八〇年代に息子さんが撮影した写真をぜひともお借りしたい。

　廊下のつきあたりまで行って、彼女のところのドアをガンガン叩いた。ずいぶん待ったあと、ドアの向こうから足をひきずる音がきこえてきて、のぞき穴に何かの動く気配がした。わたしは愛想のいい、人の好さそうな笑みを浮かべた。

向こうはチェーンの幅だけドアをあけた。「なんのご用?」

わたしは笑みを絶やさなかった。「手紙を用意してきました。そのほうがドア越しに説明するより楽だと思ったので」

彼女はしぶしぶ封筒を受けとって、ふたたびドアを閉めた。テレビの音がすごいので、ドアが閉まっていてもきこえてきた。十分ほどして、彼女がもどってきた。

「息子と話をしてくれてもいいけど、あの子、なんのことだかわからないっていってるよ。アフリカなんか行ったこともないって」

わたしは彼女のあとから居間に入っていった。扇風機がかきまわす空気は重くよどんでいて、わたしの髪やブラウスにスープのごとくへばりついてくる。オプラ・ウィンフリー・ショーにチャンネルを合わせたテレビが室内の唯一の光源だった。いくつもの家具と新聞の束が部屋をぎっしり埋めているため、立つ場所を見つけるのも困難だった。

「ハンター! 女のお客さんだよ」彼女は鼻にかかった平坦な声で、オプラの騒音に負けずにがなりたてた。

分厚い詰めものをしたアームチェアのひとつで、人影が動いた。テレビのチカチカする光のなかで見たために、わたしはタオルか毛布の束だとばかり思いこんでいた。ミルドレッド・ダヴェンポートがテレビの音を消した。

「あんた、誰のとこで仕事してるんだい？」ハンターはきいた。「写真の使用料、払ってくれるんだろうね」

「ゴーディ出版です。お金は持ってますけど、むやみにばらまくようなところではありません」わたしはすわる場所を求めてあたりを見まわし、ようやく、べつの椅子の腕に腰かけた。「とくに、一九八〇年代のあなたのお仕事に関心があるんです。アフリカにいらしたころの」

「アフリカなんて行ったこともない」彼は母親にちらっと視線を投げた。

「おまえの写真に金出してくれるっていうんなら……」ミルドレッド・ダヴェンポートがいいかけたが、彼がそれをさえぎった。

「アフリカには行ったことがないっていっただろ。遠くにいたころのおれの生活なんて、母さん、なんにも知らないじゃないか」

「あたしは耳が遠いだけでね、頭のほうはまともだよ」母親がどなった。「金が入ってくるってのに、なんでそれがわからないんだよ。このご婦人におまえの写真を見せりゃいいだろ。アフリカの写真はなくたって、ほかにどっさりあるんだから」

「母さんはオプラにもどりな。そしたら、ご婦人は出版社にもどって、取引決裂って報告をすればいい」彼は母親からリモコン装置をとりあげ、音量をもとどおりにあげた。

わたしは彼のほつれたTシャツや、白髪混じりの顎の無精鬚が見えるところまで近づいた。「あなたの息子さんからきいたのよ——一九八六年にあなたがアフリカにいたって」

彼はわたしに向かって唇をゆがめた。「息子なんかいないよ。おれの知ってるかぎりでは」

「ヘレン・オールダーの息子なのに？　ヴェトナムで結婚したあと、あなたたち二人のあいだにできた子供よ」

「ヘレン・オールダー？　そんな名前、きいたことも……」彼の声が細くなり、つぎの瞬間、切迫した凶暴な口調になったので、わたしは肝をつぶした。「あんた、ほんとはどこのまわし者なんだ」

「おたがいに声のききとれる場所へいかない？」

彼が椅子から大儀そうに立ちあがると、母親は疑惑の目を向けたが、彼がわたしを連れて台所へ行ったあとも、居間にそのまま残っていた。風通しの悪い台所には、皿洗い用のよどんだ水の臭いがこもっていた。窓はひらくのを防ぐために、ツーバイフォーの板が打ちつけてあった。わたしのうなじに汗が吹きだした。

「誰があんたをよこしたんだ？」彼は無精鬚のなかから歯をむきだした。歯並びが悪く、煙草のヤニに染まっている。

「おたくの息子さん」

「おれには子供はいない。結婚したこともない。アフリカへ行ったこともない」

「ヴェトナムはどう？」わたしはきいた。

彼は怒りの視線を投げてよこした。「もしおれが〝ああ、行ったことがある〟と答えたとしても、そのヘレンなんとかと結婚した覚えはないって言葉は信じちゃくれないんだろ」

「やってみなさいよ」わたしは愛想のいい声でつづけたかったが、かびくさい台所に立ったままでいるのは、わたしの背中のみならず、礼儀作法にも悪影響をおよぼしていた。

「おれはカメラマンをやってた。つぶれる前の《シカゴ・アメリカン》で。六三年から六九年まで、特派員として戦争を取材してたんだ。〈シュール・プラース〉がおれの写真をたくさん買ってくれた。インドシナ半島の情勢には、おれたちよりフランス人のほうが関心を持ってたからな。新聞社がつぶれたあと、おれはフリーのカメラマンとして〈シュール・プラース〉と契約した」

「八六年にはどこにいたの。ここ？」

彼は首をふった。「ヨーロッパ。イギリス。たまにニューヨークにも」

わたしはバッグからメモ帳を出して、それで顔をあおぎはじめた。「シカゴにもどってきたのはいつ？　ここで〈シュール・プラース〉の仕事をしてるの？」

彼の顔がゆがんで冷笑が浮かんだ。「ずいぶん前から、もうどこの仕事もやってないよ。

おふくろはおれに居候されて頭にきてるけど、泥棒が怖くてたまらないもんだから、たとえ過去の人になっちまったカメラマンでも、同居人を置いといたほうが一人暮らしよりましだと思ってる。さて、今度はあんたの番だ。フリーのライターだなんてたわごとはおことわりだぜ」

「わかったわ。わたし、私立探偵なの。ハンター・ダヴェンポート・ジュニアと名乗る男性から、あなたを見つけてほしいと頼まれたの」わたしは彼に私立探偵の許可証を見せた。

彼の顔がねっとりしたパテみたいな表情になった。「誰かにかつがれたんだよ。おれには息子はいない」

「金髪で、すごく端整な顔立ちなの。あれが自分の息子だったら、ほとんどの人は自慢たらたらでしょうね」

彼はいらいらしはじめた。「そいつに頼んで、血液のサンプルをもらってこいよ」と怒りの声でいった。「そしたら、DNAを比べてみよう。そいつのがおれのと一致したら、あんたにおれのくだらん作品を残らず提供してやるよ。おれのこと、どうやって見つけたんだい？」

わたしは彼に説明した。郡の出生記録、そのあとは昔の電話帳を頼りに、彼の父親ウェイランド・ダヴェンポートの足跡を追っていった。ウェイランドはコテージ・グローヴ・アヴェニューからルーミスへ、そしてモントローズへと、すこしずつ北西へ移っていき、最後は一九七四年からこの郊外にある平屋の家に住むようになった。その後、未亡人となったミルドレッドは四年前にこの小さなアパートメントに引っ越した。

「すると、誰でもおれを見つけられるってことか」彼はつぶやいた。

「それって、まずいことなの？」

彼は説得力に欠ける笑い声をあげた。「今日び、おれをみつけたがる人間なんかいやしないから、まずくもなんともないさ。さて、あんた、自分とおれと両方の時間を無駄にしちまったな。そろそろ本物の謎を探りに行ったらどうだい？　たとえば、あんたの依頼人は何者なのか、なんでおれの名前を使ったのか」

わたしは台所のドアのところで足を止め、彼のほうをふりむいた。「ところで、ヘレン・オールダーって何者なの？」

彼は歯をむきだし、左の糸切歯の欠けた先端をあらわにした。「あんたの依頼人の想像力から生まれた嘘っぱちさ」といった。

わたしはカウンターに名刺を置いた。「その女性のことで真実を語る気になったら、電話をちょうだい」

薄暗い廊下を通って玄関ドアに向かう途中、テレビから、嘔吐、失神、記憶力減退の副作用を持つ薬を、誰かがほめちぎっているのがきこえてきた。その陽気なコマーシャル文句を圧して、ミルドレッド・ダヴェンポートの声が不満たらたらで響きわたり、息子の写真を買う気がわたしにあるのかないのか知りたがった。息子が何やらききとれないことをいった。玄関を出たわたしが最後にきいたのは、ドアのチェーンをもとどおりかけておくようにと彼女が息子にがなりたてる声だった。

べとついた七月の熱気のなかへもどったときには、ブラウスの背中が肩のところまでじっとり濡れていた。わたしは車にもぐりこみ、エアコンをつけた。背後でブルーのトヨタがアイドリングしていた。運転席の男がシートをうんと低く倒しているため、わたしに見えるのは胸にのせた新聞だけだった。まるでボンド映画の登場人物みたいだ。

Uターンして、高速道路まで最大のスピードで飛ばした。〈トレフォイル〉へ行って、ハンター・ダヴェンポートにつきつけられたのと同じ質問を、わたしの依頼人にぶつけてみるつもりだった。五百ドルをくれた彼は何者なのか。そして、ハンター・ダヴェンポート・シニアを見つけたがっている本当の理由は何なのか。

III

わたしの依頼人はハンター・ダヴェンポートという名前でチェックインしていたが、今日は朝早くから出かけていて、まだもどっていなかった。ハンター坊やがチェックインのときにべつの名前を使わなかったか、クレジットカードを見せなかったかという質問には、フロント係は答えようとしなかった。

「ご承知と思いますが、お泊まりのお客さまに関することを申しあげるわけにはまいりません」

わたしは身分証明書をひっぱりだした。「わたし、私立探偵なの。ふつうなら、あなたが泊まり客に関する話をしないのと同様に、わたしも自分が扱ってる事件の話はしない主義だけど、ミスタ・ダヴェンポートが調査を依頼してきたとき、支払いが現金だったし、この午前中に調べあげた事実からして、ダヴェンポートっていうのが本名かどうか疑わしくなってきたの」

フロント係は首をふった。「申しわけございませんが、あなたが警察の方で、質問をする法的権限を持っておられるというのでないかぎり、お泊まりのお客さまに関することは、あなたであれ、どなたであれ、外部の方に申しあげるわけにはいかないのです。新聞記者やテレビのリポーターが思いもよらぬ方法でお客さまのプライバシーを侵害しにくるため、それが当ホテルの鉄則となっております」

「有名人がよく泊まるわけ？」

「プライバシーを重んじるお客さまがよくお泊まりになります。そのために〈トレフォイル〉をお選びになるのです」

〈トレフォイル〉はこぢんまりした高級ホテルだった。わたしが人目につくことなくロビーをうろつき、エレベーターに忍びこむのは、どう考えても無理だった。そこで、ハンター・ダヴェンポートあてに、ホテルにもどりしだいわたしに電話してほしいというメモを書いた。フロント係にそれを渡したとき、彼がその封筒を置いた仕切り棚を、わたしのほうでちらっと盗み見ることができた。五〇八号室。知っておいて損はない。

事務所につくと、依頼人から電話があったことを、パートタイムのアシスタントから知らされた。「尽力には感謝しているが、干し草のなかで針を探すようなものだと気づいたので、調査は打ち切ることにしたいといってきました。五百ドルは探偵料金と経費にあててくださいって」

わたしは顎が胸骨を砕くのではないかと思った。猛スピードで大きく垂れたからだ。

「その電話、いつあったの？」

メアリ・ルイーズは自分のメモを見た。「一時」

もうじき二時。すると、わたしがホテルを訪ねる前に、彼のほうは調査の打ち切りを決めていたわけだ。わたしはメアリ・ルイーズに今回の件を説明した。

「はっきりいって、ハンターの父親を見つけるのは思ったより簡単だったわ。でも、その父親は息子なんかいないっていうの。DNA検査をやってもいいとまでいったわ。はったりって可能性もあるけど、口調からするとそうは思えなかったし。ヘレン・オールダーについても何か知ってるみたい。ひどく動揺してたから。でも、あの若者とは関係ないような気がするの」

ヘレン・オールダーの名前は、わたしと同じく、メアリ・ルイーズにも心当たりのないものだった。彼女がサマーキャンプからもどってくる里子たちを迎えにいく時刻になるまで、その件について話しあった。彼女は帰る前に、わたしに経費報告書とタイムシートの記入をさせた。わたしが彼女を雇っている重要な理由がこれなのだ。今回の純益は百五十ドル。パリにもう一度電話するぐらいの余裕はある。

ヨーロッパ時間では夜の九時二十分になっていたが、ムッシュ・デュヴァルはまだオフィスにいて、うれしいことに英語をしゃべってくれた。〝アンター・ダヴェンポート〟のことはもちろん覚えているが、ずいぶん妙なこともあるものだと、彼はいった。彼に関して問い合わせをしてきたのは、この一ヵ月間でわたしが二人目だという。ダヴェンポートさんに運が向いてきて、仕事を再開するかもしれないということでしょうか。もしそうなら、〈シュール・プラース〉でひきつづき代理人をやらせてほしいものです。過去においてとても独創的な仕事をしてきた人ですから。

「現在の居所をご存じありません？」わたしはきいてみた。

「たぶんシカゴへ行ったのだろうと、われわれは思っていますが、四年前から直接の連絡はこなくなりました。うちにいる女性の一人が、彼は不幸なときにいつもシカゴの話をしていたといっています」

すると、あの依頼人はシカゴのことを〈シュール・プラース〉できいてきたのだ。「おたくでは彼からどのような写真を買ってらしたんでしょう」

「あらゆる種類です。しかし、もちろん、うちのクライアントである《パリ・マッチ》や《サン》向けに、読者に人気のある顔写真を買うことが多かったです。ダイアナ妃が亡くなったあとは、モナコのプリンセスとか、ダイアナ妃の息子なんかも。読者がマドンナを喜ぶこともあります。要するに、有名人の写真です。ところが、アンターはしだいに、カメラの向こうに見えるものより、酒のボトルのなかに見えるものに恋するようになりました。そこで、われわれは彼に別れを告げることにしたのです」

「彼がヘレン・オールダーという女性を撮影したことはありませんか？」

「エレン・オールダー？　エレン・オールダー？　そんな女性は知りません。しかし、うちのファイルを見てみましょう。eメールをお持ちなら、ご連絡します」

わたしはあまり期待の持てないまま、こちらのメールアドレスを彼に教えた。ヘレン・オールダーが有名人だったのなら、いくらわたしだって名前ぐらい耳にしているはずだ。その名前はダヴェンポート・シニアにとって、明らかに意味のあるものなのだ。思いだすまでにしばらくかかってはいたが。もしかしたら、ヴェトナムでしばらく関係があったのに、彼が忘れていたのかもしれない。彼女に子供ができ、生物学上の父親の名前をその子につけ、父親は亡くなったということにして子供を育てたのかも。やがて、息子は真実を知り、カメラマン探しを始める。

すべては無益な推測だ。インターネットに接続して、〈レクシス・ネクシス〉やその他二、三のデータベースで検索してみたが、ヘレン・オールダーはどこにも見つからなかった。あきらめて、ほかの依頼人の問題に注意を向けることにした。

Ⅳ

午前三時、電話がわたしを眠りからひきずりだすと同時に、ダヴェンポートが強引にわたしの心のなかにもどってきた。

「ヴィク、酔っぱらいのおっさんが轢き逃げされたときにきみの名刺を握りしめてたのは、どうしてなんだ？」それはジョン・マゴニガル、わたしがかつて数多くの事件を一緒に手がけたことのある、シカゴ警察の部長刑事だった。ダウンタウンからはるか北西郊外の分署へ彼が転勤になって以来、連絡がとだえていた。

「ジョン！」わたしはベッドに起きあがり、知力をかき集めようとした。「酔っぱらいのおっさんて、どんな人？」

「六十代。身長五フィート十インチか十一インチ。無精髭。左の糸切歯が欠けてる。心当たりは?」

ハンター・ダヴェンポートだ。わたしがその名前を交換条件にして、くわしい説明を要求すると、マゴニガルはしぶしぶ話してくれた。ハンターはバーのはしごをしていて、警察にわかっているかぎりでは、〈リンカーン・アヴェニューの〈ラスト・ベルト〉に寄ったのが最後だった。目撃者の話では、車が歩道に乗りあげ、ハンターをはねたのち、夜の街へ走り去ったという。その時刻に通りに出ていた少数の連中には、車の色も型も見当がつかず、ナンバーを覚えている者もいなかった。

「身分証明書のたぐいはいっさいなしだ。ポケットに一ドル札が何枚か押しこんであったのと、きみの名刺があっただけだ。どういう事情だい、ウォーショースキー?」

「事情なんかないわ。わたしをお酒に誘いたくて、勇気をふるいおこそうとしてたのかも。その男の母親とはもう話した? いえ、そんなわけないわよね。いま身元がわかったばかりだもの」ミルドレッド・ダヴェンポートの住所を彼に教えた。「二十分後にそこで落ちあいましょ」といった。

彼は「警察の仕事によけいな口出しは——」といいかけたが、つづきをいう前に、わたしのほうで電話を切ってやった。

夜明け前の街に車を走らせることには、うきうきするような解放感がある。外に出ている人間は一人もいないから、からっぽの通りを独占しているような気分が味わえる。マゴニガルの覆面パトカーと同じ時刻に、ミルドレッド・ダヴェンポートの住む建物に到着した。

マゴニガルは不機嫌な声で挨拶をよこしたが、彼にくっついて建物に入っていくわたしを止めようとはしなかった。あらかじめ、彼が病院からミルドレッド・ダヴェンポートに電話を入れて、彼女を叩きおこし、都会の危険についての彼女の悪夢を現実のものにしていたが、彼女はブザーを押してわたしたちを入れてくれた。自分の住まいのドアをチェーンの幅だけあけて、マゴニガルの身分証明書を見せるようにいい、つぎに、わたしに目をとめた。

「何を知ってんだい、お嬢さん。警察の人？　あんたは写真に興味なんか持っちゃいないと、ハンターがいってたけど、あの子はね、犯罪にかかわりあったことなんか一度もないんだ。すくなくとも、あたしの知ってるかぎりでは」

「なかに入れてもらえませんか、奥さん」マゴニガルが頼んだ。「ドア越しに話さなきゃならないんじゃ、近所じゅうを起こしてしまう」

彼女は疑わしげな顔で唇をキッと結んだが、チェーンははずしてくれた。「このご婦人が訪ねてきたあと、ハンターは神経をぴりぴりさせてた。何年も前から酒びたりでね。ヴェトナムからもどったあの子に、あたしゃ、意見してやったんだよ——酔いどれ男をいつまでも使ってくれるようなとこは、どこにもありゃしないって。あたしの意見は正しかった。魅力的な土地をあちこち取材してまわったのも、有名人の写真をいっぱい撮ったのも、最後はすべて無駄になっちまった。実家にもどって、母親と、自分のわずかな社会保障年金に頼るしかなくなった。だから、誰かが息子の古い写真を買いたがってるって、このご婦人がいってきたとき、あたしゃ、息子が話に応じてくれればいいのにと思ったんだ」

マゴニガルが彼女の話を中断させ、わたしにそのことを尋ねた。わたしは写真を買いたがっている人物との仲介をつとめたが交渉は成立しなかったのだと、小声でぼそぼそ答えた。彼がそれ以上の探りを入れてくる前に、ミルドレッド・ダヴェンポートが割りこんだ。

「きのう、このご婦人が帰ったあとで、誰かから何回も電話がかかってきた。あたしは、たぶんこの女が息子にいやがらせしてんだろうと思ったけど、息子は〝誰からの電話かわからない〟っていうだけだった。とうとう、今夜の――いや、ゆうべだよね――八時ごろ、十五回ほど電話があったあとで、〝もう我慢できん。頭がおかしくなりそうだ〟っていった。外へ飛びだしてった。どうせバーを探しにいったに決まってる。トラブルがあると、いつもそうなんだ。あたしは〝二日酔いになるだけだよ。朝がきたって、トラブルは消えやしないよ〟って、百万回もいってきかせたけど、酔っぱらいは聞く耳なんか持ちゃしない。ただ、電話はそれからもつづいてね。誰かが〝ハンター、おまえがどこにいるか知ってるぞ、ハンター〟とだけいって、切っちまう。で、最後はとうとう、向こうが何をいう暇もないうちに、あたしのほうから電話に向かってわめいてやった。〝ここにはいないよ！　しつこくすると、おまわりを呼ぶからね〟って。その場ですぐ警察を呼べばよかった。けど、電話の相手が外の通りまで息子を追っかけてくなんて、どうしてわかる？」

「誰だ、そんないやがらせ電話をしてくるのは？」マゴニガルがわたしにきいた。

わたしは憂鬱な思いで首をふり、ミルドレッド・ダヴェンポートに、海外の誰かから脅迫を受けたというような話をハンターからきいたことはないかと尋ねた。

「そんなトラブルがあったとしても、あたしには一言もいってくれなかっただろうね。三十年のあいだ、家には寄りつかなかったし、手紙もあんまり書く子じゃなかったから。いろんなとこへ行ってたけど、そこで何をしてたのかも、あたしは知らない」

「子供ができて、お母さんにはずっと黙ってたってこともあると思います？」わたしはきいた。

「男だからね、何があったっておかしくないさ。うちの子にかぎって、なんてことはいえないね」彼女はむっつりいった。

それはどういう意味かと、マゴニガルがききかけたとき、彼の携帯電話が鳴りだした。彼は二、三回低く応答してから、ミルドレッド・ダヴェンポートのほうを向いた。

「息子さん、保険に入ってます？　一命はとりとめられそうですが、治療費がかさむらしくて」

「保険？　どこから保険がおりるのさ？　復員兵でもないのに。戦争特派員にすぎなかったんだよ。それから、あたしんとこに五万ドルほどよぶんな金があって、それであこぎな治療費を払えると病院側が思ってんなら、考えなおしたほうがいいね」

マゴニガルがこの言葉を病院側に伝えているあいだに、わたしは奥の部屋に入りこみ、ダヴェンポートの業績を示すものを探した。ソファベッドの下から、くたびれた黒のジッパーつきケースが出てきた。彼はこの部屋に衣類とわずかな私物を置いていたようだ。ケースには何百枚ものプリントがしまってあった。

マゴニガルが入ってきて、プリントを調べるわたしを見守った。束の底のほうから、女性の写真が十枚あまり見つかった。とても見慣れた顔なので、わたしの個人的な知りあいにちがいないと思ってしまった。アッシュ・ブロンドのふわっとした髪をかきあげて、鼈《べっ》甲《こう》の櫛で留め、やるせない憧れを浮かべたブルーグレイの瞳がカメラに向かってほほえんでいる。わたしは最初、見慣れた顔だととっさに感じたのは、例の依頼人とそっくりなせいだろうと思った。しかし、わたしがこの顔を知っているのはまちがいない。だから、ハンター・ジュニアが事務所に入ってきたとき、見覚えのあるような気がしたのだ。

心当たりのある材料に出くわしたことを、マゴニガルには気づかれないようにした。ケースのジッパーをしめようとしたとき、ケースが手からすべり落ち、写真が全部こぼれて散らばった。わたしはソファベッドの下を探って写真をかき集めるついでに、やるせない表情の女性の写真を一枚、Tシャツのなかへ忍びこませるのに成功した。

V

《ヘラルド・スター》の写真を担当しているシャーマン・タッカーは、朝早くベッドからひきずりだされるのをあまり歓迎しなかったが、新聞社でわたしに会ってくれた。わたしがくすねてきた写真を一目見るなり、何もいわずにキャビネットまで行き、分厚いファイルをひっぱりだした。

「きみ、十三年前は脳死状態だったの？　あのころ、この女性以上に写真を撮られてたのは、ダイアナ妃一人だけだったぜ」

「ロースクールで勉強中だったの」わたしはぼそっと答えた。「父が病気で死にかけてたし。社交欄に目を通す暇なんかなかったわ」

シャーマンはその顔が出ているさまざまな写真の束をテーブルにどさっと置いた。ヴァージニアで猟犬をお供に狩りをするレディ・ヘレン・バニドア。生まれたばかりの息子アンドリューを抱いて病院から屋敷にもどるレディ・ヘレン。慈善舞踏会をひらくレディ・ヘレン。離婚後に涙のなかで裁判所を出るレディ・ヘレン。英国大使館の舞踏会で、ある大佐の腕に抱かれて笑うレディ・ヘレン。

この女性、もともとはレディ・ヘレン・オールダーショットといって、リヴィア伯爵の一人娘だった。伯爵家は無一文だったので、彼女がサウスカロライナ州にある〈バニドア・タバコ〉の御曹司の一人と結婚したときは、誰もがすばらしいことだといって喜んだ。なかでもいちばん喜んだのがパパラッチ連中で、彼女を追いかけ、爵位を持った美しい女に対するアメリカとフランスの飽くなき食欲を満たしていた。

オールダーショット家の絵のように美しいプライベート・チャペルで著名人列席のもとに式が挙げられたあと、《ナショナル・エンクワイアラー》からこぼれ落ちて《ピープル》や日刊新聞に掲載された記事は、わたしでさえ読んだ覚えがある。挙式後、ジム・バニドアはレディ・ヘレンを連れてアメリカに帰り、ニューヨークとチャールストンの両方で結婚生活を送るようになった。子供が生まれるころには、バニドアはニューヨークにいるあいだレザーバーに入りびたっていると、タブロイド新聞が書き立てるようになっていた。バイカーが集まるバーで男と抱擁しているジムの写真を掲載した件で、バニドア老夫人は《スター》を訴えようとしたが、数カ月後、その訴訟はひそかにとりさげられた。

レディ・ヘレンは夫の行動に眉をひそめていたとしても、顔にはいっさい出さなかった。結婚前の彼女は国際的な夜の社交場でもてはやされていた。アンドリューの誕生後、昔の遊び仲間とふたたびつきあうようになった。離婚はドロ沼だった。アンドリューはジムの息子ではないと、バニドア老夫人が主張しようとしたが、一族の信託の条項によって、ジムが男児を持つことが重要とされていたため、彼は自分が父親にまちがいないと申し立てた。

レディ・ヘレンへの離婚手当は月々推定十万ドル、夫の情事についていっさい口外しないということが条件だった。もちろん、彼女が再婚した場合には離婚手当は打ち切りだが、バニドア老夫人はそれ以外にも、顧問弁護士に命じて、レディ・ヘレンがほかの男と寝ている証拠をバニドア家のほうでつかんだ場合には、子供の養育権を彼女からとりあげるとの条項を加えていた。

この最後の条項がパパラッチ連中を狂ったような競争に駆り立てた。みんながフォーブル・サントノーレにある彼女のアパルトマンを監視した。フレンチ・アルプスやカナディアン・ロッキーへスキー旅行に出かける彼女を追いかけた。英領ヴァージン諸島で日光浴する彼女のヌードを望遠レンズで盗み撮りした。イタリア人レーサーのエジーディオ・ベルニと一緒に、南アフリカへグループで出かけたときには、ヘリコプターでつけまわした。レディ・ヘレンが死亡したのはその旅行のときだった。

シカゴにはレディ・ヘレンの熱烈な信奉者はいなかったので、《ヘラルド・スター》は彼女にさほど注意を向けていなかったが、死亡したときは大きく報道した。わたしはシャーマンのファイルをめくって、第一面に出ている記事を読んだ。

サファリを楽しむレディ・ヘレン一行は贅沢なロッジに一週間泊まっていた。離婚のさいの判決に敬意を払って、ベルニの泊まるスイートはレディ・ヘレンと息子のアンドリューとはべつになっていた。ある日の夕方、ベルニとレディ・ヘレンは日没を楽しむドライブに出かけることにした。悪知恵の働くカメラマンが一人いて、ガイドの一人を買収し、レディ・ヘレンとベルニが二人だけになるときがあったら知らせるよう頼んであった。ロッジから三マイル離れたところで、ヘリコプターがランドローヴァーに追いついた。ベルニはあわてて車をスタートさせ、草原を疾走して、サイに衝突した。彼もレディ・ヘレンも即死だった。

　どこかのバカがアンドリュー坊やを衝突現場に連れていった。死んだ母親のそばにしゃがみこみ、その頭を膝に抱きかかえている青ざめた顔の少年の写真が、《ヘラルド・スター》に掲載されていた。

　わたしが脳死状態でないかぎり、あの依頼人の少年時代の写真であることがわからないわけはなかった。そして、それ以上の脳死状態にならないかぎり、ハンター・ダヴェンポートがヘリに乗っていたカメラマンであることが推測できないわけはなかった。

「つまりアンドリュー・バニドアは母親を死へ追いやった男たちの一人を、というか、母親を死へ追いやったと彼が思っている男たちの一人を見つけるために、わたしを雇ったわけね。で、そのあとは？　ジェームズ・ボンドのように待ち伏せして——」

あわてて立ちあがったために、写真のうち半分をシャーマンのテーブルから払い落としてしまった。彼がギャーギャー文句をいったときには、わたしはすでにドアの外だった。

「あとで電話する」と肩越しにどなって、ホールを駆け抜け、通りに出た。

わたしはバカだった。ジェームズ・ボンド。二日前に高架鉄道のホームで依頼人をちらっと見かけたように思ったこと。きのうの朝、背後に停まった車のなかでシートを低く倒し、新聞で顔を隠していた男。依頼人はわたしを尾行してハンター・ダヴェンポートの居場所をつきとめ、脅迫電話をかけつづけ、とうとうハンターが逃げだすと、あとを追ってアプタウンまで行き、そこで彼を轢いたのだ。

V・I・ウォーショースキー、超一流の探偵。超一流の大バカ者。

Ⅵ

〈トレフォイル〉の狭いロビーは旅行客と荷物で混みあっていた。フロント係は客の支払いを処理し、ジョギングからもどった客におしぼりと鍵を渡し、その合間に二台の電話をさばいていた。わたしはにこやかな感謝の言葉とともにおしぼりを受けとり、短パンとタンクトップ姿の、ほっそりした、汗だくの男二人のあとからエレベーターにすべりこんだ。

五階まで行き、五〇八号室の前で膝をついて、鍵穴を探った。緊張で胸が痛くなりそうだった。泊まり客やメイドが通りかかったら、あるいは、アンドリュー・バニドアがすでにチェックアウトしていて、知らない人間がベッドに寝ていたら……。

客室のドアには高級そうな古めかしい錠がついていた。外から見るとりっぱだが、使われているタンブラーはわずか三個だ。二分後には、部屋に入ることができた。

部屋のベッドに寝ているアンドリュー・バニドアは母親の双子といっても通りそうだった。眠りで緊張が解けてやわらかな表情になった顔から、アッシュ・ブロンドの髪が広がっている。

「アンドリュー！」わたしはドアのところから鋭く呼びかけた。

彼がもぞもぞ動いて寝返りを打ったが、標的を追ってアプタウンを走りまわった一夜のおかげで、疲れはてているようだった。わたしはベッドまで行き、彼を乱暴に揺りおこした。やるせなさを浮かべたブルーグレイの目が、まばたきとともにようやくひらいたところで、わたしはいった。「あの男、死んでないわよ。どう、ショック？」

「死んでない？」眠りのせいで彼の声はぼうっとしていた。「けど、ぼくが――」そこで目がさめたと見え、顔を蒼白にして起きあがった。「どうやって入ったんだ？　いったいなんの話をしてるんだ？」

「あなた、くたくたに疲れてて、もどってきたときにロックするのを忘れたみたいね」わたしはベッドの端に腰かけた。「警官を呼ぶまでに五分あげる。有効に使ったほうがいいわよ」

「警官に何を話す気？　ぼくの泊まってる部屋にどうやって忍びこんだかってこと？」

「けさ早くハンター・ダヴェンポートをはねたブルーのトヨタを探すようにいうつもりよ。レンタカーなら簡単でしょうね。窓口で運転免許証を見せるよう求められたはずだもの。盗難車だとしても、車にあなたの指紋がついてるはずよ」

わたしは鏡つきのタンスのところへ行き、上にのっている書類をかきまわした。彼は英国のパスポートで旅行していた。帰りの日付がオープンになっているエールフランスのファーストクラスのチケットがあった。大手レンタカー・チェーンのひとつでブルーのトヨタを借りていた。財布には、サウスカロライナ州発行のアメリカの運転免許証と、何種類かのクレジットカードと、母親の写真二枚が入っていた。

「その写真、下に置くんだ」

わたしは写真を宙にかざし、破ろうとするようなポーズをとった。「いつでも手に入るでしょ。世界でいちばんたくさん写真を撮られた女性だもの。何百万枚って写真がごろごろしてるわ。わたしもそのなかの二十枚を見てきたとこよ」

「その二枚は母がくれたんだ。母からもらった写真はそれしかないんだ」

彼がベッドから飛びだし、目にもとまらぬ速さで向かってきたので、わたしのほうは写真をかろうじてポケットにすべりこませる時間しかなかった。彼が写真を奪いかえそうと飛びかかってきたが、わたしが服を着ているのに対して、向こうは何も着ていない。わたしが彼の左足を踏んづけると、彼はようやく殴りかかるのをやめた。

「いくつか返事をしてくれたら、写真は返してあげる。あなたはサウスカロライナに住んでいて、お母さんは南アフリカで車の事故にあって亡くなった。ほかにも本当のことを何か話してくれた？　お祖母さんは死んだの？　煙草好きなバニドア家のほかの人たちはどうなったの？　あなた、ほんとに身寄りがいないの？」

彼はジーンズをはいて、ベッドの端に腰をおろし、不機嫌な顔でわたしを見た。「あんな連中、大嫌いだよ。母の悪口ばっかり。母が死んだときは、みんな大喜びだった――ようやく夢が叶ったっていいたげにね。ぼくがチャールストンの家へ連れていかれた五年後に、父がエイズで死んだけど――それは口にしちゃいけないことになっていた。みんなは、〝ジムもかわいそうに、アンドリューをひきとりにアフリカへ行って、そこでウィルスに感染してしまった。あの女に子供を渡したのが、そもそものまちがいだったんだ〟っていっていた。ぼくはそれ以後、男っぽさを誇示したがるいとこ連中にいじめられてばかりの人生だった。おまえの母親は娼婦だった、おまえに一族の血は流れてないっていわれて。あんなバカぞろいの一族の血なんか、ほしくもないよ」

「あなたがお祖母さんを殺したの？」

「祖母の生きてるうちに思いつけばよかったな。いや、祖母は昔ながらの方法で死んだんだ。脳卒中で」

「じゃ、ダヴェンポートを狙おうと決心したきっかけは？」

「ずっとそのつもりだった。母が死んだ日からずっと。あいつはヨーロッパじゅう母を追っかけまわした――やつにとってはゲームだった。母には自分の人生なんてなかった。べつの男と一緒のところを見つかったら、卑劣なバニドア一族にぼくを奪われることになるのを知っていた。母が心から愛したのはぼくだけだったんだ。

　ぼくら二人の人生を守ろうとしていた。なのに、やつが――あのダヴェンポートが――それをこわそうとした。誰かに自分の居所を知られて、執拗に追っかけられるというのがどういう気分のものか、やつも二十四時間のあいだに思い知ったことだろう。ゆうべ、やつがあのアパートメントの建物から抜けだしたとき、ぼくはうっかりして気づかなかったけど、電話をかけたら、部屋にはいないと電話口で女の人がわめいたんで、バス停にいるやつの姿に気がついた。やつがバスに乗り、ぼくはそのバスを追った。やつがバスをおりてバーに入ったので、ぼくもあとから入っていった。だけど、怯えさせるだけじゃ、こっちの気がすまなかった。ぼくが何者なのか、やつが何をしたのかを告げたところ、あいつ、あれは仕事だった、単なる仕事だったんだと、ぼくにいおうとした。ぼくの母を殺し、ぼくの人生を破滅させておきながら、ぼくがやつの背中を叩いて〝運が悪かったね。けど、男はあいうくだらないこともしなくては〟というのが当然とでも思ってたんだろう。そこでぼくはついに我慢できなくなった。車に乗りこんだ。やつがバーにもどろうとしたんで、思わずカッとした。車で歩道に乗りあげて、そして……。空港に直行して、最初に乗れる便に乗ってしまえばよかったんだろうけど、パスポートも航空券も何もかも、このホテルに置いたままだった。それに、今日の午後ここを発つ前にきみに見つかるなんて考えもしなかった」

わたしはドアにもたれて、彼を見おろした。「まったく、何も考えてないのね。あなたはとっても運のいい人なのよ。ハンター・ダヴェンポートが一命をとりとめたんだもの。ただ、医療費がすごくかかるし、保険には入ってないの。あなたのほうで医療費を残らず払ってちょうだい。払ってくれなきゃ、わたしが突然、あなたとあのトヨタを結びつける証拠を見つけることになるからね。レンタカー会社の洗車なんておざなりなものだから、ダヴェンポートの血痕は長期間にわたって残るはずよ。わかった?」

彼はわずかにうなずいた。「じゃ、ぼくの写真、返してよ」

「あなたの口からきちんとききたいの。あなたが自分の同意したことをちゃんと理解してるかどうか、たしかめておきたいの」

彼は目を閉じた。「ぼくはハンター・ダヴェンポートの医療費を払うことに同意します。母を殺した男の面倒をみることに同意します。自分が残りの生涯を地獄のなかで送ることに同意します」

わたしは何かいいたかった。慰めの言葉か、元気づけの言葉を——たとえば「もう忘れなさい。先へ進むのよ」と——いいたかったが、彼の顔が苦悩にひきつっていたので、それ以上見ていられなくなった。彼の膝にスナップ写真をのせ、そっと部屋を出た。

V・I・ウォーショースキー最初の事件

A Family Sunday in the Park:
V.I. Warshawski's First Case

パレツキーも創立にかかわった女性ミステリ作家団体〈シスターズ・イン・クライム〉の結成二十周年を記念して彼女自身の編纂で刊行された記念アンソロジー *Sisters on the Case*（2007）に書き下ろされた、今のところ最新のV・I・ウォーショースキー・シリーズの短篇作品。同年、前述した *V.I.×2* に本作を加えた小冊子 *V.I.×3* が自費出版された。日本では本書が初紹介。

I

屋根裏部屋の暑さはひどいもので、網戸に止まったハエでさえ、動く気力をなくしていた。子供が二人、床に寝そべっていた。吹きだした汗でリノリウムの床に服が貼りついていた。

いつもなら、八月の暑い日曜日にはみんなでビーチへ出かけるところだが、マリー・ウォーショースキーが今日は家でおとなしくしているようにと息子に命じた。いつもなら、子供たちはそんな命令など無視するところだが、今日のヴィクトリア（いとこは〝トリ〟と呼んでいる）は神経をぴりぴりさせ、大人たちの噂話をなるべくたくさんききたがっていた。

トリとブーム・ブーム（母親は〝バーナード〟と呼んでいる）は日曜日をよく一緒にすごしていた。それは、トリの一家が住むシカゴ南部のバンガローの狭い居間で母親のガブリエラが午後から音楽のレッスンをする日だった。トリが家にいる場合は、二階で本を読んだり（いい子だから、声を出さないでね《ターチ、ターチ、カリッシマ》）、運の悪いときは、居間に行儀よく腰をおろして、ガブリエラの優秀な生徒の何人かからレッスンを受けたりしなくてはならなかった。

冬になると、トリはブーム・ブームにくっついて、寄せ集めのメンバーで荒っぽいホッケーをやっている間に合わせのリンクへ出かけていった。女の子はだめ。それが決まりだった。そのことで二人のいとこは何度か喧嘩をした。ブーム・ブームは少年たちのグループから離れ、憧れのブーム・ブーム・ジェフリオンのスラップショットを完璧にまねするために、トリに手伝いをさせた。

しかし、夏のあいだ、二人のいとこは日曜日ごとに一緒に遊んでいた。小銭を貯めておいて、バスと電車でリグレー球場へ出かけ、観覧席の裏をよじのぼって金を払わずに球場に忍びこむのだった。あるいは、たがいに挑発しあって防波堤からカリュメット湖に飛びこんだり、自転車で〈サウス・ワークス〉のおっかない守衛の前を走り抜け、鉱滓の山のあいだでややこしい隠れんぼをしたりした。

この日曜日、トリは父親のことが心配でたまらず、マリー叔母《チヨチア・マリー》の命令に背くどころではなかった。父親のウォーショースキー巡査は任務でマルケット・パークへ出かけていた。マーティン・ルーサー・キングがシカゴの住宅差別に抗議するため、アル・レイビーやその他の黒人と一緒にデモ行進をしているのだ。この夏はデモや暴動がすでに何回もあり、トニー・ウォーショースキーはそのたびに三日連続で家を空け、サウス・サイドのすべてのパトロール警官とともに三交代制で勤務していた。今日は最悪の一日になりそうだ――金曜日に出勤する前に、トニーは妻と娘にそういった。

一九六六年のこの夏、サウス・サイドに住む白人たちは、キング牧師と彼が連れてきた扇動者たちに対し、本来の居場所であるミシシッピーかジョージアにとどまるべきだったことを教えこむために全力をあげようと誓っていた。

ブーム・ブームの母親であるマリー叔母はそんなふうにいった。枢機卿の命令によって、兄弟愛と住宅開放政策について書かれた手紙をすべての聖職者が教区民の前で朗読したため、叔母は烈火のごとく怒っていた。

「共産主義の連中がやってきて扇動する前は、シカゴのニグロたちも身の程ってものを弁《わきま》えてたわよ」マリー叔母は息巻いた。

彼女が通っている聖チェスワフ教会の司祭は、キリストの軍隊の良き兵士なので、コディ枢機卿の手紙をしぶしぶ朗読したものの、その一方で雷のごとき説教をおこない、クリスチャンには共産主義者と戦い、おのれの家族を守る義務がある、と信徒たちに告げた。

マリー叔母は週の初めにガブリエラの家に寄ったとき、ギエルチョフスキー神父の説教の要点をくりかえした。「連中をマルケット・パークで食い止めておかないと、つぎはこのサウス・シカゴまで入りこんでくるのよ。ギエルチョフスキー神父さまは、枢機卿がこの街の白人のことなど気にもかけず、玉座についた神みたいな顔で自分の屋敷でのうのうとしてるのには、もううんざりだっておっしゃってるわ。この街にいくつも教会を建てたのはわたしたちなのよ。なのに、コディ枢機卿ときたらあんなニガ――」

「わたしの家でその言葉は使わないで、マリー」ガブリエラが鋭い声でいった。

「ふん、好きなだけお高くとまってればいいんだわ、ガブリエラ。でも、わたしたちはどうなるの？　わたしたちがここで必死に築いてきた生活はどうなるのよ？」

「ママ・ウォーショースキーがいつもいってたわ。この街でポーランド人として暮らすのが、一九二〇年代にはどんなに大変だったかって」ガブリエラはいった。「最初にドイツ人がこの街にやってきた。つぎはアイルランド人。ポーランド人なんかに仕事を奪われてなるものかと思った。パパ・ウォーショースキーが仕事を見つけようとしたときも、ずいぶんひどいことをいわれたそうよ。それに、アントーニだって警察で大変な仕事をたくさんしなきゃいけない。警察の人たちはアイルランド系だから、そもそもポーランド人が好きじゃないんだわ。いつもそうなのよ、マリー、悲しいけど、いつもそうなの。先にきた者がつぎにくる者を締めだそうとするの」

マリーはメッガー・ミートに勤務する弟のトマスが運転しているトラックのエンジンみたいな声をあげた。唇をすぼめ、身を乗りだして、大事なヴィクトリアがああいう連中の一人を夫として家に連れてきたらどう思うか、とガブリエラに尋ねた。

ガブリエラとマリーの共通点は、夫が兄弟どうしという事実だけだった。政治に関しても、子育てに関しても、さらには宗教に関してさえ、つねに反発しあっていた。ひょっとすると、宗教がらみのことがとくにひどかったかもしれない。マリーは自宅のどの部屋にも聖母マリアのイコンを飾っていた。玄関ドアの内側にかけられたイエスの聖なる心臓は、トリをギョッとさせると同時に魅了する光景だった。大きな赤い心臓で、てっぺんから炎があがり、脈動する真ん中の部分に有刺鉄線が巻きつけられていた（「これはイバラよ」マリー叔母はきびしい声でいった。「あんたのお母さんが子供に不滅の魂を与えたいと望むなら、あんたもバーナードみたいに教理問答のクラスに出て、イエスさまとイバラの冠のことを学習できるのにねえ」）。

ガブリエラはそのようなものを家に飾ることをけっして許さず、神さまの心臓を崇拝するのは異教徒のやることだとヴィクトリアにいってきかせた。「心臓を飾りたがるなんて、まるで人食い人種だわ——野蛮《バルバリカ》だこと！」ガブリエラがこういう考え方をするのは、父親がユダヤ人だったからではない。ガブリエラの母親も、ガブリエラと同じくイタリアからシカゴに逃げてきた叔母のローザも、カトリック教徒だった。それよりむしろ、ガブリエラが宗教を露骨に軽蔑していたせいだろう。

聖チェスワフ教会のギエルチョフスキー神父がガブリエラを訪ねてきて、ヴィクトリアに洗礼を受けさせ、娘を永遠の苦しみから解放するようにと迫ったとき、ガブリエラはこう答えた。「人々がこの世で受ける苦しみのほとんどは、宗教に責任があります。神が存在するなら、娘の人格を保証するには水が何滴か必要だなんておっしゃらないはずです。娘は正直に生き、つねに最大限の努力をし、最高の仕事をし、〝自分はこれをやる〟といったときには、かならずやりとげねばなりません。そういう生き方ができないなら、水をかけたぐらいで娘が変わるはずはありません」

神父は激怒した。トニー・ウォーショースキーにガブリエラのことで文句をいった。

平和主義者のトニーは両手をあげてあとずさった。「妻と娘のことに干渉するつもりはありません。神父さまが結婚しておられたなら、人間の母親に比べれば、子供を守ろうとする虎の母親ですらおとなしいものであることがおわかりになったでしょう。いや、いくら神父さまのお頼みでも、妻に説教するのはごめんです」

それ以後、ギエルチョフスキー神父は通りでヴィクトリアに会うと、怖い顔でにらみつけるようになった。息子を不信心者の巣窟から遠ざけておくよう、マリーにいってきかせようとしたが、ふだんは兄のトニーと同じく温厚なバーニー・ウォーショースキーが、人の家のことに口出ししないでほしいと神父にいった。

それに、義理の姉妹の家はわずか四ブロックしか離れていなかった。荒っぽいこの界隈でもとくに冒険好きな子供二人に目を光らせておくには、おたがいの助けが必要だった。トニーとバーニーはまた、ガブリエラとマリーには口論というドラマも必要なのだろうと思っていた。ガブリエラは自宅で音楽を教えているし、マリーは聖母マリアのギルドで働いているが、二人とも重労働の日々を送っている。たまには刺激が必要で、相手の極悪非道な行為や発言を並べたてれば、それが二人の生活におけるドラマになるというわけだ。

目下、その刺激が誰にとってもいささか強すぎるものになっていた。市長も、枢機卿も、ウィルスン警察本部長も、マーティン・ルーサー・キングとアル・レイビーにはマルケット・パークでデモ行進をする権利がある、という点で意見が一致した。また、その結果すさまじい暴力沙汰になるだろう、という点でも意見が一致した。そして、トニー・ウォーショースキーは警官隊の一人としてマルケット・パークへ派遣された。

トニーはすでに三十六時間も家に帰っていなかった。ガブリエラは夫の身を案じていた。土曜の晩、そのことでマリーと口論になった。

「バーミングハムとリトル・ロックからの写真を見たわ。みんなの顔に浮かんだ憎悪——戦時中のファシスト連中を見てるような気がしたわ！」

「ふん、新聞、新聞」マリーはいった。「新聞ってのはね、善良なクリスチャンを悪人に見せたがるものなのよ。警察のことまで悪く見せようとする。警察は個人の財産を守ろうとしてくれてるだけなのに」

「だけど、バーミングハムでは警察が黒人の少女たちを攻撃したのよ。小さな子に大きな犬をけしかけるのが、正しいことだというの？　でも、このシカゴでは、アントーニがいってたけど、キング牧師とデモの参加者すべてを警護するようにって、警官隊にきびしい命令が出てるんですって」

「ええ、トニーがそういってるのをきいたわ。信じられない！」唾が小さく点々とマリーの唇を覆った。「警官隊が！　街の住民を守るかわりに、よそからきた扇動者どもに協力するなんて。街の連中がそんな裏切りを黙って許すはずがないってことを、警察も思い知るべきだわ！」

「マリー！」激怒のあまり、ガブリエラの声は静かだった。「街の人々がわたしの夫に襲いかかったらどうなるの？　あなたの夫の兄なのよ。どうなるの？　アントーニがそのせいで怪我をしたら、バーニーはどうするかしら」

マリーはプリプリしながら、ブーム・ブームをひきずるようにして大股で出ていった。ガブリエラはためいきをつき、娘を抱きよせた。「わたしの大事な子《ミア・カーラ、クオーレ・ミオ》、いまのような憎しみに毒されてはだめよ。明日はあなたをマリア叔母《ツィア・マリア》さんのとこに預けなきゃ。だって、女の子たちが音楽を習いにやってくるから。そのレッスン代があなたの教育費になるのよ。もし大学へ行くことになればだけど、ぜったい行かなきゃ。いいこと《カリッシマ》、大学へ行くべきよ《デヴィ・ストゥディアーレ・アッルニヴェルシタ》。ここらの工場や無知とはかけ離れた生活を送らなくては《デヴィ・アベーレ・ウナ・ヴィータ・アッレステルノ・クエステ・ファッビケ・エ・クエスタ・イニョランツァ》」

製鋼所やこの界隈の無知とは無縁の人生。それが、ガブリエラが娘のために望んだゴールだった。しかし、いましばらくのあいだは、ガブリエラに溺愛されている娘はこの界限で暮らさなくてはならず、つまり日曜日は否応なしに、無知の女王《ラ・レジーナ・デリニョランツァ》のマリア叔母さん《ツィア・マリア》のところですごすしかないのだった。

「それから、いとこと一緒に厄介で危険なことをやりに出かけたりしちゃだめよ、ヴィクトリア。それだけは約束して！　マリアがあなたのことをエデンの園のイヴで、あの家の大切な弱い息子を危険にひきずりこんでるって信じてることは、わたしも知ってる。わたしにいわせれば、向こうがあなたをひきずりこむほうが多いと思うけど、とにかく、あなたたち二人を一緒に置いておくとおたがいに挑発しあって、まともな人間ならぜったいやらないようなことをやってしまうって点には、同意するしかないわね。この週末は、家で編物とパン焼きをしながらパパの帰りを待つような、お行儀のいい子になってちょうだい。わかった、ヴィクトリア？　この週末は、これがわたしの命令よ！　約束してちょうだい《プロメッティメロ》、いいわね《カーラ》！」

翌日、ミサのあとでブーム・ブームがいとこを迎えにきたときも、ガブリエラはこの厳命をくりかえした。ヴィクトリアは母の目をじっと見て約束した。

二人の子供はブーム・ブームの家までの四ブロックを自転車で走り、いっぽう、ガブリエラは紅茶をいれ、生徒たちを迎えるために部屋の準備をした。ヴィクトリアは新品カメラのブローニーを持っていった。一週間前に十歳の誕生日を迎え、そのとき、このすてきなプレゼントをもらったのだ。すでに、制服姿の父親や、シャクナゲの手入れをする母親や、ブラックホークスのジャージーを着たいとこの写真を撮っていた。今日は暑い台所で汗びっしょりになって料理をする不機嫌なマリー叔母のスナップを撮った。

マリーがローストポークに茹でたジャガイモという日曜のごちそうをテーブルに並べたが、みんな、暑さのせいで食欲がなかった。ボリュームたっぷりの料理にブーム・ブームがほとんど手をつけないものだから、叔母が騒ぎ立てた。どっか具合でも悪いの？ 一緒に昼食の席についていたマリーの弟のトマスが、ブーム・ブームはブタみたいに丈夫だといった。

「息子のことを虚弱児みたいにいうのはやめなよ。十六の子たちとアイスホッケーをやってんだぞ」

「あんたがおだてるからでしょ、トマス！」貧相な頬を紅潮させて、マリーはどなった。

ブーム・ブームが生まれる以前と以後に十一回も流産しているので、この一人息子がいつなんどき主に奪い去られるかわからない虚弱児ではないということが、マリーにはどうしても信じられないのだ。

ブーム・ブームの父親のバーニーは、この日曜日、造船所で午後の勤務が入っていたため、昼食の席にはつけなかった。マリーのもう一人の弟、カールが妻を連れて食事にきていて、あわてて話題を変えた。妻がマルケット・パークで予定されているデモ行進の話を出そうとしたため、食卓の雰囲気を和やかにする役には立たないと思ったのだ。

ようやく、子供たちは急な階段をのぼってブーム・ブームの部屋へ逃げだすことを許された。二人の住む家は似たような間取りだった。一階に部屋が四つ。屋根裏部屋は子供の寝室。仕事が休みの日にファミリールームに改装していこうと父親が計画しつつも、いまだ完成に至らない地下室。

サウス・シカゴの小さな家々では、会話は筒抜けだった。窓からこっそり抜けだしてビーチへ行こうという誘いをトリがはねつけたものだから、熱のこもらない口喧嘩が始まり、そのあと、床がいちばんひんやりしているので、二人は床に寝そべって、眠気を催しながら、階下のダイニング・ルームからきこえてくる大人の会話に耳を傾けた。

子供たちがいなくなったため、会話は無遠慮で粗野なものに変わっていった。先週、メツガー・ミートをやめさせられたトマスが、それを黒人連中のせいにした。

「けど、トマス叔父さん、会社のお金を盗んでたのよ」屋根裏部屋では、トリがブーム・ブームにささやいた。「なんでキング牧師のせいにするの?」

「盗んでないよ!」ブーム・ブームが反撃した。「叔父《ヴイエク》さんは雑用係にハメられたんだ。そいつ、キングやほかの共産主義者とおんなじニガーなんだぜ」

「ブーム・ブーム! そんな悪い言葉はないってガブリエラがいってるよ。こんちくしょうとか、そのほかの悪態よりも悪いんだって」

一瞬、二人のいとこは階下の口論のことも忘れて自分たちの喧嘩に没頭し、たちまち殴りあいを始めた。ブーム・ブームのほうが一歳上で、身体も大きかったが、そのいっぽう、トリに身を守る方法を教えたのも彼なので、トリは一瞬にして防御の構えをとっていた。ブーム・ブームがトリのシャツの襟をひきちぎったところで、二人はようやく喧嘩を中断し、うろたえて顔を見あわせた。破れたシャツを見たら、ガブリエラがなんていうだろう？　あるいは、ブーム・ブームの肩のあざをマリーが見たら？

殴りあいのあとに続いた静寂のなかで、屋根裏の階段の下からトマス叔父の腹立たしげなどなり声がきこえてきた。「おれがいいたいのはな、トニーを殺してやるってことだけだよ」

玄関ドアが乱暴に閉まった。トリが窓辺に駆け寄ると、トマスが車に乗りこむのが見えた。ビュイック・ワイルドキャットのコンバーティブルで、親戚じゅう探しても、こんな値段の高い高級車を持っている者はほかに一人もいない。どこでそんな金を手に入れたのかと、誰もが尋ねた。トニーに答えを教えたのはガブリエラで、トリが自分の屋根裏部屋で両親の話を盗みぎきしていたときに、トマスはメッガー・ミートの肉をくすねてウィスコンシンの何軒かのサパークラブに売っているのだといった。トニーはガブリエラに、そんなものは噂にすぎないといってきかせた。なのに、どうして、トマス叔父さんがトニーを殺そうとするの？

階下では、トマスを追いかけて止めるようにと、マリーがカールをせっついていたが、カール叔父はトマスもじきに頭を冷やすだろうといい、ワイルドキャットに乗ったトマスに追いつくのはまず無理だとカールの妻がつけくわえた。

「けど、トマスはうちの父さんを殺すっていったのよ」恐怖のあまり目を大きくして、トリはブーム・ブームにささやいた。「わたし、パパを見つけなきゃ。気をつけるようにいわなきゃ」

「トリ、マルケット・パークなんかに行っちゃだめだ。夕方までぼくのこの家にいるって、ツィア・ガブリエラに約束しただろ」

ブーム・ブームが伯父夫婦に声をかけるときはイタリア語を使わねばならないことが、ガブリエラとマリーのあいだで延々と続くバトルの一部となっていた。ツィア・ガブリエラ、ツィオ・トニー。いっぽう、トリはブーム・ブームの両親にポーランド語で呼びかけなくてはならない。チョチア・マリー、ヴィエク・バーニー。

「いいもん。あんたんとこのおバカなヴィエク・トマスがうちのパパを殺したら、ママのハートが二つに割れちゃうのよ。この家の玄関に飾ってあるドクドク打つイエスの心臓より、ずっとひどいことになるんだよ」

ブーム・ブームが止める暇もないうちに、トリは裏窓へ走った。網戸をあけると、窓枠に腕をかけ、台所の外についている小屋の屋根の上へぶら下がって飛びおりた。屋根板の上をすべって地面にジャンプした。家の表側へ走り、そこに置いてあった自転車で走り去った。

ブーム・ブームはトリを追いかけようとしたが、タッチの差で遅かった。彼の母親が玄関へ飛んでいき、「戻ってきなさい。いますぐ！　バーナードを危険なことに巻きこまないで」と、姪に向かって金切り声をあげた。しばらくすると、母親は屋根裏へつづく階段をのぼり、いとこを追って裏窓から出ていこうとしていた息子の腕をつかんだ。

II

公園はまだ半マイルも先だというのに、ヴィクトリアの耳に叫びがきこえてきた。一万人もの喉の奥からあがる憎悪の叫び。交差点に立つ警官たちは燃える太陽のもとで制服を汗に濡らし、緊張のあまり、どなりつけていた。すべての者を――なんの騒ぎかと尋ねる老女や、自転車に乗った聖職者までも――どなりつけていて、七十一丁目の道路封鎖に使われている木挽き台の下をくぐったヴィクトリア・ウォーショースキーも、そこに含まれていた。

ヴィクトリアは三マイルを自転車で走り、七十一丁目とストーニー・アヴェニューの角までくると、街灯にチェーンで自転車をくくりつけた。ちょうど七一系統のバスがやってきたので、ホッとしてバスに乗った。破れたシャツはもう汗びっしょりだ。喉が渇いてヒリヒリしていた。ポケットには八十二セント。バスの往復に三十セント払っても、自動販売機を見つけたときにコークを買うだけの余裕がある。

七十一丁目はマルケット・パークから半マイルのところで通行止めになっていた。暴動鎮圧用の装備に身を固めた警官隊が、すべての車を（シカゴ交通局のバスまでも）、公園を大きく迂回するコースへ誘導していた。ウェスタン・アヴェニューは両方向とも渋滞していた。公園の向こう側へ行くまで乗客をおろさないように、と警官がバスの運転手に命じたが、交差点でバスが止まっているあいだに、ヴィクトリアは後部ドアを勝手にあけて飛びおりた。

ウェスタン・アヴェニューにいた警官隊からどなられたとき、ヴィクトリアはそのなかに父親の友達がいて、自分の正体がばれるのではないかとびくついた。猛暑のなかで苛立っている警官たちにはどの顔もぼやけて見えることなど、ヴィクトリアにわかるはずもなかったが、自分の名前が呼ばれているのではないかと思い、ふり向いてみずにはいられなかった。ふり向いたとたん、ギョッとする光景を目にした。

トマス叔父の白いコンバーティブルが交差点に入ってきていた。トマス叔父がハンドルを握っていた。助手席にはヴィクトリアの知らない男性。トマスと同じく、その男も金髪で、オープンカーで走っているため二人とも顔が真っ赤にゆだっていた。男が着ている派手なシャツと同じぐらい赤かった。最初、警官が車を止めようとしたが、トマス叔父が財布をとりだした。警官はあたりを見まわした。誰かに見られていないか、たしかめている様子だった。警官はトマスの財布から紙幣を一枚抜きとり、つぎに、ワイルドキャットが通り抜けられるように木挽き台を二つどけた。

制服警官は賄賂をとっていたのだ。ひどすぎる！　トニー・ウォーショースキーが賄賂のことを何度も話していた。トニーに金を渡して交通違反をもみ消してもらおうとする人々のことや、それがいかに誤ったことかについて。警察の人間すべてが悪く思われてしまう。

ヴィクトリアは木挽き台をどけた警官の写真を撮り、つぎに、トマス叔父と見知らぬ男の写真を撮った。トマスはきっと、ヴィクトリアの父親を見つけるのを手伝ってほしいと誰かに頼んだにちがいない。二人の男がトニーに襲いかかって殺害し、そのあとでどこかの悪徳警官が賄賂を受けとり、そんな騒ぎは見なかったふりをするのだろう。

ヴィクトリアは走りはじめた。途中でコンバーティブルを追い抜くことはできないが、一刻も早く公園に着いて、トマスと仲間より先に父親を見つけなくてはならない。だが公園に着いたとたん、それがほぼ不可能に近いことを知った。ものすごい混雑のため、子供が――年齢のわりに背の高いヴィクトリアのような少女でさえも――周囲の様子を見通すのは無理だった。強引に人混みをかき分けて進まなくてはならなかった。

忌まわしい言葉の書かれたプラカードを、人々が掲げていた。〝キングが背中にナイフを突き立てられたら、きっとすてきな姿だろう〟というのやら、ほかのもひどいものばかり！　相手がどんな人間であれ、けっして口にしてはならないようなことが書いてあった。

ヴィクトリアはホッケー練習のときにブーム・ブームから教わったやり方で肘を使いながら、分厚い人垣を押しのけて進んでいった。人々はわめき、叫び、南北戦争当時の南部連合の旗をふっていた。ある者は鉤十字を服に縫いつけ、ある者は顔にペイントしていた。これもやはり、大きな誤りだ。ガブリエラは鉤十字をつけた人々がイタリアにいたせいで、両親と別れてアメリカに渡らなくてはならなかった。ヴィクトリアは父親の姿を捜しながらも、鉤十字や、悪態よりもひどい罵声をキング牧師に浴びせる人々など、自分がいま目にしているもののことを母親に話すわけにはいかないと悟った。父親も何もいわずにいてくれるよう願った。ガブリエラがひどく狼狽してしまう。自分と父親には、ガブリエラをこれ以上の人生の不幸から守る義務がある。

西を向いて公園の奥へ入っていく途中、ティーンエイジャーの一団が車をひっくり返して火をつけるのを目にした。近くにいた人々が拍手喝采した。ヘルメットを着けた六名の警官が一団に駆け寄ったが、少年たちは警官に唾を吐きかけ、石や瓶を投げはじめた。

ヴィクトリアは喝采する暴徒を押しのけながら、火を放った少年たちを逮捕しようとして警棒を構えている警官隊のそばまで行った。

一人の警官の腕をひっぱった。「ねえ、ウォーショースキー巡査を捜してるの。知らない？　姿を見なかった？」

「どいて、どいて。邪魔しないで。あんたみたいな子供のくるとこじゃない。ママとパパのいる家に帰りな」警官がヴィクトリアを押しもどした。

「トニー・ウォーショースキー」ヴィクトリアは叫んだ。「わたしのパパよ。ここで仕事してるの。警官なの。どうしても見つけなきゃ」

今度は、警官たちは完全にヴィクトリアを無視した。こんな子供にかまっている暇はなかった。群衆が少年たちの味方について、石やコークの缶を警官隊に投げつけていた。缶が一個、警官の頭に命中した。コークがこぼれて目に入り、その目が見えなくなると、群衆は大笑いした。

「ニガーどもがホーマン・アヴェニューにいるぞ」誰かが叫んだ。暴徒の大群が「ニガーを見つけろ。ニガーを殺せ！」と口々に唱《うず》えながら西へ向かった。

ヴィクトリアもあとを追った。足が疼き、脇腹の痛みで息が止まりそうだった。痛みを気にしている余裕はなかった。痛みなんか邪魔なだけだ。トニーを見つけなくては。金切り声をあげる大人たちを肘でかき分けて進んだ。大人の一人が手を突きだしてヴィクトリアをつかまえた。すごい力なので、ふり払うこともできなかった。

「どこへ行く気だね？」

ギエルチョフスキー神父だった。そのそばに、ヴィクトリアにも見覚えのある近所の人が何人かいた。二人は女性で、砂糖の袋を持っていた。

「パパを捜してるの。見なかった？」

「〝見ませんでしたか、神父さま《ファーザー》〟といいなさい。目上の者を敬うよう、ユダヤ人のお母さんから教わっていないのかね？」

「わたしのお父さん《ファーザー》でもないのに！」ヴィクトリアは神父の向う脛を思いきり蹴飛ばした。神父はヴィクトリアの肩から思わず手を放し、ポーランド語で罵りの言葉を吐いた。

ヴィクトリアはするっと逃げた。混雑がひどいため、神父がヴィクトリアをつかまえようとしても身動きがとれなかった。

「パパ、どこなの？　どこにいるの？」気がつくと、涙が頬を伝っていた。「泣くのは赤ちゃんよ。あんた、赤ちゃんじゃないのよ」

噴水式の水飲み器のそばを通りかかったので、足を止めて水を飲み、流れ落ちる水の下に首を突っこんだ。ほかの連中がやってきてヴィクトリアを押しのけたが、身体を冷やしたおかげで機敏に動けるようになった。

一時間以上のあいだ、暴徒のなかを強引に進みつづけた。ミシガン湖で荒波のなかを泳ぐのに似ていた。必死に泳いでも、なかなか前に進めない。警官に出会うたびに、トニー・ウォーショースキーのことを尋ねてみた。足を止めて首をふり、いや、トニーなんてやつは知らない、と答える警官もたまにいた。一度、トニーを知っている警官に出会ったが、姿は見ていないといわれた。頭に血がのぼっている警官たちに無視されることのほうが多かった。

人々が缶や石や爆竹を投げていた。ひとつがヴィクトリアのそばで破裂して、硝煙が目にしみた。暴徒のあいだに噂が広がった。誰かの石が命中してキングが倒れた、と。

「一人やっつけた。あと千百万やっつけろ」女が甲高く叫んだ。

「ニガーの王が立ちあがったぞ。こっちが暑さでうだってるのに、やつは王族みたいに大事にされてる」男がわめいた。

ヴィクトリアは右手のゴルフコースに気づいた。芝が青々としていて、気持ちがよさそうで、人の姿がほとんどなかった。暴徒を押しのけて進み、コースにたどり着いた。ホールのひとつを囲む短い丘をのぼると、グリーンのあいだをくねくねと延びる小道に出た。驚いたことに、トマス叔父の白いコンバーティブルが目の前にあった。トマスの姿はなく、ウェスタン・アヴェニューで一緒だった見知らぬ男が乗っているだけだった。男は茂みに目をやりながら、ゆっくりと車を運転していた。

ヴィクトリアは疲労困憊で走れなかった。よたよたと車に近づき、ドアを叩きはじめた。

「トマスはどうしたの？　うちのパパはどこ？　パパに何したの？」

「誰だ、おまえ？」見知らぬ男がきいた。「トマスにはガキなんかいねえぞ！」

「わたしのパパよ。ウォーショースキー巡査」ヴィクトリアはわめいた。「トニーを殺すってトマスがいったの。パパはどこ?」

見知らぬ男は車のドアをあけた。恐ろしい形相だった。ヴィクトリアは怒りに満ちたその大きな顔から身を守ろうとするかのように、思わずカメラを持ちあげ、男の写真を撮った。男にカメラのストラップをひっぱられて、息が止まりかけた。ストラップがちぎれ、男がカメラを草むらに投げ捨てた。ヴィクトリアがかがんで拾おうとしたとき、男につかまえられた。相手に噛みつき、蹴飛ばしたが、逃れることはできなかった。

III

キング牧師とデモの参加者が公園を去ったあとも、警官隊と暴徒の乱闘はさらに五時間つづいた。一日が終わるころには、どの警官もぐったり疲れ、神経が麻痺してしまい、車が燃えつづけていても、ひっくり返ったままでも、あるいは、公園をとりまくラグーンに投げこまれていても、気にしなくなっていた。燃えつづける車に消防士が放水していたが、彼らの動きも鈍かった。

パトカーに戻った警官のなかには、遠くまで行けなかった者もいた。女たちが燃料タンクに砂糖を放りこんでいったのだ。数百フィート走ったところで燃料フィルターが目詰まりし、パトカーは息絶えた。茂みの下に押しこまれた死体をたまたま一人の消防士が見つけ、息絶えたパトカーのキャブレターをむなしくいじっていた警官を大声で呼んだ。

警官は暑さにむくんだ脚でやってくると、膝を突き、九時間ぶりに膝の裏の筋肉を曲げた瞬間、苦痛のうめきをあげた。茂みの下で見つかった男は四十歳ぐらいで、金髪、日に焼けていた。そして、死んでいた。警官はふたたびうめき、男の肩を持ちあげた。後頭部がグシャッとつぶれていた。死因は警官が最初に推測したような心臓発作ではなく、鈍器による強打だ。

少人数の消防士と警官が集まってきた。最初に死体を調べた警官が崩れるようにすわりこんだ。太陽に照らされたまぶたが腫れぼったかった。

「みんな、捜査手順はわかってるな。みだりに立ち入るな。現場をこれ以上荒らしちゃいかん」その声は仲間の警官すべてと同じく、暑さと緊張でしわがれていた。

「ここにいる男が何か知ってるそうだ、ボビー」疲れきった一団の端にいる警官がいった。

ボビーはうめいたが、立ちあがり、ちょうどそこへ、べつの警官がアロハシャツ姿の民間人を連れてやってきた。「わたしはマロリー巡査。死んだ男をご存じなんですか」

民間人は首をふった。「ちがう、ちがう。ニガーの一人が殴りかかったとこを見ただけなんだ。おれたちがキングを倒したすぐあとで、連中の一人が最初に出会った白人をブチ殺してやるといいだして、そいつがコークの瓶をつかんでこの男を殴るとこを目にしたんだ」

警官たちは目を見あわせた。ボビーが民間人に視線を戻した。「いつごろのことでした？」

「五時間前、いや、六時間ぐらい前かな」

「話をしにくるまでに、ずいぶん時間がたってますね」

「ちょ、ちょっと待ってくれ、おまわりさん。まず、この男が死んだなんて、おれは知らなかった。それから、警官に必死に訴えようとしたのに、向こうへ行ってくれ、邪魔しないでほしい、といわれた。ただ、そんな丁重な言い方じゃなかったけどな。わかるだろ」

「距離はどれぐらいありました？　コークの瓶を持った男が見えるぐらいの近さでしたか」

民間人は目を細めて考えこんだ。「十フィートぐらいかなあ。たしかだとはいえねえけど。人がぞろぞろ行き来してて、みんな、好き勝手なことしてて、最近のガキどもがいってるように、他人のことは知らん顔。おれもそうだけどさ、この男を殴ったニガーの人相をいえってんなら、やってみるぜ」

ボビーはためいきをついた。「わかりました。われわれはまともに動くパトカーが迎えにきてくれるのを待ってるとこなんです。シカゴ・ローン署までお送りしますから、そこで供述をおこなって、あなたが目撃したという黒人の人相と、時刻と、その他もろもろのことを伝えてください……さあ、みんな、おれと同じく疲れてるとは思うが、そのコークの瓶が近くに落ちてないか捜すとしよう」

ボビーはとなりの警官のほうを向いて小声でいった。「あいつの話が犯人の特定に結びつかないことを、切に祈りたいね。今日の騒ぎの最中に白人を殺したなんていう容疑で、警察がどっかの黒人を逮捕したら、街じゅうが爆発しちまう」

投げ捨てられたカップや瓶、暴徒が落としていった車のジャッキなどを拾いながら、毛髪や血液のついたものはないかと、ボビーたちが捜していたとき、一台のパトカーが近づいてきた。ハンドルを握っていた制服警官がボビーのところにきた。そのうしろに息子を連れた民間人がいた。

「マロリー！　トニー・ウォーショースキーを捜してるんだが。見なかったかい？」

ボビーは顔をあげた。「命じられた任務がちがうんでね。たぶん、ホーマン・アヴェニューのほうにいると思う――あれっ――」不意に、民間人の顔に気づいた。トニーの弟のバーニーだ。

ボビー・マロリーは警察に入ったとき、先輩のトニー・ウォーショースキーに目をかけてもらった。十五年後、ボビーが昇進し、トニーにはもう昇進の望みがなかったため、ボビーの地位のほうが上になってしまったが、二人は親しい友人でありつづけた。ボビーはトニーとガブリエラの家で週末をすごすことが多かったので、バーニーとマリーのこともよく知っていた。ブラックホークスに入って、〝ザ・ゴールデン・ジェット〟（ブラックホークスの名選手ボビー・ハルの愛称）にとってかわりたいというブーム・ブームの野心を、ボビーは熱烈に支持していた。トニーとガブリエラが一人娘に与えている自由についても、できれば支持したいところだったが、放任主義のおかげでヴィクトリアがブーム・ブームにくっついてチビの不良みたいに遊びまわっているのが、ボビーの癇にさわっていた。ありがたいことに、彼のところの娘たちは、妻のアイリーンが行儀のいい若いレディに育ててくれている。

「こっちはぶっ倒れそうだよ。くたくただ、ウォーショースキー」ボビーはいった。「何事だね？」

　バーニーが息子の肩を揺すると、ブーム・ブームがいった。「いとこのトリのことなんです、マロリー巡査。ヴィクトリアのこと。トリは――トマス叔父さんが――あ、あの、ぼくたち、昼食のあとで、叔父さんがトニーを殺してやるっていってるのをきいたんです。叔父さん、会社をクビになって、それがトニーのせいだと思ってて、けど、ニ――い、いや、黒人のせいだともいってて、だから、ヴィクトリアはトニー伯父さんに教えようと思って公園へ飛んでったんだけど、まだ帰ってこなくて、みんなでテレビ見てたら、乱闘とかやってたから、ぼくが父さんに話して、それで父さんにいわれて、ここにきてトリを捜そうってことになって、で、とにかくトニー伯父さんを見つけることにして、そしたら、おじさんの姿が見えたんで、おじさんなら知ってるだろうと思ったの。トリは無事？」

ボビー・マロリーは日に焼けた額をこすった。「ヴィッキーがここに？　くそっ。そんなばかげた危険なことを誰が許したんだ？」

「トリが勝手に飛びだしたんだよ。そのあと、うちの母さんがぼくをつかまえて、だから、ぼく、追っかけられなかった」

「本日ただひとつの喜ばしい知らせだ」バーニー・ウォーショースキーがいった。「でなきゃ、おまえたち二人を捜しまわることになってただろうよ。トリが自転車をチェーンでくくりつけてった場所は見つかった。七十一丁目とストーニーの交差点にあるバス停の——」

バーニーは茂みの下に倒れている人物を目にした。「あの——あれ、トマスだ。マリーの弟！　あいつ、どうしたんだ？　聖チェスワフの連中と一緒にきて、気絶でもしたのかい？」

バーニーはそちらへ行き、トマスのそばに膝を突いた。「ほらほら、おきろ。思いっきり楽しんだだろ。さあ、立って——」

バーニーは恐怖の表情で、持ちあげた肩をおろした。トマスがおきあがることは二度とない。ブーム・ブームが父親を追って叔父の死体のそばへ行こうとしたので、ボビーがつかんでひき戻した。

「この男を搬送する車を呼ばなきゃならん。バーニー、おれがパトカーから無線で連絡するあいだに、ここにいる警官の一人にそいつの名前と特徴を伝えてくれ。それから、さっき協力してくれた目撃者があんたの顔見知りかどうか、確認するとしよう……ライオネル！」

制服警官の一人が足をひきずりながらやってきた。ボビーはその警官をバーニー・ウォーショースキーにひきあわせたが、トマスを殺した犯人を目撃したといっていたアロハシャツの男を二人が捜しにいくと、男はすでに姿を消していた。民間人ってのは困ったもんだ——巻き添えになるのをいやがる！　いや、もしかしたら、午後から公園で何をしてたか説明しなきゃならんのがいやだったのかもしれない。もしかしたら、キング牧師を一撃して地面になぎ倒したレンガは、あの男が投げたのかもしれない。ひどいことを！　キング牧師に医者の手当てが必要なくて、暴徒連中も幸運だったよ。

ボビーがパトカーの無線を使って刑事を呼んだ。刑事が到着したので、トマス・ヴォイツェクの遺体《ボディ》搬送と周囲の草むらの捜索を依頼してから、彼自身の痛む身体《ボディ》と麻痺した心を、トニー・ウォーショースキーを捜しだす仕事に向けた。

けさのボビーなら、警官を殺してやるなどという脅し文句を耳にしたところで、真に受けはしなかっただろうが、それは誰かがボビー自身のヘルメットに石を投げつけたり、彼の指揮下にあった警官の一人の目に缶入りコークを浴びせたりする前のことだった。もし、トマス・ヴォイツェクがマルケット・パークの暴動を隠れ蓑にしてトニーを殺そうとしたのなら――しかし、警察でいちばん温厚なトニーが、命を奪うほどの勢いでトマスの頭を殴りつけたりするだろうか。ボビーには想像できなかった。もっとも、公園で任務についているほかの警官と同じく、トニーも暑さと手に負えない暴徒のせいで逆上していたなら、話はちがってくるが。

ボビーはバーニーとブーム・ブームが乗ってきたパトカーに乗りこみ、運転席の警官に公園を徹底的に捜索するよう命じた。車の拡声器を使ってトニーの名前をくりかえし呼びつづけ、警官隊とすれちがうたびに、ウォーショースキーを見かけた者はいないかと呼びかけた。ホーマン・アヴェニューのところで、公園の北の端へ行くようにいわれ、そこでようやくトニーをつかまえることができた。トニーは暴徒の最後の一団を護送車のうしろに押しこんでいるところで、そこへボビーとバーニーが近づいていった。

トニー・ウォーショースキーは大男で、背が六フィート四インチ近くある。ほかの連中と同じく、今日は、朝からかぶっていたヘルメットが額に食いこんで線ができ、その線のところまで真っ赤に日焼けしていた。そこから上の皮膚は死人のように白かったが、ボビーとバーニーから状況説明を受けたとたん、日焼けの下で顔全体が真っ青になった。

「ヴィクトリアが？　父親を見つけようとして、この戦闘区域に？　ど、どうしよう。どこにいるんだ？　ボビー、捜索隊が必要だ。あの子を見つけないと。ガブリエラに合わせる顔がない」

「トニー、おれが捜すよ。兄さんは疲れすぎてる」バーニーが兄の肩に腕をまわした。「家に帰ってガブリエラについててやれ。兄さんとトリの両方のことが心配で、頭がおかしくなりかけてるぞ。マリーも同じだ。まったくもう、なんて日だろう――トマスが死んだし。公園の反対側で誰かに殺されたんだ。マリーにどうやって話せばいい？　ブーム・ブーム、トリが何かいってなかったか。ブーム・ブーム？　バーナード！　バーナード・ウォーショースキー！　さっさと戻ってこい！　いますぐ！」

三人の男性はあたりを見まわした。黄昏が忍びよっていた。十五フィートか二十フィート先までしか見えず、ブーム・ブームはすでにラグーンをとりまく茂みに姿を消していた。

Ⅳ

父親がトニー伯父と話に夢中になっているあいだに、ブーム・ブームは公園のほうへこっそり逃げだした。トリがいまも公園にいるのなら、トニーを捜しているだろう。家に帰ることにしたのなら、とりあえずトリの身は安全だから、この自分は、ブーム・ブームはトマス叔父の不審な死を調べることができる。トマスは彼がいちばん嫌いな叔父で、意地が悪く、何かというとすぐにブーム・ブームとヴィクトリアの腕や尻をあざになるほどひどくつねるのだが、それでも、茂みの下で死んでいる姿を見るのは気持ちのいいものではない。それに、母さん！ 世界の終わりがきたみたいに泣き叫ぶことだろう。そしてなぜだか、ヴィクトリアのせいにするだろう。

バーニーが造船所での午後の勤務を終えて帰宅し、何があったかをブーム・ブームが父親に話すと、マリーはいった。「我の強い子。ガブリエラが甘やかすからよ。うちの娘だったら、あんなふうに逃げだしたりしないわ。あの子、ごちそうさまもいわないんだもの。礼儀も何もあったもんじゃない。もちろん、イタリア人だし、ユダヤの血もひいてるしね、礼儀知らずなんだわ」

バーニーが車で公園へ出かけることに、マリーはいい顔をしなかった。白人が警官隊と衝突する乱闘場面をテレビのニュースで見ていたからだ。ところが、そのとき、ガブリエラから電話が入った。ヴィクトリアをそろそろ家に帰してほしいという電話だった。マリーはヴィクトリアが逃げだしたことを話すしかなかった。

二分後、レッスンのときに着ていた絹のプリント柄のワンピースのままで、ガブリエラがやってきた。青ざめた顔のなかで、黒っぽい目が二つの大きな黒曜石のように見えた。マリーの目を見つめて、怒りの言葉を吐き、まわれ右をした。いますぐマルケット・パークへ行くと宣言したが、もちろん、バーニーに止められた。バーニーは、自分が車で公園へ出かけてトニーとヴィクトリアを見つけてくる、といった。

ブーム・ブームは、いまも公園に残って野次馬を遠ざけたり、自分のパトカーが走行不能になったために、まともに走れる車が到着するのを待ったりしている警官たちから離れて、公園の中心部へ向かった。ヘルメットを脇に置いて草むらに倒れこんでいる警官がたくさんいた。ヘルメットを水筒がわりにして、消火栓のところで水を汲み、汗びっしょりの身体にかけている者もいた。

公園の内側の部分をとりまくラグーンまでくると、水のなかへ押しやられた車がずいぶんたくさんあるのを見て、ブーム・ブームはびっくりした。ころがされて水に落ちたため、上下が逆さまになっている車もあった。あんなふうに車をころがすには、いったい男が何人必要だろう？　ホッケーを一緒にやっている連中だったら、やれるだろうか。

トリはサクラメント・アヴェニューのゲートから公園に入ったはずだと思い、そこをめざして東へ歩きつづけるうちに、白いコンバーティブルを目にした。フロント部分が水中に沈み、後部が宙にわずかに突き出ている。トマス叔父の車に似ている。本人は死体となって七十一丁目の近くにいる。わけがわからない。車を運転していたのなら、なかで溺れているはずなのに。なぜ車がここにあり、トマス叔父が半マイル離れたところにいるのか。

ブーム・ブームはワイルドキャットのそばに立ち、本当に叔父の車かどうかをたしかめようとした。ナンバーは知らないが、たしか、運転席のドアの下のほうに小さな赤いひっかき傷があった。水に入れれば、見えるかもしれない。

スニーカーの紐をほどきはじめたそのとき、トランクのなかからガンガン叩く音がきこえて、ブーム・ブームをギョッとさせた。「叔父さん、化けて出たのなら、心配しなくていいよ。叔父さんの車を傷つけようと思って、ここにきたんじゃないんだから」瞬間的に怯えたのを隠すために、ブーム・ブームは大声でいった。

「ブーム・ブーム？」

いとこの声だった。弱々しくて、震えていた。

「トリ！　なんでトランクに入ってんだよ？」

「押しこめられたの。出して。死んじゃう前に出して」

「ちょっと待って。トランクをあけないと。どこへも行くなよ。ロックを叩きこわす道具を見つけてこないと」

「どこも行けるわけないでしょ、バカ。けど、急いで。生きたまま焼かれたような気分だし、ここで吐いちゃったし」最後のほうで、ヒクッという声がした。いまにも泣きだしそうだ。

ブーム・ブームはあたりの地面を必死に見まわした。車をこじあける男たちを、これまで何度も見たことがある。トランクをこじあけるところも。ロックを叩きこわすには、のみと金槌のようなものが必要だ。暴徒が投げ捨てていった大量のごみのなかから、タイヤレバーが見つかった。

ワイルドキャットまで駆け戻り、どうにかトランクをこじあけることができた。いとこはスペアタイヤにしがみついていた。うしろのシートからトランクにしみこんできたラグーンの水で足が濡れていて、今日の早い時間にブーム・ブームが破ったシャツは、血と泥とトリ自身のゲロにまみれていた。頭のてっぺんから汚れた爪先まで、ガタガタ震えていた。車から這いだす彼女に手を貸すのが、ブーム・ブームにできる精一杯のことだった。

V

二人のいとこと父親たちが顔を合わせたときは、すでに暗くなっていた。トニーを見たとたん、ヴィクトリアはワッと泣きだした。

「父さんの大切な胡椒挽きくん《ペパイオーラ、ミア・カーラ、クオーレ・ミオ》」トニーが歌うようにいった。ガブリエラから教わった、たったひとつのイタリア語――父さんの大切な胡椒挽き。トニーは娘をそう呼んでいた。

「何を泣くことがあるんだね、ええ？」

「パパを殺してやるってトマス叔父さんがいったの。クビにされたから」ヴィクトリアはしゃくりあげた。「パパに知らせようとしたけど、あの男に、トマス叔父さんの友達につかまって、トランクに押しこめられたの。怖かったわ、パパ、ごめんね、でも、怖かった。パパが死んだらいやだと思って、でも、パパに知らせにいけなかったし、わたしも死にたくなかったの」

「いいんだよ。二人とも死んでない。だから、すべてうまくいったんだ。家に帰ろうね。そしたら、ママも目が腫れるほど泣くのをやめて、おまえを風呂に入れてくれるから」

「どんな男だった、ヴィッキー？」ボビーがきいた。ガブリエラの嫌っている愛称を使うのはボビー一人だけだ。

「トマス叔父さんと一緒にいた男よ。わたしが二人を見たのは——パパ、交差点のとこで二人がおまわりさんにお金を渡して、そしたら、おまわりさんが二人を公園に入れたの。わたし、男の写真を撮ったのよ——あっ！　カメラ。男がストラップをちぎって、わたしのカメラを投げ捨てたんだ。パパからもらった大事なカメラ。ごめんね。パパに約束したのに、わたし、大事にしなかった」

ヴィクトリアはさらに激しく泣きだしたが、ボビーから、涙を拭いて話をきくようにといわれた。「力を貸してほしいんだ、ヴィッキー。カメラがまだここにあるかどうか、たしかめないと。誰にも盗まれていなければの話だが。さあ、いい子になって、泣くのをやめて、その男につかまった場所がどこなのか、ボビーおじさんに教えてくれ」

「もう暗いんだぞ」トニーが文句をいった。「この子は疲れきってる、ボビー」

ヴィクトリアは暗いなかでしかめっ面になった。「ゴルフコースに入ってく場所だった。七十一丁目側にホールがある丘のひとつ。近くに像があったのを覚えてる。誰の像か知らないけど」

これだけの情報をもとにして、ボビーはリトアニアの飛行士、ダリウスとギレナスの像の近くにサーチライトを設置した。もっとも、公園に残されたゴミの山のなかからブローニーの小型カメラが見つかるなどと信じている警官は、一人もいなかったが。

トマスが殺されたから、警察は一緒にいた男を見つけなくてはならないのだと、ブーム・ブームがいとこに小声で教えると、ヴィクトリアは奇跡的にも、子供時代の疲れを知らぬ身体に蓄えられていた予備のエネルギーを見つけだした。自分の歩調がどれだけのろかったか、どこで向きを変えて小道に出たかを、身体で思いだそうとし、ついに草むらを横ぎってゴルフコースに入った。ブーム・ブームも一緒についていき、五分もしないうちに、二人はブローニーを見つけた。

ボビーがカメラを預かり、現像がすんだらすぐ返却することを警官の名誉にかけて約束したので、いとこたちはようやく、父親の車に乗りこんだ。家に着くと、母親たちから幾通りもの迎え方をされた。どちらの母親も半狂乱になり、たった一人のわが子への熱烈な愛情を示し、それを涙で表現し、そのあと、無鉄砲で親のいうことをきかなかった罰に平手打ちを食らわせた。しかし、ガブリエラはひっぱたいたことをたちまち後悔し、娘を浴室へ連れていって、くしゃくしゃになったカーリーヘアを自分の手でシャンプーした。

「ねえ、あなたはいつになったら、最初に考え、考えたあとで行動に移るってことを学習するの？　マリーの弟の、このトマスっていうのはね、マフィアの一員《カリッシマ》だったの——しかも、泥棒《ウン・ラードロ》。メッガー・ミートから肉をくすねて勝手に売りさばいてたの。ウィスコンシンのレストランへ売ってたのよ。仕事をクビになったのは黒人の雑用係のせいだといいはってた。雑用係に密告されたんだというの。でも、あなたのパパの話だと、トマスはマフィアの支部長《カーポ》のことも裏切ってて、その男がアントーニって名前だったんですって。そんなに珍しい名前じゃないのよ、ヴィクトリア。わたしにきいてくれれば教えてあげたのに。パパにとって危険なのは公園の暴動で、マリーの弟じゃなかったってことを。そしたら、あなたは人生最大の恐怖を経験しなくてすんだのよ。同時に、わたしも同じぐらい大きな恐怖を味わわずにすんだでしょうし」

そして、もちろん、ボビーが捜査を進めた結果、ヴィクトリアをつかまえてワイルドキャットのトランクに閉じこめ、元気いっぱいの若者数人に手伝わせて車をラグーンに押しこんだ人物は、ドン・パスクワーレの組織で働くトニー（アントーニ）だったとわかった。トマスは組織の命令でメッガー・ミートの肉を盗みだし、ウィスコンシンで売っていたが、その利益を自分のふところに多めに入れていた。ドン・パスクワーレは赤いアロハシャツのトニーをマルケット・パークへ行かせ、暴動の混乱に乗じてトマスを殺害させた。カメラを持った少女にしてやられたトニーに、ドンはおかんむりだった。手下の保釈金を出すことを拒否した。

「だから、いいわね、それはとっても大事《エ・モルト・インポルタンテ》なことなのよ。自転車に飛び乗って、わたしの髪を真っ白にしてしまう前に、問いかける、問いかける、考える、考えるのよ」ガブリエラはお説教を締めくくった。「約束して、いい子だから《クオーレ・ミオ》。これが最後だって。いまから新しいページをめくって、もっと注意深く、もっと慎重《プルデンテ》になるって！　約束して《プロメッティメロ》、ヴィクトリア！」

「うん《シ》、マンマ。約束する《テ・ロ・プロメット》」ヴィクトリアはいった。

第二部　ウィンディシティ・ブルース

命をひとくち

A Taste of Life

一九八九年にイギリスで刊行されたアンソロジー*Reader, I Murdered Him*のために書き下ろされた作品。パレツキーにとっては異色作といえよう。その後一九九五年には本作に後出の「スライドショー」と一九八八年の「ディーラーの選択」('Dealer's Choice')／『フィリップ・マーロウの事件』〔ハヤカワ・ミステリ文庫〕に収録)を加えた短篇集*A Taste of Life and Other Stories*が、イギリスの名門ペンギン・ブックスの創刊六十周年記念で刊行されている。わが国では《ミステリマガジン》一九九八年九月号に訳載。

　ダフネ・レイドアはラペレック電子部品会社の経理部に勤務していた。仕事をこなす能力は——というか、仕事に対する食欲は——とどまるところを知らなかった。一月に入り、経理部の社員たちが前年度の決算にてんてこまいの季節がくると、まさにダフネの独壇場だった。深夜の時間帯が仕事のいちばんはかどるときで、喜びに舌なめずりせんばかりの顔で元帳を比較したり、ならんだ数字を合計したりするのだった。

　一月になると、ラペレックの社員全員がダフネをちやほやしはじめる。お高くとまった小柄な経理部次長のヘレン・エリスはわざわざ足を止めて、ダフネのデスクに飾ってある鉢植えや彼女の香水をほめちぎる。予算管理部長のカルロス・フランチェッタはいかにもラテン民族っぽいお世辞をふりまく。花束が、そして、チョコレートがデスクに届けられる。

二月がくると、こうしたおだては消え去り、それからの十一ヵ月間、ダフネはバリケードがわりのシダの鉢植えの陰で孤独な日々をすごすことになる。頭はいいし、やる気はあるし、能力もある。だが、すごいデブだった。服はすべて自分で縫うしかないぐらいの肥満体。彼女に合う服を置いている店がどこにもない。歩きかたものろかった。短い階段をのぼっただけで息切れした。ダフネの住まいはエレベーターのない三階建てアパートメントの一階にあった。食料品をかかえて表の石段をのぼり、キッチンにたどりつくと、呼吸を整えるために四十五分ほどバッタリ倒れていなくてはならなかった。

ダフネは料理が抜群にうまかった。手のこんだフランス料理を作ることができ、そのレパートリーには、優雅な飾りをあしらったペストリーも含まれていた。料理がみごとなら、ワインもみごとで、ヘレンも、カルロスも、ほかの社員たちも、ダフネの夕食の招きにはいそいそと応じるのがつねだった。料理にほとんど手をつけない女主人の姿に、誰もが啞然としたものだ——ほとんど食べないのに、なんでこんなに太れるんだ。客が帰ったあと、ダフネは残しておいた四人分の料理をオーブンからとりだし、それをむさぼり食うのだった。

とにかく、ひっきりなしに食べていた。上品なフランス料理は客用のメニューだった。ほとんど毎日買物に出かけて、買いこんだ食料品の量を人に知られずにすむよう、五つのスーパーマーケットをまわっていた。カウチの隅にはチョコレート・クッキー、ベッド脇のテーブルとバスルームにはポテトチップスの袋が常備してあった。フリーザーと冷蔵庫はつねに食料がぎっしりだった。なかには腐ってしまって捨てなくてはならないものもあったが、ダフネの胃におさまる量のほうが多かった。冷凍オードブルを何箱も持ち帰り、溶けきらないうちに食べていた。ベッドの下には冷凍ピザが置いてあり、生のまま食べていた。引出しやクロゼットにはチョコレートが放りこんであった。栄養たっぷりのスナック類から三歩以上距離を置くことは決してなかった。

ダフネのいまの姿は、妖精みたいな子供のころの彼女を知っている人々には、とくに痛ましく感じられた。いったい何があったんだ？　一家と親しい者たちは母親のシルヴィア・レイドアを非難した。

二十年前、シルヴィアの顔は《ハーパース・バザー》や《ヴォーグ》の表紙をしょっちゅう飾っていた。アメリカでトップテンにランクされるモデルの一人で、仕事はよりどりみどりだった。ダフネが生まれたとき、シルヴィアは喜びいっぱいの姿で写真に登場した――白い産着に包まれた赤ちゃんのほうへ慈愛にあふれた顔でかがみこむ姿、〈クイーン・エリザベス二世号〉の甲板から赤ちゃんと乳母に悲しげなキスを送る姿――それがいっそう彼女の人気をあおりたてた。

ところが、ダフネが幼児用シートを離れて幼稚園へ行くようになると、シルヴィアは子供をうっとうしく思いはじめた。子供が大きくなれば、母親は年をとるものだ。さらに悪いことに、友人たちが――かつて友人だった者たちが――ダフネの天使のような愛らしさをしばしば口にするようになった。カメラマンはダフネを子供モデルの業界に入れようとした。いずれシルヴィアをはるかにしのぐ美女になると予言する者もいた。ダフネの美貌には、母親にない甘さがあったからだ。

シルヴィアは娘に食べることを強要しはじめ(「これを全部食べてくれなかったら、ママ、あなたのこと、かわいがってあげられないわ」「でも、ママ、あたし、おなかすいてない!」「じゃ、お部屋に閉じこめて、一人にしとくしかないわね。ママに悲しい思いをさせたら、ママ、あなたのそばにはいられないのよ」)、やがて、ダフネの体重は百三十キロ近くまでふえてしまった。

シルヴィアのほうはどうかというと、以前より厚化粧にはなったものの、いまだ美貌の衰えを知らぬ超リッチなマダムに変わっていった。テレビのコマーシャルにひっぱりだこで、グリーズアウトの洗剤のコマーシャルに主婦役で出演して大好評だったりしたが、雑誌のグラビアを飾るには人工的な美しさが目立ちすぎると思われていた。冬はスペインのメノルカ島に飛び、春はパリですごし、夏は気候のおだやかなラ・ホヤに滞在し、十月半ばになるとたいてい、母親らしさを短期間だけ披露するため、ダフネが暮らすシカゴの家の玄関に姿を見せるのだった。(「かわいいダフネ! どうしてそんなに太っていられるの。ママなんか、いやというほど食べても、ただの一キロもふえないのに!」)そばにたいてい、シルヴィアの美貌と洗練された物腰に魅了された若い男を従えていた。だが、かえって、自分がやや老けて見える結果ともなっていた。

ダフネは恋愛に憧れていた。小説と、ファッション雑誌と（たまにシルヴィアの顔が登場することもあったが、そんなときはハサミで丹念に切りとって）、信じられないほどロマンチックな男性が登場する空想とで、自分の夢を満たそうとしていた。だが、雑誌を読みながら、あるいは、スリムな憧れの美女になった自分を想像しながら、食べ物に手を出してしまうのだった。五百グラムのポークチョップに、つけあわせはフライド・ポテト。チョコレートのレイヤー・ケーキ。アイスクリーム一クォート。そのあとで、プレッツェルとポテトチップをつまみながらビール。ベッドでも食べつづけた。

ある年の冬、若い男がラペレックの経理部に入ってきた。若々しい端整な顔立ちの、とても内気な男だった。ダフネの肥満体と傷つきやすさに、その男ジェリーは心を惹かれた。数週間にわたってじっくり考えたのち、一日の終わりに二人きりになれるときを待ち、映画に誘った。ジェリーの整った顔立ちだけで夢を満たされていたダフネは、最初、からかわれていると思いこんだ。だが、彼の誘いは熱心で、彼女もとうとう映画に行くことを承知した。

最初のデートにおっかなびっくり出かけたのは三月のことだった。五月にはもう、ジェリーと恋人どうしになっていて、体重を十七キロ減らした。九月には、八年ぶりに既製服を買った。まだウェスト九十一センチのサイズ20ではあったが、うれしくてたまらなかった。十月には、シカゴのノース・サイドにあるアパートメントの賃貸契約書にジェリーと二人でサインした。十日ほどたってシルヴィアが二人を見つけたのは、そのアパートメントだった。

「ダフネったら！　引っ越すことをどうして知らせてくれなかったの。あちこち捜しまわったあげく、やっと、天才的なあなたの秘書に住所を調べてもらったのよ！」

ダフネは、善意の者の耳には母親に会えた喜びの表現だときこえなくもない言葉を、何やらつぶやいた。シルヴィアはジェリーをみつめ、その視線に彼はもじもじして赤くなった。「お友達に紹介してちょうだい」シルヴィアはとがめるような口調でいった。ダフネはしぶしぶそれに従い、つぎに「あたしたち、いまからキャビネットのペンキ塗りをするの。塗料の匂いをかぐと、ママ、いつも気分が悪くなるんじゃなかった？」とつぶやいた。

「母親が街にきたばかりだっていうのに、その最初の夜にペンキ塗りはないんじゃない」シルヴィアはいたずらっぽくいうと、母親と娘を比べてみるようジェリーに誘いかけ、それどころか、期待する言葉をきこうと待ちかまえた（「あなたが母親だなんて嘘みたいだ。どっちかといえば、ダフネのほうが老けて見える！」）。ジェリーは何もいわず、ますます顔を赤くしただけだった。

「まったく、困った子たちね」とうとうシルヴィアはいった。「人が見たら、やましい秘密をママにかぎつけられたんじゃないかって思うかも。でもほんとは、とってもほほえましいやり方でここに家庭を作ろうとしてるだけじゃない。お祝いに〈ペロケ〉へ出かけましょうよ！」

「ありがと、ママ、でも――あたし、おなかすいてないし、ここのキャビネットにどうしてもペンキを塗ってしまいたいの」

シルヴィアはさらに騒ぎ立て、どぎまぎしているジェリーを会話にひきずりこんだ。

「あなた、うちの娘によっぽどつらい思いをさせてるのね、ジェリー。生まれてから一度も食欲をなくしたことのなかった子なのに」そして、ついに二人を〈ペロケ〉へひきずっていき、自分で勝手に料理を注文して、幾皿かをダフネがことわると、不機嫌な顔になった。「モデルをやってるのなら、ダーリン、それも理解できるわ。でも、あなたは好きなだけどんどん食べていいのよ」

帰ってから、ダフネはワッと泣きくずれた。ジェリーはどうしてこんなデブのあたしを愛してくれるの？　ママなんかバタッと死んじゃえばいいのに。ジェリーは彼女をなだめたが、どこかぎごちなかった。そして、シルヴィアのほうは、ホテルのスイート・ルームにもどったあと、どうしても寝つけなかった。ダフネが幸せな恋をしてる？　まさか。ダフネがやせる？　冗談じゃない！

ジェリーの心を奪おうとするシルヴィアの企みには、長い時間と手間がかかった。冬の予定を延期してシカゴにとどまり、パーティをひらいたり、社交的な催しがあるたびに派手に顔を出したり、英国領事館でフィリップ殿下主催のフォーマルな舞踏会がひらかれたときは、ジェリーにエスコートを頼んだりした。

ダフネは絶望のなかで何ひとつ打つ手がないまま、みじめに見ているだけだった。ふたたび食べるようになった。量は以前ほどではなかったが、感謝祭までに五キロはリバウンドしてしまった。

ジェリーも同じくみじめで、シルヴィアに翻弄されつづけていた。彼女の呼びだしを恐れながら、そのいっぽう、拒絶できずにいた。ついに、彼がアパートメントにもどらない夜がやってきた。

見捨てられたダフネはベッドにすわりこんだまま、彼を待ちつづけた。夜中の三時になり、もう彼が帰ってこないことがはっきりした。食べものについ手が出て、夕食のために作っておいたローストや、そのほか、家にあったわずかな食料を(体重のことを考えて、食料は買いだめしない主義だったのだ)たいらげてしまった。

店のひらく時間になるやいなや、ダフネはいちばん近い食料品屋に出かけて、持ち帰れるだけの食料を買いこんだ。家にもどるなり、居間の真ん中に重い袋二つを投げだし、すわりこんで食べはじめた。コートも脱がず、会社への電話すらしなかった。スイート・ロールを一ダース、チェリー・パイを一個、ピザを二枚食べた。箱入りポテトチップをディップにつけながら途中までたいらげたとき、シルヴィアがやってきた。

シルヴィアは居間の真ん中で足を止めた。「何してるのよ、こんなとこで。てっきり会社だと思ってたのに！」

ダフネはぎごちなく立ちあがった。シルヴィアを見て怒りに頭がくらくらしたが、そのいっぽう、遠く離れているような、投げやりな気分でもあった。泣きたい、チョコレートをどっさり食べたい、ママを窓から放りだしてやりたい——そう思いながら、黙って立っているだけだった。ようやく、口をきいた。自分の声がとても遠くからきこえたので、本当に声に出していったのかどうか心配になり、もう一度くりかえした。「何しにきたのよ、ママ。帰って」

シルヴィアは笑った。「あら、ジェリーの服をとりにきたのよ——自分でくるのがいやなんですって——きまりが悪いのね。かわいそうに」

ダフネは母親を追って寝室に行った。「渡さないわ、ジェリーの服は」低い声でいった。「あたしのとこに置いておく」

「まあまあ、落ちつきなさい、ダフネ。ジェリーはもうもどってこないのよ。どうしてあなたみたいなおデブちゃんを好きになったのか、ママにはわからないけど、すくなくとも、ママが彼と出会うチャンスになったんだから、その点は感謝しなきゃね」シルヴィアはそういながら、引出しをつぎつぎとあけて、ジーンズやTシャツをせっかちにより分けはじめた。

「彼の服、持ってかないで」ダフネはシルヴィアの腕をひっぱりながら、しゃがれた声でいった。

「あっちへ行って、ダフネ、クッキーでも食べてなさい」シルヴィアはぴしっというなり、ダフネに平手打ちをくれた。

ダフネはカッとなってわめきちらした。自分のしていることをほとんど意識しないまま、化粧台のスタンドをつかみ、シルヴィアの頭を殴りはじめた。シルヴィアは化粧台の上へくずれ落ち、最後は床にぐったり倒れ、息をひきとったが、ダフネがわめきながら母親を殴りつけるのをやめたのは、それからずいぶんあとのことだった。

ようやく、ダフネの怒りも消えていった。シルヴィアの死体のそばの床にへたりこみ、泣きはじめた。ジェリーはもう二度ともどってこない。あたしを愛してくれる男はもう二度とあらわれない。あたしも死んでしまいたい、食べものに包みこまれてしまうほど、食べて食べて食べまくりたいと思った。涙にくれたまま、機械のように几帳面な動作で、シルヴィアの左手を持ちあげて口へ運んだ。

スライドショー

The Man Who Loved Life

一九九〇年にアンソロジー *New Chicago Stories* に書き下ろした作品で、その後前出の *Reader, I Murdered Him* の続篇にあたる *Reader, I Murdered Him, Too*（1995）にも収録された。本邦初紹介。

サイモン・ピーター・ドレッサーは長く並んだ何列ものテーブルを壇上から見おろした。誇らしさに心臓が膨らんで喉までせりあがり、右側にすわっている司教に返事をするのもままならなかった。この姿を父に見せることさえできれば……。司教たちに一目置かれ、政治家たちにへつらわれ、称賛に顔を輝かせた何百人もの人々が主賓席の中央にすわった彼を見あげているところを。

イリノイ支部の支部長になるよう頼まれたことをサイモンが父に報告したとき、父親は鼻で笑っただけだった。あれは一九七五年、赤ん坊殺しの連中が最高裁の家族嫌いの連中を丸めこみ、アメリカ全土の女たちに中絶の自由を与えた二年後のことだった。

政治は政治家にまかせておけ。父はそういった。自分の家族の面倒を見るだけで手一杯だろうに、と。そして、サイモンの写真が《ニューズウィーク》誌に載るよりも前に他界した。サイモンが司教主催の集まりで講演を依頼される前に他界した。サイモンが堅固な岩であることを、アメリカにモラルを再生させるための希望を全国のクリスチャンがサイモンという岩の上に打ち建てようとしていることを、父に知ってもらいたかったのに。さあ、サイモン・ピーター、おまえという岩の上にわたしは自分の教会を建てるぞ。父がサイモンを岩に選んだのは長男だったからで、彼が父に服従しなければならなかったのと同様に、弟たちはサイモンへの服従を強いられた。しかし、父はときおり、その選択に疑念を抱いたものだった。父がいまも生きていて、今夜の姿を見てくれていれば……。

このあとに待っている称賛を思い、サイモンの心臓の鼓動がさらに速く、さらに大きくなった。ステーキは厚切りで、彼好みのわずかにピンク色の残った焼き加減だったが、興奮が大きすぎて味はほとんどわからなかった。サイモンは司教に礼儀正しくサワークリームを手渡すと、ちらりとルイーズを見やり、左隣に座っている州議会の議員と話をしていることを確かめた。その男に注意を払うことがいかに重要か、自宅を出る前に、妻にさんざんいいきかせておいた。サイモンがイリノイ州で計画を実行するにはその男がどうしても必要で、いつものように食事のあいだじゅう皿ばかり見つめているようでは困るのだ、と。

ルイーズは夫に見られていることに気づくと、顔を赤らめ、フォークを置いて、食事のパートナーであるその男に唐突になにか口走った。サイモンは小さくかぶりをふったが、今宵の歓喜はなにがあろうとそう簡単に薄れるものではなかった。それに、妻を責めても始まらない──ルイーズはサイモンと違って、大観衆や演説などという場に慣れていない。夫とともに公のイベントに顔を出すことはめったにない。トミーはもう八歳、母親がいなくても平気なのに、ルイーズときたら、子供たちを残して出かけるのは気が進まないのだ。

サイモンはふたたび司教に向きなおり、その高位聖職者がサワークリームについて述べた意見への返事として、今後の方針についての短い講義をしてみせた。

「無論、主として社会的問題といえましょう」サイモンが語りおえたところで、司教はいった。「家庭の崩壊だ。親たちは道徳的権威というものを継承しようとしない。あなたのように家庭を重んじる生き方がじつに少なくなっております。まあ、あなたに申しあげる必要もありますまいが」

「敬意の問題ですね」サイモンはいった。「子供は親を尊敬しないし、親のほうも、子供に敬意を払わせるために努力するわけでもない。あなたやわたしが少年のころは違いました。たとえばわたしの父です。父と話すときには〝イエッサー〟といわなくてはならず、うっかり忘れると、父は二度と忘れることのないよう思い知らせてくれたものです」

司教は微笑むことで丁重な同意を伝え、現代の神学校における教育の退廃について長広舌をふるった。つぎはサイモンがあとを受けて、父がいかにきびしい人であったかを語った。きびしかったが、公平だった。幼いころはときに心を傷つけられもしたが、いまはああいう父親を持ったことを神に感謝している。正しいことと悪いことをはっきり区別し、いかなるたわごとも受けつけない人だった。「違います《ノー・サー》」と答え、上手な言い訳をして父親をうまくごまかしたと思っても、いつもはるかに先手をとられていた。父は材木のように強靭な手をしていた。その手を使うことを恐れなかった。こちらが父に負けないぐらい大きくなっても。父より大きくなってからでさえ。

司教はうなずき、司祭としてはじめて仕えた人物の逸話を披露しにかかった。

サイモンは口をすぼめ、適当な箇所でうなずいておいた。友達に誘われて飲みに出かけたとき、サイモンは十八歳で、ちょうど聖ザビエル神学校で勉強を始める準備をしていた時期だった（イエズス会系の学校へ行くよう、父にいわれていたのだ。イエズス会の人間なら、非行少年が哀れな身の上話をするたびにもらい泣きするようなことはないから、と）。もう一人前なんだから、土曜の夜は自分の好きなようにすごせばいい、とサイモンは思っていた。

つきあいの悪いやつだな、まったくもう。その言葉を口にしたのは、たしかジミーだった。ボビー・リー・アンドリュースと一緒に陸軍に入ろうとしていたジミー。兵士になるのが意味のあることだった時代で、いまのように、議会内の軟弱なリベラルどもが祖国の旗を燃やすよう若者をそそのかしたりはしなかった。そこでサイモンとジミーとボビーはカールとジョーも誘って出かけた。べつべつの道へ進む前の最後の集まりだった。仲間の連中はいつも、サイモンが父親を怖がっているといってからかった。恐怖ではなく敬意だということが、連中にはわからなかったのだ。善悪をわきまえ、それを教えてくれるきびしい男を尊敬するのは当然のことなのに。

ただ、あのときだけは、仲間にからかわれることに耐えられなかった。意志を貫けず、軟弱にも屈服して一緒に出かけてしまった。そして、午前二時、酔っぱらってへらへらしながら、家の裏口から忍びこもうとした。裏口は、母親の手であけたままにしてあった。

サイモンが黙って出かけたことを知り、そっとおりてきて鍵をあけておいたのだろう。母はいつも甘く、いつも弱く、父親のきびしい躾《しつけ》をぶちこわそうとしていた。父が規則を作り、母がそれを破ろうとし、だが、できずにいた。そう、子供たちと同じく、母にもそれは無理だった。食費が十五ドル足りなくなれば、父はそれに気づいた――領収書の合計額を、母に渡す家計費と突きあわせていたからだ。レシートをなくしたなどというんじゃないぞ、マリー。おまえのことなんか信じてないんだから。さあ、その金をどこへやった？　すると母は哀れな声を出し、泣いて嘘をつこうとするが、父はどんなときでもそれを見破った。

母が泣いているのを見るのはおぞましかった――思いだすと、いまだに気分が悪くなる。妻のルイーズには、結婚した年にいいきかせておいた。子供たちの前ではぜったい泣くな、と。少なくとも、おまえの泣き声がわたしの耳に入ることはぜったいないようにしろ、と。

「困ったことに」サイモンは司教にいった。

「怠惰すぎるのか、臆病すぎるのか、男女同権論者やリベラルの連中に抵抗できず、家長としての役割を担おうとしない男が多すぎます。自分のかわりに、政府や学校や他人にやってもらおうとする。そんなことだから、中絶医のところへ行き、他人にわが子を殺させるような女がたくさん出てくるのです。父親や夫たちが、クソ怠慢で――し、失礼しました、猊下――あまりにも怠慢で、彼女たちを管理していないんですよ」

司教はふたたび笑みを浮かべた。人々の悪態はききなれているし、詫びの言葉もききなれていますよ、といいたげに。

サイモンの満ち足りた高揚感は、管理のゆきとどいた自身の家庭へと向けられた。五人の娘のいずれも、父親に口答えをしたことがない。サンドラを除けば、口答えを試みた者さえいなかった。サンドラは長女。だからたぶん、自分は特別だと思っていたのだろうが、もちろん、サイモンはそのばかげた考えを娘の頭から叩きだしてやった。

サンドラが生まれたとき、サイモンはそれを信じなかった。分娩室から出てきた看護師に女の子だと告げられると、この女は間違っている、報せを待っている他の男たちの誰かと自分をとりちがえたのだと確信したものだ。彼の父はひどく落胆していた。落胆しながらも、同時に喜んでいた――サイモンがこの先どうがんばっても、男として父親に敵わないことが証明されたからだ。それから三度の試みを経たのち、ようやく長男が生まれたが、その子はルイーズの身内に似て、痩せっぽちの小柄なできそこないだった。その後、サイモンの父は夫婦に二人目の息子が生まれるのを待たずに他界した。生まれた子はその祖父にちなんでトムと名付けられた。祖父によく似た大柄でたくましい男の子だったが、すでに遅すぎた――ようやく本物の男児を得たのに、サイモンの父がそれを目にすることはなかった。

サイモンは司教のつぎの言葉を聞き逃したことに気づいたが、問題はなかった――何百回もしている会話だから、何も考えなくとも返事はできる。司教という立場にある人物と言葉を交わした初めてのときは、こうはいかなかった。特別礼拝のあとの握手などではなく、向かいあって本当に話をしたのだ。緊張のあまり、出てきたのは小さくきしるような、あの甲高いかすれ声。父に反論しようとするとかならずそうなってしまうので、死ぬほど嫌っていたあの声だった。だが、いまでは、司教たちも自分と同じような男であり、こちらが組織の運営で抱えているのと同様の問題を教区の運営で抱えているのだとわかっていた。ただし、全国的に展開している活動のトップとなった現在、自分はたぶん、教皇のほうに近い存在といっていいだろう。もちろん、司教たちにそんなことはいえないが、おかげで右側の人物に対して少しばかり優越感を持つことができた。そちらは単なる属司教、アシスタント的な存在だ。たぶん二十ばかりの小教区を担当しているのだろう。国全体に対して責任があるのとはわけがちがう。

ウェイトレスがサイモンのカップにコーヒーを注いだ。サイモンは司教からクリームと砂糖を受けとり、たっぷり入れた。ルイーズにも渡してやろうとそちらを向くと、すでに議員から受けとっているのが見えた。あんなに砂糖を入れちゃいけないのに――トミーを産んだあと、体型がまったくもとに戻っていない。だが、妻の抱える問題を案じてこの大切な夜を台無しにするつもりはなかった。

司教がデザートを食べおえたところで、サイモンの心臓がまた幸せな鼓動を打ちはじめた。司教はナプキンを対角線に沿って三度、丁寧に折り畳み、皿とぴったり平行になるようにテーブルに置いた。司会者が食事を終えた人々に食後の祈りの時間ですと伝えるのを待ってから、ゆっくり立ちあがり、祝福を与えた。

サイモンは髭の下に満足げだが控えめな表情をこしらえた。腰をおろした司教に身を寄せて、陽気なちょっとした言葉をかけた。司教がうなずいて軽く笑った。会場にいた全員の目に、サイモンは司教と同等か、ひょっとしたら上の立場かもしれないことが見てとれただろう。

司会者が全員に向かって、ここに集まってサイモンを称えられることを非常に幸せに思いますと告げた。胎児を守る頼もしき闘士……彼のおかげで助かった数知れぬ命……アメリカじゅうの赤ちゃんの無事が保証されるまで、不眠不休で……今宵の特別講演を……しかし、その前にスライドショーが用意されていた――『いのちを守る闘い』。

舞踏室の照明が落とされ、主賓席の背後のステージにスクリーンが下りてきた。サイモンと司教は、そちらを見るために椅子の向きを変えた。ルイーズは一瞬のためらいのなかで、まずサイモンを、つぎに議員を見て、そのあとで同じように椅子を回転させた。

スライドショーはサイモンが部分的に見たことのあるもので、資金集めのイベントに使用されるその部分には、アメリカの首都で開催された歴史ある〝いのちを守る行進〟のあとで大統領と握手をする彼が映っていた。しかし今回は、国内各地のデモ行進やその他主要イベントで撮った一連の写真がこの部分に加えられ、ナレーションが入っていた。今夜の晩餐会に間に合うように、全体が仕上げられたのだ。今後は、いのちを守るためにどう闘うかというテーマで、ハイスクールの生徒や教会のグループの教材として使われる予定になっているが、今夜は彼だけのためにそのベールを脱ごうとしていた。

組織のロゴがスクリーン上に点滅し、厳粛だが陽気な音楽が流れてきた。聖霊をあらわす鳩が、丸くなった無力な胎児の上に翼をひろげている。やがて、彼自身の声が、神学校の四年間でスピーチに磨きをかけ、あの恥ずべきかすれ声を排除すべく学んだ訓練の賜物であるテノールがきこえてきた。ワシントンDCでおこなった演説からの抜粋で、「胎児一人一人の命の尊厳が保障されないかぎり、アメリカ国民は誰一人自由になれないのです」と、集まった支持者に向かって、情感に溢れた温かな口調でサイモンが語りかけている。

演説が流れるあいだ、スクリーンにつぎつぎと写真が映しだされた。横断幕を持ったり、殺された胎児の切り抜き写真を打ちつけた十字架を高々と掲げたりして中絶反対を叫ぶデモ行進の大集団。デモ参加者はみなサイモンに熱い視線を送り、情熱を共有して涙ぐむ者もいる。あれから六年たったいまもなお、自分自身の言葉に耳を傾けるうちに、毎年殺戮される百五十万人もの胎児に代わって激しい怒りを感じ、サイモンはまたしても喉を締めつけられた。サイモンの父に負けないぐらい大きな手が胎児の命を絞りとろうとして降りてくるのだ。十八歳という神学校に入る年齢になってもまだ、自分は父親に立ち向かえるほど大きくなかったのだから、子宮のなかの、手らしい手も持たない無力で哀れな赤ん坊が、どうやってその身を守れるというのだ？

スライドショーはさらにつづき、中絶反対の活動家たちが〝死の収容所〟の外を行進する写真を映しだした。火炎瓶を投げこまれた〝処刑室〟の写真がスクリーンに広がると、聴衆から歓声があがった。ハイスクールの生徒に見せるときは、これを抜いておく必要があるだろうが、弱者も結束すれば力を発揮できることをこの写真が証明している。

カメラがズームインして、少女の顔が大写しになった。彼女の決心を変えさせようとする人々が一列に並んで平和的にピケを張っているそばを、少女が通りすぎて、〝死の収容所〟のひとつに入ろうとしていた。少女の顔は頼りなく、弱気で、怯えていた。

膝の上でサイモンは拳を握りしめた。少女を見つめるうちに、自分自身の母親のことが思いだされた。父がサイモンを殴ると、母の顔にこれと同じ表情が浮かんだものだった。怯えて何もできず、わが子の苦痛を傍観するしかなかった母。やめて、トマス。涙をぼろぼろ流しながら懇願する母。まるで自分が罰せられているかのように母が泣くのは、サイモンにとってきくに堪えないことだったし、そのあとで母が甘ったるく慰めてくれても、癒されることはほとんどなかった。妻のルイーズには、ぜったい泣くなと命じてある。娘のサンドラが父親に口答えしたために、初めて鞭で打たねばならなくなったとき、ルイーズが泣きだしたことがあった。泣きながら彼のそばにきた。弱々しく怯えた態度をとれば、夫が子供に善悪のけじめを教えこむのを阻止できるかのように。二度と泣くんじゃないと、サイモンは妻にはっきりわからせてやった。

そのとき、写真の少女が決心をひるがえしたところが映しだされた。中絶反対派のカウンセラーが、子供を堕ろそうという身勝手な欲求よりも胎児の命のほうを尊重するよう、少女を説き伏せることに成功した。少女がカウンセラーに連れられて反対派のクリニックへ歩いていくところで、聴衆はふたたび歓声をあげた。このクリニックは、胎児の命を尊重して毎週数ドルのカンパをおこなう何万という若者たちの寄付金でまかなわれている。

握りしめていたサイモンの両手がゆるみ、サイモンの思考は自分の番がきたら話すつもりの内容へとさまよっていった。ここ一週間、トロントに飛んで、中絶クリニックの外周警備に立とうとしなかった警官の停職処分に抗議したり、スプリングフィールドで大物議員たちと胎児保護のための数々の議案について会談したりするあいだも、今日のスピーチで何を話そうかと考えつづけていた。ごく自然な口調で、しかし威厳をたたえて、正しい決断のできるリーダーとして人々から仰がれるにふさわしいスピーチをしたかった。

隣でルイーズが息を呑んだ。驚愕したときに思わず洩らす小さな声。サイモンはちらっと妻を見やり、つぎに、妻が凝視しているスクリーンに目を向けた。写真にはディカルブ市の中絶クリニックに土曜ごとに勤勉に押しかけるデモ隊の小集団が映っていた。ひと握りの人々の忠誠が、大集団と同じように殺戮と利己主義に対抗できることを、ナレーションが語っていた――〝重要なのは献身です〟。ライムグリーンのパーカを着てクリニックの入口へつづく小道を歩いていく少女を、中絶反対派のカウンセラーが必死に説得しようとしていた。

写真が替わるたびに、怯えと弱気にうなだれた少女の頭部が大写しになっていく。顔が見えなくとも、それが誰なのか、サイモンにはわかっていた。パーカの色や、うつむいた白いうなじのところで細い茶色の髪が左右に分かれているのを見れば、一目瞭然だ。はらわたが煮えくり返り、喉がひりつき、ささやき声を出すのがやっとだった。

「おまえがやったんだな」サイモンはナレーションの声に紛れてルイーズをなじった。ルイーズは無言で首をふった。「知ってたんだろう。知っていながら、わたしにはひと言もいわなかった」ルイーズは涙を浮かべて、ふたたび首をふるだけだった。うしろを向いてナプキンをとろうとしたが、あわてて向きを変えたため、テーブルにぶつかってグラスを倒し、議員の背中に水をかけてしまった。

アクシデントのせいでヒステリックな叫びをあげそうになるのを、ルイーズは喉の奥で抑えこみながら、まず自分の顔を、つぎに議員の背中を拭こうとした。議員は寛大にもルイーズがドレスの胸もとを拭くのを手伝い、自分の背中が濡れたことは笑い飛ばしたが、サイモンは、一週間もたたないうちに議員が同僚と一緒になって彼を笑いものにするにちがいないと思った――サイモンの話に耳を傾けてなんになる？　自分の妻さえ管理できないやつなのに。

サイモンはルイーズの左腕をつかむなり、妻の頭を自分の口もとにひきよせた。「洗面所へ行ってこい」さっきと同じ低いささやき声で命じた。「いますぐ外に出て、わたしのスピーチが終わるまで戻ってくるんじゃない。わかったな？」

ルイーズは無言で腕をひっこめると、涙声で議員に謝罪したが、ハンドバッグを落としてしまい、議員の膝に口紅とティッシュが散乱した。議員はルイーズの肩を優しく叩いて、気にすることはない、ただのアクシデントなのだから、背中を拭いてくれる必要も、スーツのクリーニング代を出す必要もない、と伝えようとした。ルイーズはこわばったかすかな笑みを議員に返し、よろよろとステージから降りていった。たとえ一カ月前から練習していたとしても、夫をこれ以上辱めることはできなかっただろう。

司教が身を寄せてきて、いかにも心配そうに、奥さんは大丈夫かねと尋ねた。サイモンはどうにか、ゆがんだ笑みをこしらえた。

「大丈夫です。洗面所に行きたかっただけなんです」

だが、こんなことをした妻を殺してやりたかった。勝利の瞬間に破滅をもたらした女を、彼の父親とぐるになって自分を陥れた女を、殺してやりたかった。あの晩、彼は本気で死を覚悟した。あの晩、仲間と出かけ、酔っぱらって帰ってくると、父が野球のバットを手に冷蔵庫の横で待ちかまえていた。

これをおまえに使ってならん理由がひとつでもあるなら、いってみろ、サイモン・ピーター。岩よ。父は吐き捨てるようにいった。いや、砂だ。わたしは砂の上に家を建てた男のようなものだ。そこで、サイモンは父にいおうとした。轟きわたる大声で、「自分は大人の男だ、仲間と出かけたければ出かけてもいいはずだ」といおうとしたが、ようやく口を突いて出たのはいつもの情けない小さなかすれ声だった。つぎの瞬間、父がサイモンを殴っていた。思いきり殴られて、サイモンはそのまま床にのび、小便を洩らした。彼が小便に濡れ、血を流してすすり泣くあいだ、母親も階段のてっぺんに立ったまま泣きつづけ、息子のために懇願するそのかすかな声が遠くからきこえていた。

そして、そのあいだずっと、サンドラのシルエットがスクリーンからサイモンを嘲っていた。「われわれの失敗のひとつは」ナレーションが告げる。「命を選ぶために必要な救いをこの少女に与える力が、われわれになかったことです。しかし、あなたがたの支援があれば、彼女と同じような少女たちを救うことができるのです。そして、この偉大なるわれらの祖国において、あらゆる命の尊厳が守られることになるのです」

フロイトに捧げる決闘

Freud at Thirty Paces

一九九三年に英国推理作家協会（CWA）が刊行したアンソロジー *1st Culprit* に書き下ろした作品。アメリカではミステリ雑誌《アームチェア・ディテクティヴ》（The Armchair Detective）の一九九三年夏号に掲載されている。彼女には珍しいユーモアもの。ちなみに原題は「三十歩でフロイト」といった意味だが、拳銃での決闘の作法から来ているという。日本では《ミステリマガジン》一九九四年十一月号に訳載。

I

ドクター・ウルリッヒ・フォン・フッテンは五番街にある自宅の奥の客間で患者の診療をおこなっていた。一階をすこし改造して専用の廊下が作ってあるので、患者は表の客間も、上の階に通じる階段も通らずに、出入りすることができる。裏手にドアがあり、診察室から、家と七十四丁目を結ぶ歩道に出られるようになっている。この歩道と、ミセス・フォン・フッテンがベゴニアやハーブを栽培している小さな庭を、生け垣がへだてている。

こうした工夫のおかげで、フォン・フッテン一家と患者が顔を合わせることはまったくなかった。それどころか、ドクターに奥さんがいるかどうかすら知らない患者もいた。専用廊下に流れてくるかすかなピアノの音色や、ドクターが客を食事に招いた午後に漂ってくるソース・マデールの香りから、子供（子供たち？）の存在を感じとっている患者もいた。

患者たちはまた、予約時間をきちんと守れば、たがいに顔を合わせなくてもすむようになっていた。入ってきたときとは別のドアから出ていくのだ。フォン・フッテンは待合室は不要という主義だった。診察室の外に小さな肘掛椅子が置いてあるので、不安にさいなまれる患者たちはそこに腰をおろし、診察の準備が整ったことを示すやわらかな黄色いライトがつくのを待てばいいのだ。

カウンセリングがスタートすると同時にメーターがまわりだし、きっかり四十五分後に止まるようになっている。ドクター・フォン・フッテンは床のボタンを押し（それと同時に入口のロックがはずれる）、黄色いライトをつけて、メーターをスタートさせる。六十丁目とマディスン街の角にある美容室や、ウォール街のミーティングからあたふた駆けつける時間にルーズな患者は、ベルリンの偉大なるドクター・L——から受け継がれたみすぼらしいカウチの向こうの革の肘掛椅子に無表情にすわったドクターを見るはめになる。あわてふためいた患者は、荷物や、コートや、ブリーフケースをサイドテーブルに落として、カウチによじのぼる。ドクター・フォン・フッテンはこれ見よがしに沈黙をつづける。きこえる音といえば、遠くの壁についているメーターのかすかなうなりだけ。四十五分後にメーターが止まり、歩道に出るドアのロックが自動的にはずれ、ドクター・フォン・フッテンが初めて口をひらく。「時間がきました。明日二時にまたお目にかかりましょう」あるいは金曜日の九時半に。あるいはそれ以外の時刻に。

ドクター・フォン・フッテンは、患者とは極力口をきかないようにすべしとの主義を奉じる厳格な精神分析医の一派に属していた。患者は医者のことを何ひとつ知らなくていい、転移はすべて一方通行にすべきだというのだ。ドクターはこの主義をおおいに信奉していた。専門雑誌への寄稿に加えて、《ニューヨーク・タイムズ》にも熱のこもったコラムを何度か書き、近ごろの精神分析医は口数が多くて、モーツァルトが好きだの、ベゴニアが嫌いだのと患者たちにしゃべりまくる傾向があると嘆いていた。

ドクター・フォン・フッテンが愛読者の多い新聞紙上で精神分析医仲間を攻撃するはずはない。しかし、ニューヨークの精神分析の世界に住むほとんどの者が、彼の意見が一般に向けたものではないことを知っていた。彼の怒りの矛先が向けられたのは、セントラル・パークの反対側にオフィスをかまえる医者だった。

六十二丁目とセントラル・パーク・ウェストの角で開業しているドクター・ジェイコブ・プフェファーコルンは、カーテンの下がった窓から公園が見渡せる散らかった部屋で診療をおこなっていた。廊下の向かいの小部屋が待合室に変えられて、小説や雑誌がサイドテーブルに乱雑に積み重ねてあった。

プフェファーコルンの家族が待合室に足を踏み入れたり、患者と話をしたりすることは決してなかった。それでも、患者たちはミセス・プフェファーコルンの姿を見かけることがよくあった。騒がしい子供を一人あるいは二人以上ひきつれて、バレエのレッスン、乗馬のレッスン、音楽のレッスン、精神分析医の部屋の壁で時を刻むメーターがもたらす莫大な請求書から授業料の支払いがされている私立学校などへ出かけようとする姿を。

こうした生活の匂いに加えて、患者たちはドクター・プフェファーコルン自身についても、いろいろと知っていた。たとえば、彼はモーツァルトが好きで、ベゴニアが嫌いだとか。患者がそれを知ることが治療にプラスになるのかマイナスになるのかは誰にもわからない――おそらくドクター・フォン・フッテンを除いては誰にも。ほかの精神分析医たちは、ミセス・フォン・フッテンが五番街の家にベゴニアを植えているのはプフェファーコルンの有名な偏見に刺激されたせいではないかと考えている。

この二人の医者は診察室の静寂をめぐる意見の食い違いに加えて、別のことでもライバル意識を燃やしていた。二人とも文学に関する精神分析をするのが趣味だった。つまり、文学作品をもとにして作家の人格を分析するのだ。ドクター・フロイトがその手本を示している。モーゼはヘブライ人ではなくエジプト人だったという彼の異彩を放つ推論は主として聖書の記述にもとづくもので、それを裏づける歴史的証拠はほとんどない。

彼の弟子たちもそれに刺激されて、次々と似たような研究をおこなった。ヴァージニア・ウルフやヘンリー・ジェイムズのような、自分の作品を説明する文献を大量に残している作家を研究する者もいた。アウグスティヌスのような、作品以外には客観的な証拠をまったく残していない著述家に目を向けるほうが好きな者もいた。文学を分析するこれらの医師たちは歴史の研究などろくにしなくても、エディプス・コンプレックスから生まれるインポテンツやその他もろもろの、五世紀の聖者が持っていた知られざる特徴をあばきだすことによって、精神分析の世界でめざましい偉業をなしとげることができるのだ。

ドクター・プフェファーコルンはこれまでに、トマス・ア・ケンピス（ドイツの聖職者、著述家）、ニューマン枢機卿、エミリ・ディキンソンの分析をおこなってきた。フォン・フッテンの最大の努力は『無知の暗雲』の無名作家に捧げられてきた。どちらもたがいの研究には洟《はな》もひっかけなかった。ところが困ったことに、一九八〇年に、情熱を捧げる研究対象として同じ作家を選んでしまった。

カーディフの聖ジュリエット（？一一四九‐一二〇三）はラテン語とウェールズ語の混ざりあった読みにくい文体で、無数の神秘主義的な著書を残している。聖女自身の人生についてはほとんど知られていない。トレント公会議につづいて教会が人気とりのためにおこなった聖人誕生の大ラッシュのなかで、彼女も一五六〇年に、出産後の出血に悩む女性たちに奇跡をもたらしたということで、聖人の仲間入りをした。

ジュリエットの著書のうち現代語に訳されているのは、瞑想、法悦、祈りに関する三冊である。ここに書かれている事柄から、医師たちは彼女の人生について多くの発見ができるというわけだ。

ドクター・プフェファーコルンはジュリエットの著作から、彼女はもともとヘンリー二世の寵姫で、ときたま忘れたころに妻らしいふるまいをする王妃エリナーに国王との仲を裂かれたのち、尼僧院に入ったのだという結論に達した。ジュリエットの母親はこの聖女の幼いころに他界している。ジュリエットを溺愛していた父親は資産家で、十二世紀にはごく少数の男にしか与えられず、ましてや女ではとうてい望めるはずもなかった教育を、彼女に与えてくれた。そして彼女を宮廷に送りこんだ。ドクター・プフェファーコルンは父親と娘が近親相姦の関係にあったのではないかと推測したが、そのあたりの記述はあいまいだと感じていた。ジュリエットは晩年になって、カーディフの聖アン尼僧院に入っている。彼女が述べる法悦とは、神学的な言葉遣いでごまかしてはいるが、主としてヘンリー二世との肉体関係を賛美するものであった。

だがドクター・フォン・フッテンの意見によれば、ジュリエットの著作は彼女が死ぬまで処女だったことを論争の余地なく証明しているとのことだった。生まれ落ちると同時にカーディフの聖母マリア聖心尼僧院にその身を捧げることとなった彼女は、尼僧院への持参金も作れない貧しい家の出であった。それゆえ、尼僧院のために身を粉にして働き、礼拝堂の祭壇に鎖でつないである重い聖書の掃除をしながら書くことを学んだ。ラテン語がまったく話せなかったため、彼女の書いたものには、母国語のウェールズ語と、こっそり読んだ聖書から習い覚えたラテン語が混じりあっていた。法悦をあらわす表現の数々は、本人も気づいていない性衝動が昇華されて生まれたものである。ウェールズの女たちが彼女には産後の出血を止める力があったと信じている事実こそ、彼女が処女だったことを示す世俗的な証拠といえよう。

隔月刊の《精神分析学から見た文学批評》の冬の号に、ドクター・プフェファーコルンとドクター・フォン・フッテンの論文が並べて掲載され、戦いの幕が切って落とされた。

ドクター・プフェファーコルンが研究テーマにジュリエットを選んだことは、共通の友人の口からすでにドクター・フォン・フッテンの耳に入っていたが、ドクター・フォン・フッテンはプフェファーコルンの愚かしさにげんなりした。誰が見ても不感症とわかる症例なのに、なぜあの男は気づかないのか。国王と、卑しい身分だったことが歴然としている庶民が肉体関係を持っていたなどと、よくも軽々しく書けたものだ。

フォン・フッテンは怒り狂った。自分の患者たちが訴えてくる不能の恐怖、世間からつまはじきされる恐怖、不感症の恐怖などに耳を傾けるのに苦労した。一分また一分と数えるうちに、ようやくメーターが止まって一日の終わりを告げ、ドクター・プフェファーコルンに一矢報いる仕事にとりかかることができるのだった。ベゴニアが大嫌いだと患者たちに話した男は、何をやらかすかわからないやつだが、いくらなんでも今度のことはひどすぎる。フォン・フッテンが編集者あてに書いた手紙には、プフェファーコルンの研究と医療の両方における大きな欠点がいくつも述べてあった。

セントラル・パークの反対側の六十二丁目では、ドクター・プフェファーコルンも負けず劣らず怒り狂っていた。フォン・フッテンときたら頭がコチコチで（これはおむつをはずすのが早すぎたのと、彼が病的に去勢を恐れているせいにちがいない）、ジュリエットの人生にお粗末きわまりない解釈を加えている。自分のなかの神経症的な部分を克服できた男なら、彼女が申し分なく満たされた性生活を送っていた女であることを疑いはしないだろう。

一日の診療が終わると、プフェファーコルンはメーターを切り、ザウアーブラーテンとポテトを書斎に持ってくるよう妻に命じてから、フォン・フッテンへの痛烈な攻撃にとりかかるのだった。彼の手紙には、フォン・フッテンの分析のお粗末さ、自分勝手な空想とその目で読んだものを区別する能力の欠如、フォン・フッテンの論文の要点に対する一行ごとの細かい反駁などがつづられていった。

二人の手紙は《精神分析学から見た文学批評》の二月号に掲載された。フォン・フッテンはインポテンツと投射を非難する手紙を読んでムカッとしたが、同じくその批判を読んだ妻には、それらしきそぶりすら見せなかった。

プフェファーコルンのほうはどうかというと、彼の分析方法も外見に劣らずだらしがないとの批判にカッとなって、論争の輪を広げることにした。コロンビア大学でイングランド中世史を教えているウォルター・レイダーホーゼンと、ニューヨーク大学のマーク・アントワープに応援を求めた。

あとでわかったことだが、二人とも聖ジュリエットに関しては門外漢だった。彼女が書いた中世のウェールズ語とラテン語混じりの文章が読めなかった。二人はそれぞれに、十二世紀のイングランドに関する長ったらしい論文を書きあげた。アントワープはジュリエットが処女かどうだったかという問題を避けて通った。しかしながら、ヘンリー二世がジュリエットと出会う可能性のあった時期にカーディフを何度か訪れていることを証明した。また、ヘンリー二世の女性関係や、王妃との不仲についても、豊富な意見を持っていた。レイダーホーゼンは十二世紀の政治に重点を置き、とくに、ヘンリー二世がイングランドの領地をめったに訪れなかったことを述べたが、プフェファーコルンはこれをおおいに不満に思った。聖女に出会うきっかけとなる領地めぐりをしなかったのなら、どうして彼女の胸に情熱の炎をかき立てることができよう。そこで彼はコロンビア大学教授の説をしりぞけて、もともとの論文と、相手に反駁する手紙と、アントワープ教授の長ったらしいエッセイをのせた薄いパンフレットを作成した。

プフェファーコルンはパンフレットの最後のところで、アントワープの主張と自分の主張を結びつける意見をざっと述べた。これらは《目の鏡》と題された小冊子として出版され、精神分析国際学会の夏の集まりで配布された。序文のなかで、プフェファーコルンは、精神分析医が世の中をゆがんだ目で見ていると、その医師の著作のなかにゆがみが映しだされるものだと説明した。そのあと、フォン・フッテンの性心理的な種々の疾患に対して彼自身が下した診断や、カーディフの聖ジュリエットをめぐるフォン・フッテンの著作にそうした病気がいかに投射されているかといったことを、こと細かに述べていった。

小冊子を見た瞬間、フォン・フッテンは言葉を失った。一日早く学会をあとにして、飛行機でマンハッタンにもどり、エール大学で歴史を教えている昔の同僚に相談した。レイダーホーゼンやアントワープと同じく、ルドルフ・ナーもジュリエットの著作を読んだことがなかった。しかしながら、歴史に適用される分析テクニックについて四十ページにわたってうんちくを傾け、中世の不感症と昇華というテーマにかなりのページをさいた。

このエッセイをフォン・フッテンは大喜びした。《精神分析学から見た文学批評》に掲載された自分の論文も加え、《手の鏡》と題した小冊子にして出版した。説得力のある序文のなかで、プフェファーコルンの詐欺まがいの分析方法を暴きたてた。プフェファーコルンは彼自身の抱えている神経症的な問題が未解決なため、患者と交流するときも、つい自分が中心になりたがるのだと主張した。自我が強いために患者を脇へ押しやってしまうのだ。彼は診察室で起きることにおのれの欲望と不安を投射している。プフェファーコルンの文学研究を見れば、彼が患者の思考のなかへ入りこんでいることがはっきりわかる。つまりは、彼の手がカンバスをおおっているのだ。

《手の鏡》が出版されたのは、ニューヨーク精神分析学協会の十二月の例会と同じ時期だった。プフェファーコルンが怒り狂い、しかもそれを隠そうともしなかったのに対して、ほかの精神分析医たちは喜びあった。〈青年期すぎの転移神経症に見られる未分化のナルシシズム〉とか、その他の学究的なテーマに終始するいつもの学会に比べて、なんと歓迎すべき変化だろう。

　ニューヨークの精神分析医のあいだに、次から次へと双方の支持者があらわれた。プフェファーコルンをもっとも声高に支持したのはエヴァラード・ディリジブルだった。ほどなく、カルロス・マッギリカティがフォン・フッテンの一派を率いるようになった。

　戦いの初期の段階でディリジブルがまず大手柄を立てた。聖ジュリエットの著作を、なんとまあ原文で読める学者を、シカゴ大学で見つけだしたのだ。その学者バーナード・メイルディクトは嬉々として戦いに加わった。彼は精神分析のテクニックも専門用語も知らなかったが、それでもなお、ジュリエットのセックスに関して語るべきことを数多く見いだした。

　メイルディクトはフォン・フッテンの主張をしりぞけた。ジュリエットの著作はどう見ても不感症説を裏づけるものではないというのだった。ヘンリー二世との情事については、あまりはっきりとは述べなかった（ほかの誰とのどんな情事についてもだが）。かわりに中世のセックスについて論じて、尼僧院に入るのは経済的理由からの場合が多く、セックスとはまったく無関係だったという説明をした。それに加えて、当時は処女というものが今日《こんにち》ほど尊重されておらず、尼僧院では独身を通すことが建前ではあったが、過ちをおかしても、さほどショックを受ける者もいなかった。

メイルディクトの論文が《精神分析学から見た文学批評》と《中世史ジャーナル》に同時に掲載されたのち、フォン・フッテンとマッギリカティは口から泡を吹かんばかりに怒り狂った。マッギリカティは自分が何をなすべきかはっきり見きわめた。オクスフォードのユニヴァーシティ・カレッジで聖ジュリエットを研究しているもう一人の学者を見つけだした。ロバート・プフェルトリーバーはジュリエットの主な著書である『聖堂の前のヴェール』の翻訳と分析に、その半生を捧げてきた学者だった。自分の意見をもっと多くの人々に披露できるチャンスに、大喜びで飛びついた。プフェファーコルン対フォン・フッテンのもともとの論争には触れないで、メイルディクトの研究のすべてに痛烈な非難を浴びせた。彼のその論文が、アメリカはもちろんのこと、ヨーロッパも含めて、精神分析関係の主だった出版物のすべてにしかるべき論評つきで掲載されるよう、フォン・フッテンが手をまわした。

いまやプフェファーコルンはこの論争にエネルギーを消耗しつくし、新しい患者をすべてことわる有様だった。捻出できる時間は残らずフォン・フッテンとの戦いに向けられた。彼は長い夜をフロイトの文献とともにすごし、自分の分析テクニックの正しさを示す証拠を、偉大なる師の言葉から見つけだそうとした。

ミセス・プフェファーコルンは不安になってきた。プフェファーコルン家の長男はハーヴァード・メディカル・スクールに入ったばかりだし、末っ子は金のかかる歯列矯正を受けはじめたところだ。しかも長男と末っ子のあいだに、金食い虫の子供たちが三人もいる。夫は何をいいだすだろう――アーミンに馬をあきらめさせる？　ジョドプアにフェラーリを売れという？　夫の患者が減ったとしても、彼女に思いつける節約法はこれぐらいなものだった。夫とフォン・フッテンとの論争については、軽蔑的に手を振ってしりぞけるだけだった――いい大人がみっともない。小さな批判ぐらい知らん顔で聞き流しておけばいいのに。

公園の反対側では、フォン・フッテンがもうすこし自制心を保っていた――すくなくとも表面上は。いつもどおり週に六十回のカウンセリングをつづけていた。しかし、診察室での彼の注意は散漫になりはじめていた。自分が一言もしゃべらないで、人の話に注意を集中するのはむずかしい。彼も、P――氏の母親への憎悪に耳を傾けていたつもりがふと気づくと、J――夫人の性的な空想をきかされていたりするのだった。

フォン・フッテンは長年にわたって、診察室で完璧な自制心を保ち、カウンセリングに没頭できる自分を誇りにしてきた。おのれに課した厳格な基準が維持できなくなったことについては、プフェファーコルンを非難するしかなかった。プフェファーコルンへの怒りは憎悪に変わり、起きている時間の大半と睡眠時間のかなりの部分がその憎悪に占領されるようになった。彼は骨の髄からの精神分析医だったので、父親が野球のバットを持って向かってくる夢は、長いあいだ埋もれていた記憶がプフェファーコルンの攻撃に刺激されてよみがえったからだと分析したが、それを知ったところで彼の怒りがおさまるわけではなかった。

昼食の時間には、午前中のカウンセリングのあいだ彼の心を占めていたプフェファーコルンを殺すという空想はあくまで空想にすぎず、問題の解決にはなりえないことを悟っていた。しかし、にっくき精神分析医への怒りはつのるばかりだ。プフェファーコルンのおかげで、患者の深刻な訴えに耳を貸すかわりに、彼を殺したいと考えて午前中がつぶれてしまった。いつものフォン・フッテンは自制心をそなえた、誰の助けも必要としない人間だったが、とうとう妻に苦悩を打ち明けた。

ミセス・フォン・フッテンはポーチド・サーモンとグリーン・サラダを夫の前に置きながら、完璧に形を整えた眉をつりあげた。「彼を殺しても問題の解決にはならないと思うわ、ウルリッヒ」威厳たっぷりにいった。「殺したって、彼に負けたという思いは消えなくてよ」

「わかっている！」フォン・フッテンはこぶしでテーブルを叩いて、いまにも金切り声をあげそうになった。「昼食がすんだら、いまいましいベゴニアを全部ひっこ抜いておけ。もう一本たりとも見たくない」

ミセス・フォン・フッテンは夫のもっと重大な、あるいは些細な命令を長年にわたって無視してきたのと同じ悠然たる態度で、この命令を聞き流した。しかし、昼食のあと、彼女自身の豊かな知性をフォン・フッテン対プフェファーコルンの論争に向けることにした。夫の書斎のファイル・キャビネットからプフェファーコルンのファイルを抜きだした。書簡類と論文とで、すでに一個半の引出しが埋まっていた。

五時に屋内電話でメイドを呼びだし、ディナーの席には出ないと告げた――〝ビルギッタ、あなたからドクターに伝えておいてね〟。残りのファイルを持って自分の化粧室に行き、ドアをロックして、翌日の夜明け近くまでファイルに目を通す作業をつづけた。

ミセス・フォン・フッテンというのは、頭のなかに自分で時計をセットし、それに合わせて目をさますという、厳格な自己管理ができる人々の一人だった。六時間の睡眠をとるために横になり、十時に起きた。外はどしゃ降りだったにもかかわらず、徒歩でセントラル・パークを抜けて六十二丁目に向かった。きびきびした歩調だったが、そう急ぎはしなかった。正午には五番街の自宅にもどり、鶏の胸肉の薄切りと、蒸した野菜を夫の前に運んでいた。

II

メーターが止まって一日の診療の終わりを告げたところで、ドクター・フォン・フッテンは二、三のカルテの記入をおこなった。しかめっ面で奥の窓辺に立ち、うつろな目でびしょ濡れのベゴニアを長いあいだながめているうちに、大きなノックではっと我にかえった。患者が傘でも忘れていったにちがいない。もっとも、サイドテーブルには何ものっていなかったが。のろのろした足どりでドアまで行った。

「きみ!」思わずあえいだ。

ドクター・プフェファーコルンがマットの上で傘のしずくを払い、かさばるトレンチコートを脱ごうとしていた。「そうだ、フォン・フッテン。あんたに直接会うべきだと妻に説得されたんだ。この問題にケリをつけようじゃないか。われわれはニューヨークの精神分析医のあいだで、いい笑いものになってるんだぞ」

「きみはそうかもしれん」フォン・フッテンは冷たくいった。「きみの考えはばかげていて、きくに耐えない。だが、わたしのほうは人に笑われた覚えなどない」

「それはだな、親愛なるフォン・フッテン君、あんたがあまりに自己本位で、ほかの人間のいうことなど耳に入らないからだ」この家の主人が自分を通そうともしないのを見て、プフェファーコルンは彼を押しのけるようにしてなかに入り、医師の椅子と向きあった肘掛椅子に腰をおろした。「ほう、ここがそもそもの始まりの場所ってわけだ。味もそっけもない部屋――いかにも、きみが奉じている味もそっけもない時代遅れの考え方にふさわしい」

フォン・フッテンはもうすこしで歯ぎしりするところだった。「わたしはきみの診察室を見る必要もない。きみの考え方と同じく、だらしないに決まっている。カーディフのジュリエットをめぐる、きみのいわゆる研究と同じようにな」

プフェファーコルンは眉をしかめた。妻に説得されて、気が進まないのに、こうしてわざわざ出かけてきたのだ。その結果を見るがいい。残されたのは屈辱のみだ。

「いいか、フォン・フッテン。誰もが知っていることだが、カーディフの聖ジュリエットに関するあんたの意見は、いわゆる精神分析法と同じく時代遅れだ。しかし、意見は合わずとも、とにかく仲直りしよう。この学術論争をエスカレートさせるわけにはいかない。わたしの――いや、われわれの――診療時間が大幅につぶれてしまう」

フォン・フッテンは危うく息を詰まらせるところだった。「きみが厚かましくも精神分析医と自称しているのは、フロイトの名声を汚すものだ。仲直りだと！　きみと！　精神分析という職業をそこまでおとしめる気にはなれないね」

「おとしめるだと！」プフェファーコルンが椅子から飛びあがってわめいた。「きみはニューヨーク州の医師会から除名されるべきだ！　除名？　わたしは何をいってるんだ！

きみのような男は、狂人であることを立証した上で、罪なき弱い者たちを二度と傷つけることのできない場所に監禁すべきなんだ」

フォン・フッテンが彼に飛びかかり、その肩をつかんだ。「いまの言葉を撤回しろ、薄汚い虫けらめ」

ドクター・プフェファーコルンも相手に劣らず怒り狂っていた上に、体重のほうは七十五ポンドも重いので、フォン・フッテンの手を振り払い、彼を床に押さえこんだ。「やれるものならやってみろ、ドクター・フォン・フッテン。時間と場所はそちらにまかせる。武器もそっちで選んでくれ。この瞬間を後悔することになるからな」

彼は雨の雫の垂れるトレンチコートを拾いあげて、大股で部屋を出ると、背後のドアをしめた。

Ⅲ

決闘の朝は快晴だった。五時半に、ドクター・フォン・フッテンは五番街の自宅からこっそり抜けだした。万一もどれなかった場合にそなえて、一部始終を記した妻あてのメモを書斎のテーブルに置いてきた。べつに自分が負けると思っているわけではなかった。週末をずっと練習にあてたおかげで、いまや自信満々だった。

彼の介添人をつとめるマッギリカティが武器を手にして、七十二丁目からセントラル・パークに通じる入口で彼を待っていた。

「調子はいかがです、ドクター」マッギリカティがうやうやしく尋ねた。

「上々だ。あのニセ医者をさっさと片づけてしまおう」

「それがいい。〈ピエール〉へ七時半に朝食の予約を入れておきました。シャンパンで祝杯をあげましょう」

二人が動物園の裏の木立に着くと、プフェファーコルンとディリジブルが先にきて待っていた。プフェファーコルンはハムサンドウィッチをかじり、魔法瓶のコーヒーを飲みながら、口に食べものを詰めこんだまま議論している。見苦しい――フォン・フッテンは思った。やはりこいつのキャリアに終止符を打つ潮時だ。

武器がたいそう重かったので、介添人たちは決闘の作法を破って、たがいに敵の分まで抱えて決闘場所に運んでいった。ディリジブルはマッギリカティを見るなり、大仰な身振りでしゃべっているプフェファーコルンに「ちょっと失礼」とことわって、すこし離れた場所へ相手の介添人を差し招いた。

「スタンダード版の二十四巻、全部持ってきたかい？」

マッギリカティはうなずいた。この瞬間の荘厳な雰囲気を、ディリジブルに劣らず意識していた。厳粛な面持ちで、目の前の芝生に二組の『ジグムント・フロイト全著作集』をならべて、一冊ずつあらため、ページを広げて落丁がないか確認した。この作業が終わったところで、決闘者のところにもどり、その二人を呼びよせた。

「紳士諸君——ドクター諸君」ディリジブルが神経質に咳払いした。「決闘の作法によると、あなたがたが致命的な打撃をこうむることなく和解できるよう、最後にもう一度努力すべしとされています。考えてくれませんか——奥さんと、患者と、精神分析にたずさわる者全員の名誉のために——意見の相違は水に流してくれませんか」

フォン・フッテンが冷たくいった。「わたしはこのニセ医者が、この詐欺師が、医者の資格を剝奪されるのを見にきたのだ」

プフェファーコルンが鼻を鳴らした。「こんな男と握手するぐらいなら、防腐処置をほどこしたカラスガレイにさわったほうがまだましだ。ああ、ずっとましだよ。カラスガレイのほうがまだしも生気がある」

マッギリカティも嘆願してみたが、結果は同じく失敗だった。ついに彼はいった。「紳士諸君、どうしてもというなら、始めましょう。ルールはご存じですね。撃つのはそれぞれ一発ずつ。相手が倒れなければ、もう一度撃ちます」

ディリジブルとマッギリカティが背中合わせに立った。それぞれが十五歩ずつ前に進んだ。フォン・フッテンとプフェファーコルンが自分の介添人の横にきて立ち、介添人は決闘場の中央に移動した。

ドクター・ディリジブルが白いハンカチを掲げた。それがひらりと地面に落ちると同時に、ドクター・プフェファーコルンがわめき声をあげた。「あんたは去勢コンプレックスにとらわれてるんだ、フォン・フッテン。だから、意味のある逆転移をしようとしてもできないのさ！」

フォン・フッテンはすくみあがったが、倒れはしなかった。「きみこそ未分化のナルシシズムにとらわれていて、それが退行コンプレックスにつながり、患者と部外者の区別もつけられない状態を招いているのだ」

プフェファーコルンは介添人のうなずきを待たずに、猛烈な勢いでわめきちらした。「あんたはな、肉体面でも心理面でもインポテンツなんだ。あんたの批判は無能な頭から生まれている。あれほど大勢の患者に被害を与えたりしてなきゃ、その無能ぶりもほほえましいが」

わめき声を耳にして、セントラル・パークをパトロール中の警官がゆっくり近づいてきた。口出ししていいものかどうか測りかねて、困惑の表情で立ち止まった。

「なんの騒ぎです？」ようやく介添人たちに尋ねた。

「決闘ですよ」マッギリカティが短く答えた。「三十歩離れてフロイト論争をするんです」

警官はからかわれているのかどうかわからなくて、あいまいな表情で眉をひそめた。

「ところで、この男たちは何者なんだ？」

「精神分析医です」決闘場の動きに目を据えたまま、ディリジブルが答えた。「根本的な理論の相違に決着をつけようとしているのです」

「ほう、精神分析医か」警官はうなずいた。「それなら妙なふるまいをするのも無理はない」この結論を裏づけるために一人でさらに何度かうなずいてから、夜のあいだに池に落ちた者がいないかたしかめようと、池のほうへ歩み去った。

さて一方、決闘場では、論争の中身が精神分析から離れて個人攻撃に移っていった。ディリジブルとマッギリカティの両方が割って入ろうとした。

「紳士諸君、落ち着いて。話がフロイトからそれています」それぞれに決闘者を説得しようとしたが、二人は耳を貸しもしなかった。それどころか、邪魔されたことに腹を立てて、プフェファーコルンがディリジブルを殴り倒してしまった。

「おまけに、あんたの母親ときたら！　あんた、マザコンなんだろ？　冷血漢になったのも無理ないな。あんな女とベッドに入ってるとこを想像してみろ——どんな子供だって、トラウマを抱えこむに決まってるさ」

「そっちこそ！」フォン・フッテンが金切り声をあげた。「いまだに乳離れしてないくせに！　患者を相手に、幼いころの体験を再現しようとしつづけてる——ぼくのママになって——ぼくを支えて——ぼくを愛して！」

　この嘲りをきいて、プフェファーコルンは脇に積まれた本の山から『夢判断』をつかむなり、フォン・フッテンに向かって突進した。敵にその本を投げつけた。本はフォン・フッテンの左目の下に命中した。血が頬をしたたり、しみひとつないワイシャツの胸に落ちた。彼はそれを無視した。地面から『日常生活における精神病理』をつかんで、プフェファーコルンの鼻を殴りつけた。

　プフェファーコルンも血を流しはじめた。手近に『機知——その無意識との関係』があった。それを左肩に叩きつけた。フォン・フッテンは『人間モーゼと一神教』でそれ以上の成功をおさめた——プフェファーコルンの耳もとをかすめたのだ。

　マッギリカティとディリジブルは二人をひきはなそうと、むなしい努力をした。結局は失敗に終わったので、フロイトの本を手早くかき集めて、二人の手の届かないところへ運び去った。精神分析医たちはすぐさま、たがいの喉に飛びかかった。

「ごろつき！　詐欺師！」フォン・フッテンがプフェファーコルンの耳を嚙もうとしながら、ぜいぜい叫んだ。

「ニセ医者！　とんま！」プフェファーコルンがわめいて、フォン・フッテンのみぞおちを蹴った。

　体格ではプフェファーコルンがはるかに上だったが、フォン・フッテンも怒りに駆られて超人的パワーを発揮した。相手に近づいてとどめの一撃を加えることは、どちらもできなかった。

マッギリカティとディリジブルは手をもみしぼって苦悩するばかりだった。どうすれば、ニューヨーク精神分析学協会の大物二人が世間の笑いものになるのを防げるだろう。いや、それどころか、どちらかが相手をぶちのめして大怪我を負わせたらどうなるだろう。異常に興奮して汗をかいているプフェファーコルンが、心臓発作を起こしでもしたらどうなるのだ。

彼らは神経をぴりぴりさせながら、さっきの警官を捜しにいって喧嘩を止めてもらおうかと相談しあった。だが、警官が医者たちを逮捕したらどうする？　そんなことが世間に知れたら、精神分析医学界がどれだけ被害をこうむることやら。彼らが興奮の面持ちで話しあっている最中に、ミセス・フォン・フッテンがセントラル・パークに姿をあらわした。目ざとく夫を見つけて、朝の陽射しのなかに金色の髪をまばゆくきらめかせながら、介添人に近づいてきた。

「なぜこんな茶番を長々とやらせているの？」

「フォン・フッテンの奥さん！」マッギリカティがあえいだ。「わたしは——あの、奥さんはご覧にならないほうが……。何しにいらしたのです？」

「書斎に、夫からわたしにあてたメモが置いてあったの。朝食の席に夫が顔を見せないので、当然のなりゆきとして、書斎へ夫を捜しに行き、このメモを見つけたのよ。セントラル・パークで決闘！　大人が四人——いい年をして——こんなことにうつつを抜かすなんて信じられないわ」

彼女は肩で息をしている決闘者たちのほうへ行った。「ウルリッヒ！　ドクター・プフェファーコルン！　ただちに中止してください。お二人とも世間のいい笑いものよ」

彼女の声は低いトーンだが、よく通った。二人の精神分析医はただちに離れた。ドクター・フォン・フッテンはネクタイを直そうとした。

「ヴェラ！　何しにきたんだ」

「それよりも、ウルリッヒ、あなたこそ何してらっしゃるの？　ドクター・プフェファーコルンとのこの決闘の目的は何なの？　わたしが三週間前にミセス・プフェファーコルンと話をしたのは、お二人に問題を解決してもらいたいと思ったからよ。けだものみたいな余興をやってもらうためではないわ」

「この——この男、精神分析医だと自称しておる」フォン・フッテンが歯をぎりぎりいわせながらわめいた。「しかし、フロイトの教えを茶化しておる。こんなやつと話しあっても無駄なだけだ」

ドクター・プフェファーコルンは脇にどいて、鼻と口の周囲にこびりついた血を落とそうとしていた。いまの言葉をきいて振り向いた。「おたくのご主人は未分化の去勢コンプレックスとインポテンツの恐怖を抱えこんでいるため、ニューヨークの住民にとって脅威のタネですぞ」

ミセス・フォン・フッテンは手袋をはめた手をあげた。「論争を蒸しかえすのはおやめになって。わたくし、カーディフのジュリエットのファイルに目を通して、あなたがたが過去二年間にぶつけあってきた非難を充分に理解しております。ひとつご注意申しあげなくては――ミセス・プフェファーコルンも全面的に同意してくださってますけど――あなたがた、このカーディフのジュリエットにとりつかれて、診療がおろそかになってますわよ。文学批評はもうおやめなさい。二人ともその方面の才能はないんだから」

二人の男は息を止めた。ドクター・プフェファーコルンは妻が公園のなかを自分たちのほうへ近づいてくるのに気づいた。妻がそばにくるまで待ってから叫んだ。「文学批評を理解していないだと！　コーディリア――おまえ、まさか、この知的な重大問題を、ここにおられるミセス・フォン・フッテンと議論したというんじゃあるまいな。まったく――もっとましな時間の使い方がいくらもあるというのに」

「したわ」ミセス・プフェファーコルンはそっけなく答えた。「カーディフのジュリエットのことを調べるのに時間をとられて、ほんとに大変だった。でも、ヴェラと二人で、ジュリエットに関するあなたたち二人のファイルにじっくり目を通したわ。聖女が書いたものも読んでみた。そして、あなたたちも、シカゴやオクスフォードの博学な先生たちも、的《まと》はずれな主張ばかりしていることに気づいたの。お願いだから、精神分析の仕事にもどってちょうだい――それなら二人ともすこしは心得があるんだから。診療方法はちがっていてもね――聖ジュリエットのことは専門家に委ねるべきよ」

最初に口がきけるようになったのはフォン・フッテンだった。「ミセス・プフェファーコルンはご自分が何をいっているのかわかっていないらしい。わたしの分析が明確に立証しているように――」

「はいはい、あなた」なだめるような口調でミセス・フォン・フッテンが夫を黙らせた。

「あなたはある先入観にとらわれ、その答を『聖堂の前のヴェール』のなかに見いだした。ドクター・プフェファーコルン、あなたも同じことをなさったのよ」

「そうよ、ジェイコブ」ミセス・プフェファーコルンがいった。「ヴェラとわたしで、聖ジュリエットは実在の人物じゃなかったことを発見したわ。彼女のものとされている著作はね、カーディフの聖母マリア尼僧院で百年ほどにわたって書きためられたものなの。一二〇三年から始まってね――ヘンリー二世の死後かなりたってからよ」

決闘者たちは一瞬沈黙した。そのあとで、ドクター・フォン・フッテンがよそよそしくいった。「本当に？」

「もちろんですとも」彼の妻が自信たっぷりに答えた。「文体だけじゃなくて、記述内容そのものにも、強力な証拠がいくつも見受けられるわ。あなたもお気づきでしょうけど、どの本も後半はすべてラテン語で、前半はウェールズ語とラテン語混じりで書かれている。最後の部分は平和な時代に、学術的なラテン語を学ぶ余暇に恵まれた女性たちが書いたもの――そして、最初のほうは、ジョン王と家臣たちをとりまく動乱の時代に書かれたものよ。もちろん、ほかにも無数の証拠があるわ。よかったら、家に帰ってからくわしく見ていきましょう」

「いや、遠慮しておく」フォン・フッテンが冷たく答えた。「そんな暇はなさそうだ」

彼とプフェファーコルンは自分たちの妻をにらみつけた。「人格の昇華・統合に失敗した例だ」フォン・フッテンがつぶやいた。

「父親離れが完全にできていないと、内面の人格統合がうまく行かないのだ」プフェファーコルンが不機嫌な顔でつけくわえた。

二人は顔を見あわせた。フォン・フッテンがいった。「フロイトの言葉はまさに真実だ。――女性は決して自分自身を理解しない。なぜなら、彼女自身が問題だからだ」彼は腫れた左目も、血染めのワイシャツも、破れたジャケットも無視して、カフスをたくしあげ、腕時計を見た。「ヴェラ、午前中の患者に電話をして、予約スケジュールを組みなおしてくれないか。わたしは〈ピエール〉へ朝食に行くから。一緒にどうだね、プフェファーコルン」

妻たちは夫たちが連れだって公園を出ていき、フロイトの著作集を抱えた介添人がそのあとを追うのを見送った。

ミセス・プフェファーコルンが表情をゆるめた。「みごとな演技だったわ、ヴェラ。でも、もし――」

「もし、夫たちが聖ジュリエットの著作に関して詳細な評論を求めてきて、複数の人間による著作であることをわたしたちがどうやって見抜いたかを探ろうとしたら、どうしようっていうんでしょ。するわけないわ。あの人たちは途方に暮れてるだけ……朝食といえば、わたしもまだだったわ。プラザホテルでシャンパンでもいかが？」

偉大なるテツジ

The Great Tetsuji

前出「フロイトに捧げる決闘」と同じく英国推理作家協会（CWA）のアンソロジーのための書き下ろし作品。一九九四年の *3rd Culprit* に収録。囲碁を扱った作品には、他に「高目定石」（『ヴィク・ストーリーズ』に収録）があるが、彼女の夫君のコートニー＝ライト氏は実際に囲碁を嗜む。本邦初紹介。

昔々、大都会の真ん中に一人の哲学者が住んでいた。寡黙な男で、論理というルールをきっちり守って生きていた。あるとき、人生でもっとも価値あるものはなんだと思うかと、友人が彼に尋ねた。哲学者は、「わたしにとっては、自然が理にかなったものであることが何よりの慰めだ」と答えた。マーカスという名のその哲学者は、日々の暮らしのなかで訪れるものを、苦しみであろうが、喜びであろうが、平等に受け入れていた。人生のあらゆる出来事はすべて自然からもたらされる、と考えていた。いいことがあれば喜び、悪いことがあれば悲しむ。しかし、彼個人に向けられたものとして受け止めたことはなかった。なぜなら、自然には感情がないからだ。彼が信じていたのは、運がいいとか悪いとかいったことではなく、感情のない無作為な自然のおこなうことにどう対処して生きるかということだった。

マーカスはどこまでも理性的であろうとする一方で、情熱のない男ではなかった。それどころか、囲碁というゲームに大きな情熱を傾けていた。ある日、階段から落ちて脚を折ったときも、その怪我を哲学的に受け止めた。なぜなら、怪我もまた自然がもたらしたもの、そして、自然には感情がないのだから。ところが、囲碁の対戦で、戦略家として知られるドクター・キムに立てつづけに負けを喫したときは、身も世もなく嘆き悲しんだ。戦法を編みだしてドクター・キムを打ち負かしたときは、その喜びは果てしなく、何日ものあいだ、それ以外の話はできないほどだった。

マーカスの住む国では、多くの人々が樹木を崇める信仰を持っていた。神によって自然が創られ、息吹きを与えられ、神々の御霊が木々に宿っているのだと、人々は感じていた。また、人が死ぬと、魂はその国の木立や茂みや草むらに帰ると信じられていた。

マーカスの友人たちもたいてい、この樹木崇拝の信者だった。ところが、マーカスは違った。愚弄することこそなかったものの――彼もまた自然を崇めているのだから――日々の世界の存在そのものが奇跡であり、精霊を崇拝するのは自然の驚異に対する冒瀆のような気がしていた。人が死ねば、遺骨は地中に横たわり、ゆっくりと塵《ちり》に還っていく。周囲の緑のなかに友人や親戚の魂が宿っていることなどありえない（もっとも、裏庭には彼の大切なオークの木を窒息させようとしているツタがあり、彼はそれを見るたびに母親のことを思いだすのだが）。

マーカスはこうして長年にわたり、理にかなった静かな暮らしを続けてきた。しかし、人生が自然のサイクルをたどって、五十代に入り、やがて六十代に向かうころ、囲碁が少しも上達しないことに悩むようになってきた。昼も夜も勉強を重ね、偉大な囲碁名人たちの著作を枕もとに並べるようになった。なのに、どうしても初段の壁を破ることができなかった。

初めのうちは、自分の挫折を哲学的に受け止めていた。自然の成り行きにより、子供時代には囲碁を習ったことがなかったし、そこから生じる当然の結果として、彼の脳の回路は囲碁の才能を開発することができなかった。こうした自然のおこないには、階段から落ちて脚を折ったときと同じく、悪意など何もない。ただそこに存在するだけだ。理にかなったものであり、逆らうことはできない。

だが、ときがたつにつれ、マーカスはドクター・キムの勝利を冷静に受け止めることができなくなった。精霊の世界を信じられればいいのに、と熱烈に願う日々もあった。そうすれば、初段となるのに必要な小さな要素をお与えくださいと、神々に懇願することもできるのに。かわりに、偉大な名人たちが著した囲碁の指南書をますますじっくり読むようになった。

自分の生徒たちをおろそかにしはじめた。哲学を教える時間がなくなった。生徒を前にするたびに、林海峰や偉大なるテツジとひきはなされることになる。ある日、学長がマーカスのもとを訪れ、教壇に戻る気がないのなら、これ以上給料を払うことはできない、と残念そうに告げた。

マーカスはほんの一瞬、定石の研究から顔をあげた。「金をもらったところで、なんの役に立つでしょう？　ほしいものはありません。初段になることのほかには」

友人たちの訪問も途絶えた。以前は、友達どうしで夜のおしゃべりをするとき、いつも誘われていたマーカスだが、いまは誰とも話さなくなっていた。こちらの名人、あちらの名人に教えを請いながら、目の前の碁盤に並べた詰碁の問題を解くことにひたすら打ちこんでいた。

ときには、「よし、解けた！」と叫んでそのまま囲碁クラブへ走り、ドクター・キムに対局を申しこむこともあった。初めのうちは、マーカスの新しい戦略が功を奏する。三局たてつづけに勝って、七子《ななし》だった置石が六子《ろくし》に下がる。ところが、やがてドクター・キムがマーカスの新たな戦法を見抜き、自分の戦略を変更する。マーカスはふたたび負けはじめ、家に戻って新たな精進を始めることを余儀なくされる。

しばらくすると、生活のために、自分の家――古い立派な屋敷――を売却しなくてはならなくなった。定石さえあれば生きていける、などというのは嘘っぱちだ。食べなくてはならないし、囲碁の雑誌の新しい号も注文しなくてはならない。そこで屋敷を売り払い、狭いアパートメントに引っ越した――ひと部屋は囲碁関係の本と碁盤用。もうひと部屋は料理と食事と就寝用。

　ここに至って、友人たちは心配でたまらなくなり、専門家の助けを仰ぐよう彼に懇願した。

「だが、わたしは偉大な専門家たちのことを研究しているんだよ」マーカスは反論した。

「違うのよ、マーカス」いちばん古い友人のサラがいった。「囲碁の専門家のことじゃないの。それとはべつの専門家よ。占い師とか、予言者とか、あなたの強迫観念を治す手伝いをしてくれる人のこと」

「だが、自然はじつに理にかなっている。いかなる占い師もわたしを助けることはできない」

「自然は理にかなってるかもしれないけど、マーカス」サラが反論した。「あなたはそうじゃない。占い師なら、あなたを以前の状態に戻せるかもしれないわ。この世を去ったテツジという名人だけじゃなくて、友達もあなたと一緒にいたころの状態に」

　サラが帰ったあと、マーカスは彼女にいわれたことについて考えようともしなかった。サラはいつだって、くだらないことをしゃべりちらす女だ。ところが、その夜、夢を見て、サラの言葉が彼の脳のなかで新たな模様を作りだした。占い師の助けを借りてみてもいいのでは？　自分はやはり強迫観念にとらわれている。サラのいうとおりだ。自分はもはや理性的とはいえない。自然も本当はそんなに理性的ではないのかもしれない。

翌日、マーカスはイエローページで占い師を探した。何百人も載っていた。どうやって選べばいい？　友人に電話するのは気が進まなかった。嘲笑されるだけだ。心の奥の奥では、自然は理にかなっているといまだに思っていたので、マーカスは理にかなった行動に出た。占い師を一人、無作為に選びだしたのだ。

ヨハネス・ミカエレンシスの仕事場は、占い師の部屋を絵に描いたようなところだった。古い家の屋根裏部屋で、マーカスが一度も足を踏み入れたことのない街の一郭にあった。曲がりくねった通りは、なんと、二ブロックの長さしかなくて、市街地図を見ながら探しあてるのが大変だった。目的の家の前を二度も通りすぎ、マーカスはついにつぶやいた。

「結局、自然は理性的なんだ。いっときの気紛れで午後の余興を楽しむ以外に、ここで何が待っているというのだ？」

マーカスは階段を四つのぼって、屋根裏部屋のドアの前に立った。ドアは閉まっていた。木立と茂みの上に半月のかかったみごとな風景がドアに刻まれていた。マーカスの国の者たちの信仰を支える神秘の象徴だ。ドアの前でためらっていると、奥から呼びかける声がした。

「入りなさい。そなたは不信心なる者だが、友人だ」

マーカスは心にもない大胆さを装ってドアをあけた。目の前にさらに階段があらわれた。急角度のその階段をのぼった先が、ヨハネス・ミカエレンシスが占いをやっている屋根裏部屋だった。

占い師はスツールに腰かけていて、その前に背の高い製図台が置いてあった。製図台の天板は透明なガラスでできている。マーカスが入っていっても、占い師は顔をあげようともせず、ガラスの奥にじっと目を凝らしていた。左肩にフクロウが止まっていて、その羽が、占い師の腰に届きそうなほど長い金色の顎鬚と混ざりあっていた。彼の頭には、やはり神秘の象徴で飾られたとんがり帽子がのっていた。

「わたしは何週間も前から、そなたがやってくるのをガラスのなかに見ていたぞ、マーカス・アウレリウス」

哲学者はギョッとしたが、そこで自分にいいきかせた。この男がわたしのことを知っているのは、哲学者時代に何度も新聞に写真がのったからだ。そして、わたしがくるのを知っていたふりをして、自分の予知能力を証明してみせようとしているのだ。

マーカスの心を読んだかのように、占い師がいった。

「そなたがわたしの力を疑っているのはわかっている、哲学者よ、初段を渇望する者よ。渇望の思いが強すぎるあまり、精霊の力にすがってみる気になったのだな。イエローページから無作為にわたしの名前を選んだつもりだろうが、じっさいは、偉大なる精霊たちがそなたの指を導いておったのだ。わがきょうだいにあたる占い師の一人をそなたが選んでいたなら、精霊の力を試そうとした罪により、そなたは呪いを受けて地に縛りつけられ、枯れた切り株に変えられていたことだろう。

だが、わたしには精霊たちの力が違うことをいってくる。わたしにこう告げる——人はみな、本当は樹木なのだ。当人が信じようと、信じまいと。ゆえに、悩める哲学者に力を貸して、その者がふたたび自然との調和のなかで開花できるようにしてやりなさい、と。さあ、初段を渇望する者よ、心をひらいて話すがいい」

哲学者は仰天した。手品師のトリックみたいなものがあるに違いないと思ったが、それを見破るだけの時間はなかった。「わたしの心がおわかりのようですな、占い師どの。わたしが何を求めているか、いいあてることはできないのですか」

占い師はガラスの奥に目を凝らしたままうなずいた。「はっきり見えているとも、哲学者よ。だが、そなたが自分で口にしないかぎり、願いが叶えられることはない」

マーカスはたっぷり一分のあいだ考えこんだ。それから、目を閉じ、早口にいった。「偉大なるテッジと言葉を交わしたいのです。墓に眠るその魂に語りかけたいのです。どうすれば初段になれるのか、その秘密を教わりたいのです」そう言い終えると、何マイルも全力疾走したあとのような気がした。とうとう口に出してしまったことで、恥ずかしくなり、泣きたくなった。

占い師のほうは、マーカスの願いをなんら不都合なものとは思わなかった。

「そなたは願いを口にした、哲学者よ。苦しかったろうが、それが真実の願いの代償なのだ。そなたはみずからの欲求を満たすために大いなる犠牲を払った——心の平安、住まい、友人たち、仕事。

さて、そなたの欲求が恥ずべきものであったなら、偉大なる精霊たちは、そなたの払った犠牲は邪悪な男の苦難にすぎぬとわたしに告げたことだろう。だが、精霊はこういっている――そなたがすでに払った犠牲は充分に重いものだと。わたしのそばにきなさい、マーカス・アウレリウス。ガラスの奥底を見つめ、精霊が語りかけてくるまで言葉を発してはならぬ。精霊たちが去ったことをわたしが告げるまで、動いてはならぬ」

哲学者はふらつく足で占い師のそばまで行った。心でつぶやいた――これがトリックであることはわかっている。だが、それでもパワーを感じる。

占い師のとなりに立った。顎鬚は金色なのに、占い師の顔は老人のように、あるいは、ふしくれだった木のように、しわだらけだった。占い師はマーカスの肩のうしろに左腕をまわした。いまにも触れそうだが、触れてはいない。緑色の長い袖がゆったりと垂れて、哲学者のマントの背をかすめた。

マーカスはガラスをのぞきこんだ。最初に見えたのはガラスの下の黒っぽい天板だけだった。やがて、ガラスがゆっくりと曇りはじめた。渦巻く靄のなかに、いくつもの形が見えてきた。そこから顔があらわれた。白い顔。亡霊のような青白さではなく、白樺の樹皮のような白。樹皮の陰から二つの黒い目がのぞき、強烈なオーラを放っている。

「幾晩もわたしに呼びかけていたな、マーカス・アウレリウス」精霊がいった。「だが、それに応えてやりたくとも、おまえは連絡をとるためのルートを残していかなかった。ようやく、おまえと話ができるようになったから、ひとつだけ願いをいってみるがよい。だが、それがすんだら、わたしを安らかに眠らせてくれ。さあ、胸の内をいうがよい、マーカス・アウレリウス」

「ああ、偉大なるテツジどの。どうか初段の秘密を教えてください」

白樺の樹皮が笑ったように見えた。「そんなものは秘密でもなんでもない、マーカス・アウレリウス。それは心の模様のなかに存在する。覚えておくのだ、哲学者よ。自然すなわち理、囲碁の型もまた然り」

マーカスは失望のあまり、一瞬、ガラスに目を凝らすのをやめてしまった。ふと気づくと、ガラスが変化して、彼の目の前でいくつもの形や模様を作りはじめていた。最初は自分の見ているものが理解できなかった。見覚えがあるのに、なんだか奇妙なものだった。そのとき気づいた。彼が見ていたのは囲碁の型だった。打ち方ではなく、あれほど熱心に学んだ戦略の数々でもなく、その背後にある対局の形だった。その形を、テツジは戦略よりもはっきりと見据えていたのだった。

マーカスは立ちつくしたまま、時間の感覚を完全に失っていた。占い師が彼の肩に触れ、もう帰ってもいいと告げたときには、一昼夜が過ぎ去っていた。すでに翌日の昼食どきになっていた。

マーカスは占い師に料金を払った。外に出たときには、肩の荷がおりたようで、ホッとした——そして、ちょっと残念な気分だった。囲碁の研究への強迫観念は消えていた。ずいぶん長く抱えて生きてきたので、なくなってしまうと寂しかった。

だが、外はまばゆい上天気で、心地よい風に包まれて、マーカスは何カ月ぶりかで友人たちのことを考えた。帰宅する途中でサラを訪ね、昼食に誘った。

その夜、囲碁クラブへ出かけて、ドクター・キムと対局した。ハンデである七子の置石を並べた。ドクター・キムは初手で手もとの角、二の三に打った。マーカスは思案することなく、自信たっぷりに応戦した。対局が進むにつれて、大きな喜びに包まれた。碁盤の目を通して対戦の形が見えてきた。石の並ぶ形そのものが見えてきた。定石も布石もすべて忘れ、対戦の形に従って打っていった。そして、夜明けが訪れるころ、ドクター・キムと同じ数にまでハンデを減らしたが、そこで彼が感じたのは勝利の満足ではなく、並んだ石の形への大いなる畏敬の念だけだった。

星に照らされた通りを家に向かって歩きながら、マーカスは思った。〝木々は自然の一部で、木々から碁盤が作られる。そして、石も自然の一部で、海からやってくる。だったら、わたしが囲碁の名人になれないわけがあるだろうか。自然は本当に理にかなっているのだから〟

分析検査

Acid Test

二〇〇六年のアンソロジー『主婦に捧げる犯罪』（*Deadly Housewives*／武田ランダムハウスジャパン／二〇一二年（同書での邦題は「厳しい試練」））のために書き下ろされた作品。原題はダブルミーニングになっている。

I

自分の人生がこうも急激に崩れてしまうとは思ってもみなかった。きのうの朝の時点では、彼女の最大の悩みといえば、ルース・ミーチャムから何度もかかってくる騒音がらみの苦情電話だった（「そこでヒッピーのコミューンでもやってるの、カリン？」「そうよ、ルース」「市会議員に訴えてやる。玄関は個別に分けるという建築基準法を守らずに、部屋を貸してるわけでしょ」「どうぞ、どうぞ、ルース」）。それから、嫌がらせのかどで訴えてやるという、クラレンス・エプスタインからの再三の脅し。じつは、警察が――深夜に総勢十三名、その場ですぐインディ五〇〇マイルレースが始められるほどの車両に分乗して――やってきたときは、ついにクラレンスが脅しを実行に移したのかと思ったほどだった。

ハイドパーク（シカゴ大学の周辺地区）には、小学一年生のころから知っている人がたくさん住んでいる。ルース・ミーチャムもその一人で、同じような広さのとなりあった大邸宅で大きくなり、いまも隣人どうしとして暮らしている。クラレンスもそうだ。高校時代の彼は成績しか頭にないガリ勉男の一人にすぎなかったが、カリンがインド暮らしを切りあげて帰国したときには、権力しか頭にない経済学者になっていた。

クラレンスも、ルースも、カリンも、比較的若いときに両親を亡くし、三人とも子供時代を送った家を相続していた。クラレンス・エプスタインは先祖代々のレンガ造りの屋敷をスパドーナ研究所に寄贈した。もちろん、研究所の本部はワシントンにあるが、かなりの数の研究員がシカゴ大学で教職に就いているため——たいてい経済学部か経営学部で、法学部の教員もいる——大学のすぐそばにスパドーナの拠点が必要だったのだ。

ルースは屋敷とともに有価証券一式を相続した。十八室もある屋敷に一人で暮らし、あちこちの修繕や樋《とい》の清掃、煉瓦の山型目地の仕上げ直し（腕のいい職人にしかできない特殊で高級な目地加工）など、定期的な管理を几帳面につづけている。趣味はガーデニングということになっているが、それとどっこいどっこいなのが他人へのお節介だ。

両親の死によって二十六年前にカリンがインドから帰国して以来、ルースは彼女を監視しつづけてきた。カリンの妊娠についても、本人より先に気づいたほどだった。帰国後に吐き気がつづいていたのは、西洋の食事に戻ったせいでも、疎遠だった老父母を亡くした哀しみのせいでもなく、古都シュラヴァスティのヒッピー村《アーシュラム》から持ち帰った土産だったのだと、本人が自覚するよりも先に。

アーシュラムの日々が恋しくて仕方のなかったカリンは、両親の大邸宅を一種の共同住宅に変えることにした。ルースとちがって家を維持管理していくだけの遺産がなかったので、共同住宅は家計の助けになった。また、シュラヴァスティで馴染んだ非暴力主義を実践する場ともなった。間借り人はたいてい三人から四人、ほとんどが若い活動家で、一年か二年たつと引っ越していった。現在の間借り人のなかでもっとも過激なのは、よちよち歩きの息子を連れた若い環境保護活動家で、名前はジェシカ・マーティン。生後わずか一カ月の子を抱えて、カリンの玄関先にやってきた。自身も若いシングルマザーとして苦労した覚えのあるカリンは彼女に部屋を貸すことにし、タイタスを孫のようにかわいがり、気性の激しい若きジェシカと、ほかの間借り人とのあいだに立って、平和を保つ努力をしていた。

ジェシカはクラレンスのスパドーナ研究所を特別のターゲットにしていて、ブログに批判を書きたてたり、すわりこみを実施したり、修道女グループの祈りの会を手伝ったりするものだから、カリンの家が警察にきびしく監視されるようになっていた。クラレンスが火曜の朝に死亡したあと、その監視がさらにきびしくなった。

カリンはあぐらを組んですわっていた。手のひらを上に向け、親指と人差し指で〝O〟の文字をかたちづくり、マントラを唱えようとした。だが、無心になれなかった。以前にも逮捕されたことはあったが、それは反戦デモとか、クラレンスの悩みの種だった不法侵入などのせいだった。だが、拘置所に一人きりで入るのは初めてだ――前はいつも友人たちと一緒だったし、殺人などという罪に問われたことはなかった。何がどうなっているのか理解できなかった。煙草の煙に息を詰まらせ、べつの臭い――饐《す》えた小便や吐瀉物の悪臭、乾いた血液の金臭さ――に吐き気を催していても。

無心になろう。導師ラジャナンプールがいつもいっていた。「カリン、希望と恐れの狭間にとらわれていては、魂は罠にかかった鳥のようなもので、空しく羽をばたつかせるだけでどこへも行けない。心を無にし、偉大なる〝いま〟にみずからを融合させなさい」

「エーカ・レーヤ」カリンはそっと唱えた――〝調和〟。一人の女が監房の鉄格子をガタガタ揺すり、大声で看守を呼んでいる。罠にかかった鳥。解き放とう。飛び立たせよう。

「エーカ・レーヤ、エーカ・レーヤ」ひたすらくりかえし、頭のなかで飛びまわるすべての鳥を解き放とうとしたが、前の晩に若い州検事から受けた取調べのことがどうしても頭から離れなかった。

「殺される二日前の夜、ドクター・エプスタインがあなたと大喧嘩したことはわかってるんですよ」州検事はまだ若い男で、深夜の二時だというのに濃紺のピンストライプのスーツで身を固め、わざと身を乗りだしたり、やたらと大声をあげたりして、カリンを威嚇しようとした。

「喧嘩なんかしていません」カリンはそう答え、たとえクラレンスが怒っていたとしても、自分は非暴力主義に身を捧げた人間なのだから喧嘩などするわけがない、と説明しようとした。間借り人も一人残らずクラレンスに腹を立てていたが、それをつけくわえるつもりはなかった。なぜなら、誰かを盾にしてわが身を守るというのもまた、カリンの信念に反することだったから。

あれはたった五日前のこと？　クラレンス本人が訪ねてきたあの日——いつもなら苦情は学生やインターンにことづけてよこすのだが——彼はカリンよりも、若いジェシカ・マーティンのほうに腹をたてている様子だった。スパドーナ研究所に対するジェシカの抗議行動を考えれば、そう意外なことでもない。会話は熱くはなっても礼儀をわきまえたものだったのだが、それが一変したのは、ジェシカの幼い息子タイタスがまだ頼りないぽっちゃりした脚で、よちよち入ってきたときだった。クラレンスが抱きあげようとすると、ジェシカがタイタスをひったくるように奪い、「あたしの子にさわらないで。あんたの両手についた血でこの子が汚れるのはまっぴら」と叫んだ。

クラレンスの顔が怒りに色を失った。「すくなくとも、わたしは自分の支持する立場を誰の目にも明確にしている。偽善者の手で子供が育てられるのは、見ていて我慢がならん」

ふだんはすなおで機嫌のいいタイタスが、怒った声のやりとりに大泣きをはじめた。

「二人とも、落ち着かなきゃいけないのはわかってるはずよ」カリンはジェシカからタイタスを抱きとりながら、悲痛な声でいった。「そうでしょう？　立派な大人の二人がおだやかに話もできないようじゃ、この世も末だと思わない？」

「カリン、薹《とう》のたったヒッピー風情のきみに、指図などされるつもりはないぞ。きみには物事の価値という感覚がいつだって欠落していたが、結局いまも欠落したままだ。誰彼なしにここに住みつかせて、きみのお父さんの家を、わたしのプライバシーを侵害するための拠点にしてるんだからな！」

ジェシカが何かわめこうとしたが、カリンは首をふって制した。「わたしは力のおよぶかぎり、この家を非暴力の信条にもとづいて運営しているの。それはつまり、口頭での暴力的な対応も認めないってことなのよ、ジェシカ。自制心をなくした人が外からやってきたとしても、それはその人の問題であって、わたしたちには関係ない。だから、ここで彼に向かってわめいたり、罵倒したりすることは許しません。どうしてもそうしたいなら、よそでやってちょうだい。でも、よく考えてみて。冷静でいられるなら、そのほうがどれだけ幸せかってことを」

「ふん、好きなだけ聖人ぶっていればいいだろう、カリン。だが、深呼吸の練習に励むあいだも、これだけは覚えておくことだ――もしこの生意気な過激派の連中があと一度でもきみのお父さんの家から抗議行動をしかけるようなことがあれば、わたしとわが研究所に損害を与えようとしたかどで、きみを訴えてやる。ここにわざわざ足を運んだのは、わたしがこの件に関する法的助言をずっと受けていて、うちの弁護士はすぐにでも行動を起こす用意があるということを伝えるためだ」

カリンは笑った。「ここはわたしの家よ、クラレンス。あなた、うちの父がもし生きていたら研究所を支持していたはずだっていおうとしているの？　そうかもしれない。でも、あなたが研究所で何をしてるかをお母さまが知れば、すごくいやな思いをなさるでしょうね」

そういったとたん、自分が恥ずかしくなった。なぜなら、彼をやりこめるチャンスを得た瞬間、これまでのすべての訓練を、すべての価値観を、あっけなく捨て去ることになったのだから。ジェシカは辛辣な笑い声をあげ「よくいったわ、カリン」と叫んだ。それをきくと同時に、カリンは子供を抱いたまま急いで部屋を出ていった。すくなくとも対決の緩衝材にはなれたのだろう――クラレンスはその後も半時間ほどいたようだが、彼とジェシカが話をしていた広い談話室からどなり声がきこえることはもうなかった。クラレンスの姿を見たのはそれが最後で、二日後に彼の死を知ったカリンは、悲しみに暮れるとまではいかないものの、ショックを受けた。

州検事はカリンの話を信じなかった。法的手段に訴えるというクラレンスの脅しを受けてカッとなったカリンが、自分の信条をすべて捨て去り、爆弾の作り方を調べ、クラレンスとその友人であるスパドーナ所属の憲法学者トマス・アンソニーが火曜の早朝ミーティングをしている最中に爆発するよう仕掛ける方法を工夫したのだ、と考えた。

「爆弾のことなんか何も知りません」カリンは訴えた。

「しかし、あなたのお嬢さんは知っている。そうでしょう？」

「テンプルが？」カリンは驚いた。「あの子はエンジニアよ。物の内径を測ったり、家に配線をしたり、暖房や冷却システムを動かしたり、そういうことは知ってます。でも、爆弾のことなんか知りません！」

「この爆弾なら、誰にでも作れます」

カリンはかぶりを振った。「わたしは無理だわ。テンプルにも作れるはずがない」

けれどじっさいには、実の娘に関してカリンが断言できることはひとつもなかった。とても愛しているのに、相手のことをほとんど知らないなんて、そんなことがあっていいのだろうか。カリン自身はきびしくしつけられて育ったので、のんびりとしたおおらかな環境に憧れていて、テンプルをそんな環境のなかで育ててきた。ところが、テンプルのほうは、几帳面で何事もきちんとしなければ気がすまない大人に育ち、留守番電話の応答メッセージを毎日変更するほど神経質だった。カリンがそのことに気づいたのは、警察に逮捕されることになり、娘に必死の思いで電話をかけたときだった。日付と、自分の居場所と、いつ折り返しの電話ができるかを告げるテンプルの声をききながら「ダーリン、お願い、電話に出て。出てちょうだい」とうめき、ようやく発信音が鳴ったときには、「テンプル、このメッセージをきいたらすぐにきて——緊急なの！」と叫ぶのが精一杯で、そこで警官に受話器を奪われてしまった。

II

スパドーナ研究所が爆破されたとき、テンプルはプロビット・エンジニアリング研究所の水理実験室にいた。給水本管の破裂事故ではずれてしまった溝付きの端末部品について、接合部に欠陥があったのか、それとも単に取りつけ方の問題だったのかを調べるための試験をおこなっていた。防水装備で身を包み、嬉々として目盛りを読んでは、パソコンに入力するためのメモをとっていたため、ニュースを知ったのはしばらく時間がたってからだった。

「あそこって、きみのお母さんが先頭に立って抗議行動をしてるとこじゃなかったっけ？」テンプルがデスクに戻ると、アルヴィン・ガスリーがきいてきた。「アブグレイブ刑務所（二〇〇四年に米兵の捕虜虐待が発覚したイラクの収容施設）の報道があったときに、たしか、お母さんをテレビで見たような気がする。スパドーナの研究員のなかには拷問者を育成するやつや、拷問を正当化するやつがいるとか、そんな発言をしてたよな」

「あなたのお母さんって、ほんと、すてきよねえ」とレティスが宣言した。「これだけ時代が変わったのに、いまもヒッピーライフを送ってるんだもの。うちの母親なんて、もう体型のことしか頭になくって。ほら、どうにかしてサイズ6のかわりにサイズ2に身体を押しこみたいとか、そんな感じ。あなたのお母さんのように人生そのものを愉しんで食べたいものを食べるのって、あたしは好きよ」

「健康のためにはちゃんと運動したほうがいいんだけどね。豆のカレーばっかり食べてちゃよくないわ」テンプルはいった。そういうたぐいの助言をあれこれしてみたことはあるのだが、母のカリンは、白髪の出はじめた金髪を三つ編みにした頭をのけぞらせ、笑っただけだった。（そのすぐあとで、母はテンプルの両頰をなでた。なぜなら母は、他人の残酷さだけでなく、自分のなかの残酷さも嫌悪していたから。そして、こういった。「ダーリン、あなたがヘルスクラブで目にするような女性になろうとしても、わたしには無理なのよ。でも、わたしが毎日ヨガをやってるのは、あなたも知ってるでしょ。体重が二十ポンドほどオーバーしてても、木のポーズ《ヴルクシャアーサナ》をとる邪魔にはならないわ」そして、両手で身体を浮かせると、膝を手の肘にくっつけてみせた。幼いタイタスがパチパチ手を叩いて、真似をしようとした）

「とにかく、母が抗議行動に出向く場所をいちいち控えておくほど、わたしのブラックべリーのメモリ容量は大きくないの」アルヴィンがまた最初の質問に戻ったところで、テンプルはそうつけくわえた。「わたしが生まれたのもきっと、集会とか抗議行動とか、そういう場所だったんじゃないかしら」

母が路上で出産し、テンプルを横断幕にくるんで行進をつづける姿なら、容易に想像できる。テンプルのいちばん古い記憶は、抗議デモ用のプラカードに色を塗っていたことや、デモ行進そのものだった。抗議の目的が平和を守ることであれ、農場労働者を守ることであれ、性と生殖の権利を守ることであれ、テンプルの子供時代は、知らない人だらけの家で目をさまし、活動家たちが午《ひる》まで寝ているなか、足音を忍ばせて歩きまわってはビールの空き缶を捨て、食べ残しのカレーを皿からゴミ箱にこそげ落とす作業に費やされた。

仕事仲間の二人にこのことを話すと、レティスはまたしても、なんてひらけたお母さんなのと、感嘆の声をあげて羨ましがった。空き缶だらけの家というのも、同僚にとっては、テンプル自身が感じるほど吐き気を催させるものではないのだろう。工科大学への進学はテンプルにとって、秩序を保つことと物事を正しく進めること、その二つに対する強迫観念の論理的到達点にほかならなかったが、アルヴィンとレティスはともに優秀なエンジニアでありながら、乱雑さに対して高い耐性を備えている——二人とも工科大時代のルームメイトだから、テンプルもそれはよく知っている。

「うちみたいな家庭で育っていたら、きみだってきっと、誰にでもオープンな家っていうお母さんのやり方を大歓迎するようになっただろうな」とアルヴィンはいった。「うちの両親が家に客を招くのは年に一回、父方の親戚がくる感謝祭だけ。で、その夜は地獄の一夜なんだな。これがまた」

どちらがより神経症的な家庭に育ったかをめぐって、アルヴィンとレティスが議論しているあいだに、テンプルはそっと廊下に出て母親に電話をかけた。「今日、スパドーナ研究所にいたなんてことはないわよね？」

カリンは笑った。「まさかわたしが爆破したなんて思ってるんじゃないでしょうね。ものすごい数の消防車がきてて、タイタスは大喜びだったわ──わかるでしょ、騒々しくて派手な車をみると幼い男の子がどう反応するか。でも、けさはここで青少年向けの読書会をひらいてたから、わたしは出ていけなかったわ。ジェシカはシスターたちと一緒にあの場にいたけど、平和主義の修道女のグループにビルが爆破できるなんて、どうか思わないでね。誰も怪我しなくてよかった──建物が吹き飛んだとき、ジェシカたちはちょうどその外でひざまずいて祈ってたのよ」

「テンプル！」不意に、彼女の上司、サンフォード・リーフがうしろからあらわれた。「いま話しているその電話は、もちろんラペレック社の配管バルブのねじ山の件なんだろうな。今日じゅうに報告書が必要なんだぞ」

頬がかっと熱くなるのを感じながら、テンプルはあわててオフィスに戻った。試験結果の報告書を作成するあいだも、ニュースサイトではお祭り騒ぎのようにスパドーナ爆破事件を報道し、それに関して職場の同僚があぁだこうだと意見を述べつづけていた。

〝テロリズム、シカゴを襲撃〟、〝アメリカ中心部にアルカイダ潜伏か〟と、派手な報道がつづいた。数時間後、建物の瓦礫のなかから警察がクラレンス・エプスタインとトマス・アンソニーの遺体を発見したことが報じられた。これで容疑はアルカイダに確定したかに思われた――二人の男はイラク暫定政府と深い関わりを持っていて、エプスタインは経済学者として、アンソニーは新憲法の草案策定における助言者として協力していた。FBIは二人が爆破の標的であったとみなしており、その根拠として、エプスタインとアンソニーが管理部門の職員が出勤する前の早朝にしばしばミーティングをおこなっていた事実を挙げていた。

報道はいずれも爆破された研究所の所在地について驚きを表明していたが、《ヘラルド・スター》紙の補足記事によると、シカゴ大学ではこれまでもウッドローンとキンバークの両アベニューで多くの邸宅を買い上げ、付随した活動の拠点にしてきたとのことだった。また、スパドーナ研究所はニクソン時代の経済学者らによって設立された当初より、つねにシカゴ大学と共和党の両方と密接なつながりを持っていたという。

午後三時、分析が終わったかどうかを確認するためサンフォード・リーフがやってきたとき、テンプルはロックウェル硬度換算表をパソコン画面に立ちあげていたのでホッとした――リーフの皮肉が向けられたのはレティスとアルヴィンのほうだった。「スパドーナ爆破事件を調べるようにとお達しがあったのかね？　プロビット・エンジニアリングが事件の調査を頼まれたとは知らなかったな。テンプル、終わったかい？　それからアルヴィン、きみのために何か生産的な仕事がなかったかな？　破壊実験室のほうを手伝ってきてもいいんだぞ」

爆破事件は三日間、世間を騒がせた。ＦＢＩの科学捜査班が建物内でどんな手がかりを見つけていたにしろ、それらは可能なかぎり秘密にされ、ただ一点、爆弾が典型的なタイプのものではなかったことのみ発表された――オクラホマシティ連邦政府ビル爆破事件を思わせるような手製の爆弾だったという。木曜日、テンプルはアルヴィンとレティスにせっつかれて、カリンの知っていることをききだすためと、警察の立ち入り禁止区域ぎりぎりまで近づいて爆破の損傷の程度を調べてみるために、みんなで現場へ出向いた。

三人が最初に立ち寄ったのはスパドーナ研究所だった。カリンの家やウッドローン・アベニュー沿いの他の家々と同様、通常の二区画分の敷地に建てられた二十部屋はありそうなレンガ造りの広壮な豪邸だった。通りから充分に奥まって建ち、正面の芝庭にはカエデの古木が二本とトネリコが一本植わっていて、その景観からはそこでどんな活動がおこなわれていようと、注意を惹く点はどこにもなさそうだった。すくなくとも、爆破事件がおきていなかったなら。

三人のエンジニアが屋敷に近づくと、多数の窓が砕けているのが見えてきた――窓ガラスの向こうに火災の焦げ跡も見える。破壊の跡がいちばんひどいのは屋根の上と三階部分だったが、二階の窓の下部にも黒い焼け焦げが連なっていて、まるで屋敷に巨大な黒いリボンが結んであるかのようだった。

「破壊のパターンがどうも変だな」アルヴィンがいった。

二人の女性はうなずき、用心深く建物の裏手にまわってみたが、そちらも正面側とほぼ同じに見えた。三人ともエンジニアではあるが、爆発物について訓練を受けた者はいない――化学エンジニアのレティスが専門としてはいちばん近いかもしれないが、爆破現場など見たこともなかった。テンプルは機械エンジニア、つまり暖房炉や冷暖房システムの知識なら豊富ということだ――プロビットの科学捜査実験室で彼女が相手にするのは、主としてパイプやバルブ類だった。

「爆弾が仕掛けてあった場所って報道されてたっけ?」レティスが訊ねた。「だって、この状態からすると、屋根の下に仕掛けられてたように見えるけど、誰かを殺すことが目的だったのなら、すごく変な話だと思うの。ひょっとすると、爆弾を仕掛けた犯人は研究所を混乱させたかっただけかも――たとえば、あなたのお母さんとこのシスターの一人が犯人で、自分が手にしてるものの威力をいまいち理解してなかったとか」

テンプルは首を横にふった。「屋根の下に仕掛けられてたってことはありえないわ。二階の周囲に焦げ跡があるから。炎は上へ向かうものよ」

「ドオッ」〈ザ・シンプソンズ〉のホーマーをまねて、アルヴィンがいった。「おれ、ちょうど学校休んだんだよな、火の授業のとき」

テンプルはブリーフケースでアルヴィンの頭をはたいてやった。「下方向に焼け広がることはないわ。少なくとも、あんなきっちりしたルートではね。焦げ跡は指状に広がって見えるはずなの。ところが、ここの焦げ跡は配管に沿って延びているように見える」

「じゃ、たぶん、二階で爆発がおきて上へ燃え広がったんだ」アルヴィンがいった。

「どんなルートで？」レティスが尋ねた。「テンプルのいうとおりだわ——延焼のパターンがどうも納得できない」

パトカーが近づいてきて止まった。運転席の警官はわざわざ降りようとはせず、その場所は立ち入り禁止だとスピーカーで叫んだだけだった。三人のエンジニアが角を曲がってカリンの家に向かうまで、路肩に車を停めたまま見守った。

家の玄関はあいていた——おおぜいの人間が入れかわり立ちかわりミーティングと称してこの家の談話室を使うので、カリンは日中いっさい鍵をかけないことにしている。テンプルと友人たちが入っていくと、女のどなり声がきこえた。

「あなたとあなたのくだらない抗議行動ときたら……。ほんとにバカに見えるわよ。デモ行進だの、祈りの会だの、青臭いことばっかりして。その髪型にしたって、自分のことを五十代じゃなくて、まだ二十いくつだと思ってんじゃない？　あなたはクラレンスが憎くて仕方がなかったから、あの人を傷つけようとする人間を誰彼かまわずこの家に入れてきた。相手に質問ひとつしようとしなかった。でもね、クラレンスも、わたしも、質問ぐらいしてほしいと思ってたのよ」

低くくぐもった返事の内容は若いエンジニアたちにはききとれず、ふたたび女のどなり声に替わった。「彼の最期の日々をみじめなものにしたのはあなたよ！　落ち着いてなんて、あなたにいわれたくない」

「ルース・ミーチャムだわ」テンプルがいった。「となりに住んでるの。あの人とカリンとクラレンス・エプスタインは幼なじみなのよ。カリンは人のどなり声が大嫌いなんだけど、カリンに〝落ち着いて〟っていわれると、殴りつけたくなることもあるわね」

テンプルが先に立って広い談話室に入っていくと、幼児を腕に抱き、隣人と向かいあって立っている母親がいた。テンプルは突然、初対面の相手を見るような目で母親を見た――インドふうのゆったりしたパンツをはいたその姿は、六〇年代のヒッピーそのものだった。白髪まじりの髪は編まずに腰まで垂らしていた。その日の午後も裸足だった。

ルース・ミーチャムのほうは、二人の違いをわざと強調するかのように、髪を黒く染め、耳のところできれいに切りそろえたボブにしている。化粧もしているし、オープントウのエスパドリーユからはペディキュアをした爪先がのぞいていた。

「こんにちは、カリン。こんにちは、ミズ・ミーチャム。こんにちは、タイタス」テンプルが声をかけると、幼い子供がカリンの腕から身をくねらせて抜けだし、彼女のほうにとことこ歩いてきた。「ほかのみんなはどこ?」

抱きあげようと身をかがめたが、タイタスはその手から逃れ、部屋の片隅に置かれたチェストのほうへ飛んでいった。カリンがそこにおもちゃを入れている――タイタスのためだけでなく、この家でひらかれる数々のミーティングに出るときに親が連れてくるすべての子供のために。

「ジェシカ・マーティンなら、わたしがくるとすぐに出てったわよ」ルース・ミーチャムはその言葉を、葉巻の端を噛み切るような調子でいった。「わたしに責められることがわかってたんでしょうね。エプスタイン教授にひどい仕打ちをしたんですもの」

「クラレンスには豊富な人脈があったのよ」カリンはいった。「大統領、議会、スパドーナに寄付してくれるおおぜいの億万長者。そんな彼にとって、ジェシカが本当に手に余る存在だったといえる?」

「クラレンスが子供を抱こうとしたら、はねつけたじゃない!」

「あら、どうして知ってるの?」カリンがきいた。

ルース・ミーチャムは返事をためらったのち、近所じゅうが知っていることだとつぶやいた。カリンはそれには答えなかった――気まずい沈黙のあと、ルースは部屋を出ようとした。が、ドアのところでいったん足を止めた。「部屋を貸すときに、相手の身元を調べてみたりはしないの？」

カリンは笑った。「ジェシカがお尋ね者だなんていうつもりじゃないでしょうね。ちょっと攻撃的なのは事実だけど、まだまだ若すぎるのよ」

「もうっ、あなたこそ大人になったらどうなの、カリン！」ルース・ミーチャムは足音も荒く廊下を通って帰っていった。

「ジェシカとミスタ・エプスタインが喧嘩を？」テンプルは尋ねた。「あ、カリン、アルヴィンとレティスのことは覚えてるでしょ？」

「もちろんよ」カリンは二人に温かい笑顔を向けた。「ジェシカは癇癪持ちなのよ――クラレンスに子どもを抱かせようとしなかったの。だけど、ルースがどうしてそんなことを知ってるのかとなると、さっきの説明は嘘っぽかったと思わない？」

「窓の下で聞き耳を立ててたに決まってる」テンプルはいった。「そういう人だもの、でしょ？　すくなくともわたしは子供のころに、あの人が双眼鏡でこっちの家をのぞいてるとこを何度か見たわ」

「それって窓の下に隠れて盗みぎきするのとはちょっとちがうわよ、テンプル！」

「リモートマイクを持ってるのかも」アルヴィンがいった。「二・四ギガヘルツのやつなら、自宅でゆっくりくつろぎながら、隣家の声を拾うことができる」

わせれば、ずいぶんゆがんだ肩だったと思うけど」

クラレンスが話したんだと思うの。ルースは昔から彼のことが好きだった。だから、彼には、ルースがどんなときでも自分の肩を持ってくれることがわかってたのね。わたしにい

迎なんだけど」とカリン。「ボランティアをやろうって気になるかも。でもね、たぶん、

「妊娠してるティーンエイジャーの読書会の様子を盗聴したいと思ってくれるなら、大歓

レティスとアルヴィンが、爆破事件についてカリンに質問を始めた。テンプルは疵《きず》だらけのコーヒーテーブルに所在なく近づき、テーブルを埋め尽くしているチラシや、本や、古い郵便物や、読んでいない新聞の整理にとりかかった。

「そのままにしといて、テンプル」カリンが声をかける。「あなたに整理されると、いくら探してもメモなんかが見つからなくなるんだもの」

テンプルは反論したいのをぐっとこらえた。友達の前で母親と喧嘩をするつもりはなかったが、じっさいの話、こんな乱雑さのなかで暮らすことに耐えられる人間がいるというのが不思議だった。床に落ちている新聞を拾いあげたい衝動をこらえ、タイタスを見ると、ゴムボールをプラスチック製の水差しに押しこもうとしていた。水差しは縁の部分と持ち手が変形している――たぶん、コンロにでもかけたのだろう――母親の散らかり放題の家のなかで、キッチンはつねにちょっとした惨事の現場となっていた。

「あなたが挑戦してるのは、技術的に見てかなりの難題ね、おちびちゃん」テンプルはタ

イタスの横にしゃがんで見守ることにしたが、そこで鋭い声をあげた。「それ、どこで見つけたの？」

タイタスの手から水差しをもぎとると、子供は大声で泣きだした——その瞬間、子供の母親がドアのところにあらわれた。

「うちの子に何してるの？」ジェシカがきつい口調できいた。

ジェシカは背の高い女性だった。五フィート二インチそこそこのテンプルは、ジェシカと並ぶたびに、自分が視界から消えてしまうような気がする。首をうしろへめぐらして、きっぱりといった。「これをとりあげようとしたの。なにか不潔なものが入ってる。小さな子がこんなもので遊ぶのを放っておくなんて、ずいぶん無責任だと思うわ」

レティスたちに高校時代のクラレンス・エプスタインのことを語っていたカリンが、そちらを中断し、申し訳なさそうにいった。「あ、いけない。それ、わたしがゴミのなかに見つけて、資源ゴミのほうに出そうとよけておいたの。あとでやろうと思ってるうちに、タイタスがキッチンのテーブルから持ってきちゃったんだわ」

「もう、ここの人たちってみんな、くそ真面目なんだから！　一度でいいから、ゴミはゴミとして放っておいたらどうなのよ？　裏庭にあったのをあたしが拾って捨てといたのに！」ジェシカがタイタスを乱暴につかんだので、タイタスはさらに大声で泣きわめいた。

「ごめんなさいね」カリンはジェシカに微笑んでみせた。「わたしって、ときどき近視眼的になってしまうの。赤ちゃんの好奇心のことより、リサイクルに頭がいってしまって。リサイクルといえば――あら、いけない！　苗木の世話のほかに、資源ゴミを出しておく約束だったのに、先週のゴミ出しをすっかり忘れてた。サンドラとマークが帰ってきたら、きっとかんかんね」

「わたしが外のリサイクル容器に入れてくるわ」テンプルは水差しを拾いあげた。こんなものを家のなかに置きっぱなしにするのは無精きわまりないという無言の非難をこめて、落ち着きはらった視線を母親に向けながら。

カリンは唇をすぼめて顔をそむけた。母が何をする気か、テンプルにはわかっていた――ミニサイズの瞑想。怒りを少しだけ静めるのだ。怒りの相手は実の娘のテンプルであって、わが子の世話をなおざりにしているくせに、誰かがその子のことを気にかけるとむかっ腹を立てるジェシカではない。

家のなかを通り抜けてキッチンへ行くと、いつものように、鍋だの、紙だの、有機グラノーラの袋だのが、あらゆるものの上に散乱していた。床にミキサーが置いてある。タイタスがうっかりして指を切り落としかねない――シンクに危なっかしく積みあげられた食器の山の脇に、テンプルはミキサーを置いた。カリンがテンプルの几帳面さを喜んでくれたことは一度もなかった。わずか八歳の彼女が、散らかり放題の家をどうにか住める状態にしていたときでさえ。たぶん、ジェシカこそが、カリンのずっと望んでいた娘だったにちがいない――活動家であり、乱雑さに耐えられる娘――簡素な白いアパートメントに暮らし、ペンやペーパークリップのひとつひとつに至るまで、すぐにとりだせるよう引出しにきちんと収納しているテンプルとは大違いだ。

テンプルは自己憐憫の涙をまばたきでこらえ、外に出て資源ゴミ容器の置場まで行くと、ガラス用の容器に入っていた新聞紙をとりのぞいた。この新聞は何に使われたんだろう――白い粉が筋状に付着している。カリンの家に、コカインを使う者がいるわけはない。指で軽くその粉をこすってみると、焼けるような痛みが走った。テンプルはあわてて指先を草で拭った。

数分後、アルヴィンとレティスも外に出てきた。カリンがハーブを育てている温室をアルヴィンが見せてほしいといった。ひょっとして薬用マリワナがあったりしないか、確認したいらしい。温室は庭のいちばん奥の、スズメバチが飛びまわっている堆肥の山のとなりに建っていた。

「やめてよ、アルヴィン。母が違法行為をしてたとしても、あなたみたいな連中が入ってくる場所でやるわけないでしょ。それに、温室は有機栽培に夢中になってるべつの間借り人が面倒をみてるの――すべての苗木をここで一から育ててるのよ」

テンプルはみんなにうんざりしていた。ろくでなしのジェシカにも、こんなばかげた家を切り盛りしている母親にも、その母をまるでサーカスの余興のように思っている自分の友達にも。テンプルが不機嫌にしていると、アルヴィンはよけいに悪ふざけして、温室で摘みとったオレガノがマリワナだったふりをしはじめた。わざとよろよろしながら側道を歩く彼がルース・ミーチャムの家の前を通ったとき、隣人が満足げな悪意のこもった目でこちらを見ているのに気づいて、テンプルの怒りがさらに募った。

警察がカリンを逮捕しにやってきたのは、その六時間後のことだった。

III

「手錠なんかかけて、どういうつもりなんです？」テンプルは詰め寄った。

カリンは法廷に隣接する小部屋にいた。保釈審問を終えた囚人を、閉廷後にクック郡拘置所行きのバスに乗せるまでのあいだ待たせておく部屋だ。

保安官助手が気色ばんだ。「法律なのでね。お母さんと話がしたいのなら、ここで騒ぎ立てないように」

テンプルは保安官助手と、その拳銃と、その態度を値踏みしたのち、母のとなりにしゃがみこんだ。頼りなく微笑んでみせる母。テンプルは疚《やま》しさでいっぱいになった——午前一時に帰宅したときに留守電メッセージはきいたものの、緊急というのはきっと、その前の夕方テンプルが実家に立ち寄ったときに関する話にちがいないと思ったのだ。ジェシカにもっと思いやりをもって接してほしいというような説教をきく気分にはなれなかったので、メッセージを消去して、ベッドに入ってしまった。

ようやくそのニュースを――母が殺人容疑で逮捕されたというニュースを――知ったのは、翌朝、出勤のための身支度をしているときのことだった。スパドーナ研究所の爆破に使用されたとみられる爆発物の証跡として、庭の奥の温室から、家庭用洗剤と園芸肥料の混合物が発見されたというのだ。

「わたしは信じないわ。なにひとつ信じない」キッチンに向かって、テンプルは宣言した。「こんなのめちゃくちゃよ」

まず母の居場所をたしかめようとして、テンプルは実家に電話をかけた。呼出音が十回以上も鳴ってから、ようやくジェシカが電話に出た。ひどく不機嫌で、テンプルがカリンの件で電話をよこしたこと自体、迷惑だといわんばかりだった。警察が乗りこんできたものだから、タイタスが怯えて大変だったのよ、夜中の三時まで泣きどおしだったんだから、といった。「居場所なんか知らない。あたしには関係ないことよ。カリンがスパドーナ研究所を爆破したのなら、あたし、出ていくわ。あの人の犯罪に巻きこまれるなんてまっぴら」

「いいかげんにして、ジェシカ。うちの母にさんざん世話になっておきながら。子守りを押しつけて、一人の時間がほしいだのなんだのと、泣き言を並べたてて、好き勝手にしてきたくせに。何があったの？　何を証拠に警察は母を逮捕したの？」

テンプルになじられて、ジェシカは気色ばんだが、ニュースで報じられていた内容については認め、警察の捜していたものが温室で見つかったのだといった。

テンプルは眉をひそめた。「わたし、きのうの午後あの温室に入ったけど、バケツも洗剤容器も見なかったわよ。カリンがそういう製品を使わないことや、家のなかの誰にも使わせないことぐらい、あなたも知ってるでしょ――それを警察にいわなかったの？」

「だって真夜中だったのよ。うちの子は泣きわめくし、あたしにどうしろっていうのよ。警察に非暴力と有機栽培の講義でもすればよかったの？」

テンプルは携帯電話をパチンと閉じた。用件リストを作るためのスプレッドシートが頭のなかに浮かび、見えないインクで書いているようにリストの作成が進んでいく。一番目は〝ジェシカに出ていってもらう〟。いや、これは四番目に移さなくては。一番目はカリンのために刑事弁護士を探すこと。二番目は警察が握っている証拠が何なのかを調べること。そして、三番目はカリンの犯行かどうかを見きわめること。

プロビット・エンジニアリングは科学捜査の試験施設でもあるので、これまで星の数ほどの刑事事件で証言をおこなってきた上司のサンフォード・リーフなら、優秀な刑事弁護士を知っているにちがいない。テンプルは、会議に出ようとしていた上司をつかまえた。

しばらく考えこんだ彼は、それならルーサー・マズグレイブが最適任だと答えた。ただし、依頼を受けてもらえればだが。マズグレイブなら、カリンの正確な居場所も見つけてくれるだろう、とのことだった。テンプルが電話してみると、マズグレイブは不在だったが、彼の補助職員がカリンの居場所を調べてくれ、マズグレイブ本人か、もしくは同僚弁護士の誰かが保釈法廷で早急にお会いできるよう手配します、といってくれた。

テンプルが母親の前にしゃがんだまま、手錠をかけられたその両手をさすり、昨晩のSOSに応えなかったことを涙ながらに謝っていたとき、ルーサー・マズグレイブが到着した。脱色して地肌すれすれにカットした髪も、長身の身体に合わせて誂えた濃紺のスーツも、まるで絵に描いたような企業弁護士だ。テンプルはてっきり母が拒絶するものと思った。ところが驚いたことに、カリンは足枷のせいでぎこちない動きではあったが、椅子から立ち、手錠をかけられた両手をマズグレイブのほうへ差しのべた。

「ルーサー、そうよ！　ゆうべ、あんなに動転していなければ、自分であなたのことを思いだしたはずなのに。ありがとう――わたしのためにきてくれたと思っていいのね？」

「もちろん。わたしのほうこそ、きみだと気づいてしかるべきだった」マズグレイブはテンプルのほうを向いた。「子どものころ、両方の親がレイクサイドにコテージを持っててね、それがとなりどうしだったんだ。きみのお母さんがインドへ行って名前をシュラヴァスティに変える前からの知りあいだったんだよ。さあ、ここから出してあげよう」

「保釈金は百万ドルに設定されたの」カリンがいった。「あの家を担保にして多めにお金を借りられたとしても、そんな大金、とうてい用意できないわ」

「だからわたしを雇ったんじゃないか。いや、きみの娘さんが雇ったわけだが。重罪犯のための百万ドルの保釈金は、うちの完全パックサービスの一部だよ」

Ⅳ

「あの人たちのお葬式で喪服を着てすすり泣こうなんてつもりはないわよ。でも、わたしはエプスタインとアンソニーを殺したりしてません」カリンはいった。

「ここで細かい話をきこうとは思わないが」ルーサー・マズグレイブの声はきびしかった。「きみがあの家に爆発物を仕掛けたのなら、二人が到着する前に爆発させるつもりだったとしても、やはり彼らの死に対する責任を問われることになる」

「ルーサー！　わたしは爆弾のことなんてこれっぽっちも知らないし、それに、百パーセント、完全に非暴力主義に身を捧げてるのよ」

「本当にそうなんです」テンプルがいった。「それだけじゃなく、母は筋金入りの環境保護主義者だし。警察は母が堆肥の山から作った肥料にアンモニアを混ぜたっていってるけど、アンモニアの入った洗剤なんて、母はぜったいに買いません」

「でも、警察は温室でカリンの園芸用手袋を発見して、その手袋にもアンモニアと肥料の痕跡があったそうよ」ジェシカが横から口をはさんだ。

彼らはカリンの個人用の居間にすわっていた。この家を共同住居に変えたとき、二階奥の四室の続き部屋だけは自分用に残しておいたのだ。ふだんなら、こういう話し合いの場にはこの家で暮らす者が全員参加するが、目下、家にいるのはジェシカと、古い牛乳容器で作った間に合わせの太鼓をごきげんで叩きまくっているタイタスだけだった。間借り人のうち三人はウズベキスタンを旅行中だし、もう一人の年配の人権弁護士はミシガン州北部に住む娘に会いにいっている。

「でも、わたし、ガーデニングはしないのよ」カリンがいった。「作業用の古い手袋は持ってるかもしれない。たぶん持ってるんでしょうね。でも、温室の世話をしてるのはサンドラよ。うちの間借り人の。ウズベキスタンで現在トレッキング旅行中のメンバーの一人。じつをいうと、彼女の苗木が水不足になってないかどうか見にいくのをさぼってて、ずっと気にかかってたの」

「それを証明するのは不可能だ、カリン」ルーサーは同時に反論を始めたカリンとテンプルに片手をあげてみせた。「疑ってるとはいってない。ただ、わたしにはそれを法廷で証明することはできないし、そこが問題なんだ。きみが無実だとすると、硝酸アンモニウムの付着したきみの作業手袋を誰かがわざとそこに置いたことになる。そんなことができるのは誰だね？」

「誰でもできるわ」テンプルはいった。「この家は出入り自由だから。さすがに夜は玄関に鍵をかけるけど、裏の路地につづく門は一度も鍵をかけたことがないんじゃないかしら。どうなの？」

「もちろんよ。かけるわけないじゃない。面倒が倍に増えるだけだわ。みんな、しょっちゅう家の鍵をなくすから大変なの。庭のほうが不用心でも仕方がないわ」

「アンモニア爆弾というのはたしかなの？」テンプルがいった。「爆弾が今回のような働きをしたのが、わたしには意外なんだけど」

「どういう意味？　アンモニア爆弾はどういう〝働き〟をすればいいわけ？」ジェシカが皮肉たっぷりの抑揚をこめていった。

カリンが〝受け流して〟と口を動かすのが見えたので、テンプルは深く息を吸い、それから答えた。「硝酸アンモニウム系の爆弾は大きな穴を残すものよ。爆弾が家の内部に仕掛けられたのなら、家全体が崩壊していただろうし、仕掛けられたのが外側だったら、家の前方か後方が吹き飛んでしまったはず。なのに、スパドーナの建物は、屋根が破損して、二階の周囲に焦げ跡が残っただけだった」

「きみ、爆弾の専門家なのか」ルーサーが尋ねた。

「いいえ、一般的な知識として知ってるだけ。現場から何かサンプルは採取されました？　爆弾が仕掛けられてた場所は？　爆弾に使用された材料は？」

ルーサーはメモをとった。「FBIの連中から何かききだせないか、やってみよう。話を戻して、誰がきみに罪を着せようとしたかだが、以前の間借り人とか、昔から折りあいのよくない近所の住人とか、きみを恨んでいる人物が誰かいないかな」

「ルース・ミーチャムぐらいだわ」ジェシカがいった。「あの女はいつだって市会議員の事務所に電話して、ここに住んでる人間の数を伝えてるのよ」

「あら、ルースはそんな……」カリンが打ち消そうとしたところで、テンプルが割りこんだ。

「ちょっと調べてみたいことがあるの。話はあとで。でも、ちゃんと休息をとるとか、仏教のお寺へ行くとか、何か自分のためになることをしてね、わかった？　今日はタイタスの子守りなんかする日じゃないのよ」

テンプルは誰の返事も待たずに、部屋を飛びだしていった。ま、これでいいわね――ジェシカの激怒の表情を見て、カリンは思った。ほどなく、金属の蓋を開閉する音がきこえてきた。ジェシカとカリンが窓に近づき、ルーサーもあとにつづいた。三人が見おろすと、テンプルが資源ゴミの容器のなかを漁っていた。そのとき、何かがキラッと光ったので、カリンは庭の向こうへ目をやった。ルース・ミーチャムが愛用の双眼鏡をテンプルに向けていた。

V

アルヴィンとレティスは午前中いっぱい、カリンの逮捕について、そして、彼女がどうやって爆弾を仕掛けたかについて、議論を戦わせていた。正午をすこしまわったころ、ようやくテンプルが研究所に出てくると、二人は彼女を質問攻めにした。

「あの建物に爆弾を仕掛けたのは、うちの母じゃないわよ」テンプルは二人に向かってきっぱりといった。

キャンバス地のバッグから、サンプル採取用のビニール袋を二つひっぱりだし、レティスの机に並べた。ひとつには膨張して変形したプラスチック製の水差し。もうひとつには新聞が入っていた。「この二つを分析してくれない？」

アルヴィンが寄ってきて、ビニール袋を見おろした。「ふむふむ。小さな活字。大量の単語。メディアに登場するリベラル派についての長たらしい文章。こいつは《ウォールストリート・ジャーナル》にちがいない」

「頼むからふざけないでよ、アルヴィン——カリンの弁護にこの二つが役立つかもしれないの」

「何なの、これ？」とレティスがたずねる。

「《ウォールストリート・ジャーナル》と空っぽの水差しだよ」と、懲りないアルヴィン。

レティスが二つの袋をつまみあげた。「何を探せばいいの？」

「そう、彼女は何を探せばいいんだね？　そして、なぜきみが彼女に仕事を与えているのだ？」そういったのは彼らの上司、いつのまにかドアのところにあらわれたサンフォード・リーフだった。

「あ、あの、それは——つまり、スパドーナの事件なんですが、うちの母が逮捕されたんです。誰かが母の温室に偽の証拠を置いていったから。まちがいありません。だから、わたし……」

「まあまあ、落ち着いて、テンプル。話についていけん。どういうことなのか、順序よく説明してくれ」

テンプルは目を閉じた。カリンなら調和を求めてマントラを唱えるところだが、テンプルの場合は、用件リストを頭のなかでスプレッドシートのように思い浮かべる。鮮明に見えているため、かえって言葉にするのがむずかしく、自分のパソコンのところへ行って、頭に浮かんだことをすべて入力した。

サンフォード・リーフは、その画面を見てうなずいた。「で、クライアントは誰だ？

質量分析計の時間使用料と、レティスの人件費の支払いをしてくれるのは？」

テンプルは唾を呑みこんだ。「わたしが払うことになると思います」

サンフォードはしばらくテンプルを見ていたが、やがて彼女のパソコンに近づき、何行か打ちこんだ。「これでよし。クライアントのデータベースにきみの名前を加えておいたぞ。きみにはレティスのやってたライル区民プールの水質試験を終わらせてもらおう――その程度の化学知識はあるだろう？　ところで、レティスにはいったい何を見つけてもらいたいんだね？」

テンプルは深く息を吸った。「この二つが爆破事件と結びついているかどうかわかりませんが、でも――探すとすれば硝酸アンモニウムです。警察が温室で見つけた物質がこれらに付着しているかどうかを確認し、水差しにアセトンが残っていないかどうか調べたいと思っています。きのう、幼児からこれをとりあげたときに、妙な匂いがすると思ったんですが、いまようやく、マニキュアの除光液の匂いだったことに気がつきました。わたしは除光液なんて使ったことがないから、忘れてしまってた。でも、大学のルームメイトでいつもマニキュアをしてた子がいたんです。でも、わたしがやらなきゃいけないのは、もう一度スパドーナ研究所の建物に入って、サンプルを採取することです」

「また話がわからなくなってきたぞ、テンプル。ともかく、断固としてきみがすべきでないのは、立入禁止になってる爆破現場にまた行って、サンプルを採ってくることだ。逮捕されてもおかしくないし、それより怪我でもしたらどうする。サンプルならすでに採取されてるはずだから、その報告書が入手できるかどうかやってみよう」

サンフォード・リーフは、テンプルをドアのほうへそっと押しやった。「きみには科学捜査エンジニアの素質があるぞ、テンプル。だが、今日の午後やってもらいたいのはスイミングプールの分析だ。アルヴィン、おまえは〈マインスイーパー〉でテンプルのタイムを破ろうとする以外に何をやってる？　スパドーナ爆破事件について入手できるかぎりの報告書を集めておれのところに持ってきたら、そのあとは電子実験室にもどって、ダムフリーズがとりくんでるタイミングプロブレムを手伝ってやれ」

レティスに質量分析計の使用時間がまわってきたのは六時になってからだった。その一時間前にスイミングプールの水質試験を終えていたテンプルは、レティスが棒グラフをコンピュータに読みこんでいくのを、隣に立って見ていた。テンプルはグラフのピーク地点を指さした。「C_3H_6O（アセトンの分子式）がそこで急上昇することは？」

「テンプルったら、もうっ、マルハナバチみたいにブンブンうるさいわね。やめないと、叩きつぶすわよ。分析結果をあなたとじっくり協議するつもりはないの——まず、サンフォードのほうへ報告しなきゃ。今日はもう帰っちゃったけどね。だから、うるさくしないで！」

「依頼人はわたしよ」テンプルは抗議した。

「しかも、ウザい依頼人だわね。人の調査に口出しばっかりするタイプ。何か役に立つことでもやったら？　たとえば、ヨガのヘッドスタンドのポーズをとるとか」

テンプルは腕時計のベルトをいじりながらレティスから離れ、自分の持ちこんだサンプルに目を移した。《ウォールストリート・ジャーナル》はすでにレティスの手でビニール袋に戻されていたが、水差しはカウンターにそのまま置かれていた。考えてみたら、《ウォールストリート・ジャーナル》なんて母の家の誰が読むだろう？　あの人たちが新聞を読むなら、《ザ・ネイション》や《イン・ジーズ・タイムズ》のはずだ。もし自分の推理が合っていて、水差しに入っていたのがアセトンだったなら、そう、きっと除光液に含まれていたものだ。マニキュアや除光液を使うような人も、カリンの家には一人もいないはずだ――どんな用途のものであれ、カリンが環境有害物質を認めることはないのだから。

だが、ルース・ミーチャムなら――話はちがってくる。テンプルはこの週の初めに、ルースがペディキュアをしているのを見たし、クラレンス・エプスタインとスパドーナ研究所の支持者である彼女なら、まちがいなく《ウォールストリート・ジャーナル》も読んでいるだろう。

テンプルは自分のデスクまで行き、母親に電話をかけた。電話に出たのはジェシカで、カリンは休んでいるという――「伝言があるなら伝えるわよ」

ためらいはあったが、ジェシカへの嫉妬心よりも、情報を得るほうが大事だと思うことにした。「あの水差し、どこから持ってきたの？　ほら、きのう、わたしがタイタスからとりあげたやつ」

「いったでしょ。裏庭で見つけたのよ！　また子どもの安全について説教したくて電話をよこしたの？　だったら必要ないわ」

「どならないでよ、ジェシカ。母の潔白を証明する方法を考えようとしてるんだから。わたしが思うに、硝酸アンモニウムを温室にわざと置いていった人物が、何か別のもので爆弾を作ったんじゃないかしら。たぶんアセトンを使って。どういう形で爆発したかはわからないけど、炎が空調用ダクトを通って上昇したのなら、あの家の外壁に見られたような焦げ跡が残るはずよ。あの焦げ跡はダクトに沿って建物をとりまいてたから。それに、アセトンはすごく発火しやすい薬品なの。分析結果を待ってるところだけど、もしかしたらルース・ミーチャムがあの水差しを、うちの――カリンの庭に投げこんだんじゃないかと思って」

ジェシカはしばらく黙っていたが、やがて答えた。「ルースのしわざなら、スパドーナ研究所を爆破する動機はいったいなんだったの？　あの人、クラレンス・エプスタインを崇めてたのよ。彼の話をするときは、まるで聖人扱いだった。もしかして、学生のころに恋人どうしか何かだったんじゃないかしら。彼のほうが大きな権力と名声を得たあとも、ルースは彼に憧れ《ムーニング》つづけてた。彼はきらめく星《スター》になったけど、ルースはただの衛星《ムーン》のまま」ジェシカは自分の洒落に声をあげて笑った。

「動機はわからないわ」テンプルはいらだたしげにいった。「ミズ・ミーチャムはカリンが自宅をコミューンにしているのをひどく嫌ってるし、カリンの支援する活動をことごとく嫌ってる。とうとう頭にきて、カリンに何か大きな犯罪の濡れ衣を着せて刑務所に送りこめば、あの家を閉鎖に追いこめるって思ったんじゃないかしら。とにかく、ミーチャム家のごみを調べて、硝酸アンモニウムの痕跡がないか探してみなくては。処分されてからじゃ遅いし、カリンの家のごみ箱に投げこまれでもしたら大変。今夜そっちへ行って、手遅れになる前に調べてみることにするわ。母には何もいわないでね――報復を企む人間がいるなんて、母には耐えられないことだから」

職場を出る前に質量分析ラボをもう一度見にいったが、レティスの姿はすでになかった。ひきかえしてレティスのデスクへ行き、パソコンを見た。たぶん、飼い猫の名前をパスワードにしているはずだ。キーボードの上へ指を伸ばしたが、そのあとでひっこめた。水差しに入っていたのがアセトンだったのはわかっている――昨日の午後、指に焼けるような痛みが走ったのは、なんらかのアセトン化合物が乾燥して新聞紙の表面に付着していたからにちがいない。ここでぐずぐずしているよりも、ルース・ミーチャムの家まで行って、彼女がごみを処分してしまう前に調べてみるほうが先だ。それに、サンフォード・リーフには止められたが、スパドーナ研究所の地下室を調べてサンプルを採取してくるつもりだった。車のトランクにヘルメットが入っているし、サンプル採取用のバッグはブリーフケースにどっさり入れてある。グローブボックスには使い捨てカメラもある。

ハイドパークに着くころには、晩夏の夕暮れがグレイから紫に変わりはじめていた。車を横丁に停め、細い路地を抜けて母の家の裏手に出た――詮索好きな隣人はルース・ミーチャムだけではないだろうから、路地のほうが人目につきにくい。ルース・ミーチャムの家の裏門には鍵がかかっていたが、母のところの裏門は――もちろん――入りたければどうぞといわんばかりにあけっぱなしだった。

テンプルは足音を忍ばせて裏門を通り抜けた。母親の家の敷地とミーチャム側の敷地を隔てるフェンスは、母の温室のところで終わっていて、温室の裏にぎりぎり通り抜けられる空間があった。ミーチャム家の庭に入ったところで、肩をそっと叩かれて、思わず悲鳴をあげかけた。

「テンプル？　脅かしてごめん」ジェシカの顔が暗がりに浮かびあがった。「ちょっと心配なことがおきたの」

テンプルはいまも喉もとで激しく打つ脈を感じることができた。

「わたしたちが電話で話したすぐあとに、ルース・ミーチャムからカリンに電話があったの。で、カリンはルースの家へ出かけていって――それっきりなの。もしルースがほんとにおかしくなってて、あなたのお母さんに仕返ししたい一心でスパドーナ研究所を爆破したんだとすると、いまだって何をするかわからないわ」

「警察に電話しなきゃ」

「なんていうつもり？　〝カリンがおとなりへ行ったんですが、どうも心配で〟とか？」

「じゃあ、わたしがルースの家に入って、なかの様子を探ってくるわ」テンプルは不安のにじむ声でいった。

「あたしはここで待ってる。十分たってもあなたが戻ってこなかったら、警察に電話して、誰かが忍びこむのを見たっていうわ」ジェシカがいった。

「坊やはどこ？」テンプルは不意にタイタスのことを思いだした。

「寝てる。しばらくなら一人にしてても大丈夫よ。あの子のことは心配しないで。あなたもお母さんと同じく嫌みな人ね。口うるさいこと！」

テンプルはつかのま目を閉じた——気にしちゃだめ。ジェシカには本当にいらいらさせられるが、今は手を貸してくれている。貴重なエネルギーを喧嘩で無駄にするのはよそう。それ以上何もいわずに、ルースの家の正面玄関へまわり、呼鈴を鳴らした。ジェシカはステップの下に残り、玄関ドアから見えないようにしゃがんでいる。

二度ベルを鳴らしたあと、慎重にノブをまわしてみた。玄関の鍵はあいていた。ふりかえってジェシカに手をふってから、なかに入った。心臓がまだどきどきしていたので、ドアを入ったところに一分ほど立ったまま、意思決定の樹形図《ディシジョン・ツリー》を思い浮かべた――ルースとカリンを見つけるにはどこを捜せばいいのか。何をすればいいのか。意思決定をすべき事柄のひとつひとつが〝イエス〟と〝ノー〟に枝分かれしながら、頭のなかに浮かびあがった。

ルースの屋敷に入ったことは数えるほどしかないため、間取りがわからなかったが、一階を手早く見てまわった。人の姿はなかった。地下へつづく階段がキッチンと玄関ホールの両方にあった。テンプルはキッチンの階段のすぐそばにいたので、そちらをおりたが、家のなかがあまりに静かなので、ひょっとしたらルースが母をいくるめて車でどこかへ連れ去ったのではないかと不安になってきた。

キャンバス地のバッグから小型の懐中電灯をひっぱりだした。いまいるのは狭い洗濯室で、地下室のほかの部分へ通じるドアがいくつかあった。それらを懐中電灯で照らしてみた。つぎの瞬間、助けを求める母の声がした。

「わたしよ、母さん、テンプルよ。いますぐ行く」

声は左からきこえた。あわてた拍子にタオルの籠につまずいてころんだが、立ちあがったときに照明のスイッチを見つけることができた。最初は暖房炉とほかの機械類しか見えなかったが、ふたたび母の呼ぶ声がしたとき、部屋の奥にその姿が見えた。手足を縛られて給湯器のそばにころがされていた。母の横には、ルース・ミーチャムがやはり縛られ、おまけに意識を失って倒れていた。

テンプルは母のそばに膝をつき、手のロープをほどきにかかった――だが、自分の両手の震えがひどくて使いものにならなかった。「母さん! 何があったの? わたし、てっきりルースが――」

「テンプル、危ない!」カリンが叫んだ。

ふりむくと、薪を棍棒がわりに構えたジェシカが、テンプルにのしかかるように立っていた。テンプルはころがって逃れようとしたが、ショックで反応が鈍っていて、ころがった瞬間、頭の横を薪で強打された。

VI

気を失っていたのはほんの一、二分のことだったが、吐き気とともに意識が戻ってみると、自分もまた縛られてカリンの横に倒れていた。皺くちゃになった《ウォールストリート・ジャーナル》を、ジェシカが給湯器のそばの床に置いている。その動作はまるで寺院の女神が生け贄を捧げるように正確だった。

「ジェシカ、何をしてるの?」ろれつがまわっていないのはわかっていた――すべてがぼやけていた。明かりも、自分の声も、《ウォールストリート・ジャーナル》を握りしめて、自分を見おろしている巨人も。

「スパドーナ爆破事件を解決しようとしてるのよ」ジェシカがいった。「哀れなルース——あなたのお母さんへの憎しみが高じて手がつけられなくなり、あなたたち二人を火葬用の焚きつけにするために、ここに連れてくるなんて」

「でも、ジェシカ、なぜ？　なぜ三人とも殺す必要があるの？　わたしたち、あなたに危害を加えようなんて思ってないのに。たとえスパドーナ研究所の建物を爆破したのがあなただとしても、どうしてミスタ・エプスタインとミスタ・アンソニーを殺したうえに、わたしたちにまで危害をくわえようとするの？」

「あなたがお節介だからよ！」ジェシカが吐き捨てるようにいった。「あたしのものをあなたのくだらないラボに持ちこんだりして。でも、これでもう何が見つかろうと関係ないわ。すべての証拠がここを指し示すことになるんだから！　ルースとカリンの嫉妬というわけよ」

「まあっ、汚い人！」ルースが意識をとりもどし、身体をおこそうとしていた。ふたたび倒れながらも、激しい口調でつづけた。「あなたがクラレンスに嫌がらせをしても、誰も注意を払わないと思ったんでしょうけど、わたしは最初からちゃんと見抜いてたのよ。だからカリンに警告しようとしたのに、この人ときたら、聖人ぶって警告も疑いも受けつけようとしないんだから」

「放っておきなさい、ルース、放っておくの。どうだっていいじゃない」

「放っておけですって?」隣人がいった。「いいかげんにしてよ! できるものなら、あなただけここに残して出ていきたい。吹き飛ばされてしまえばいいんだわ。あなたも、あなたの聖なるマントラも。ジェシカはね、ワシントンにいたとき、クラレンスのところで働いてたのよ。タイタスはあの人の子供なの。ジェシカがシカゴにきたのは彼をなじるためで、あなたはいいように利用されたのよ! わたしだったらすぐにする質問を、あなたが一度でもしていれば、この人に部屋を貸すなんてこと、ぜったいにしなかったでしょうに!」

テンプルはヒステリックな笑いの泡が湧きあがってくるのを感じた。子供が水を使って実験をするときに、噴水器に浮かびあがる泡のように。まだめまいがひどく、頭がぼうっとしていたが、なんて結末なのと思ったら、おかしくて笑いが止まらなくなった。

「おもしろがってるの?」ジェシカが嚙みつくようにいった。「小生意気なミス・パーフェクトだものね。ルールでがんじがらめの生活を送ってて、歩くコンピュータってとこかしら。奥さんがいる男と寝るなんて、考えたこともないんでしょうね。プロフェッサー・コンサバティブこと、あの新保守主義《ネオコン》の経済学の聖人は、あたしに無理やり中絶させようとしたのよ。自分の履歴書に子供はいらないってわけ。すくなくとも、研修生の一人に産ませたような子はね。ポトマックの邸宅には非のうちどころのない奥さんがいるんだもの。先週ここにやってきたとき、あいつはあたしを脅迫したのよ。タイタスをとりあげてやるって脅したの。あたしが母親として失格であることは証明できるし、刑務所へ放りこむこともできるっていうのよ」

「あら、ジェシカ、わたしが力になってあげられたのに」カリンがいった。「クラレンスを殺す必要なんてなかったのよ。とにかく落ち着いて。あなたならきっとできるわ。二人で解決していきましょう」

「もうっ、あなたにも、〝落ち着け〟って言葉にもうんざり！」ジェシカが叫んだ。「その新聞でも読んでなさいよ。あなたのために、世界の終わりを予言してくれるでしょうよ」

ジェシカは地下室から飛びだしていった。カリンが小声でマントラを唱えはじめた。

「エーカ・レーヤ、エーカ・レーヤ」〝調和〟。

「黙ってて」ルースがいった。生涯最後の数分間が、カリンのヒッピーかぶれのたわごとに埋めつくされるなんてまっぴら。テンプルの頭上から、パイプを流れる水音がきこえてきた。

「誰か家にいるの？　水を流してるのは誰？」テンプルは問いかけながら、いまにも悲鳴をあげそうになった。

「誰もいないわよ。わたしはあなたのバカなお母さんとはちがって、親が遺してくれたすばらしい家でコミューンをひらくような――」

新聞紙。それだ。ジェシカが新聞紙を爆弾に変えたのだ。アセトンに浸し、乾燥させれば、完璧な発火装置になる。ジェシカが二階のどこかで湯を流している。給湯器の口火がついたら――いまにもつくだろう――新聞紙がナパーム弾のように炸裂する。テンプルは痛みをこらえてころがると、給湯器に体当たりした。水抜き栓、これをあけなくちゃ、両手が前にまわせない、どうしよう、一分もないのに、あと数秒。テンプルは水抜き栓を歯で嚙んで思いきりひねった。もう一度。歯が欠けた。もう一度。そのとき、大量の湯があふれだし、テンプルに、新聞紙に、その先に横たわったルース・ミーチャムにふりそそいだ。

Ⅶ

「もう大丈夫よ、ダーリン」カリンが包帯に包まれたテンプルの頭をなでた。「顔の片側を火傷したけど、そんなにひどくはないそうよ。お医者さまの話だと、手術をすれば傷跡はほとんど目立たないだろうって。勇敢だったわね。賢い判断だったたし。ああやればいいって、どうしてわかったの？」

「わたしはエンジニアよ」テンプルはいった。「いつもそういうことを勉強してるの」

「ところで、新聞紙には何がついてたの？」カリンがきいた。

「アセトン」アルヴィンが答えた。「それに鉱物油と、四硝酸ペンタエリトリトール《PETN》と呼ばれるもの。一種の起爆剤ですね」

レティスとアルヴィンがテンプルの見舞いにきているのだ。ビデオゲームを持ってきてくれた。テンプルにはぜったいクリアできないから、手術を待つあいだのいい暇つぶしになるといって。「ジェシカがスパドーナ研究所の建物に使用したのもそれだって、いまはFBIも認めてるよ――『アナーキスト・ハンドブック』を読めば詳細は誰でも入手できる――爆発物の専門家でなくてもいいってことさ。だが、空調用ダクトを通って炎があがっていった仕組みを見抜いたのはさすがだったな――サンフォードも、新米のわりにはよくやったといっていた。よけいなことに首を突っこんだとしてもね」

「何もわかってなかったのよ」テンプルはいった。「すべての背後にルースがいるって、ジェシカに思いこまされてしまったの」

「あらあら、ルースですって？ 単に、動揺しやすくて怒りっぽい人っていうだけなのに。でも、ルースのおかげで、あそこから逃げだせたのよ。あなたがあのバルブだかタップだかを歯でひねったのを見るなり、ルースも歯を使ってわたしの手首のロープをほどいてくれたの。殴られてまだぼうっとしてたでしょうに、二階へ行って電話で助けを呼んでくれたのよ」

「ジェシカはきっと、完璧におかしくなってたのね」レティスがいった。「あれだけのことをしておいて、逃げおおせると本気で思ってたのかしら」

「かわいそうなジェシカ――刑務所で過酷な日々を過ごすことでしょうね。長いあいだ修練を積んできたわたしでも、逮捕されたときはうまく対処できなかったのよ。ジェシカも心のバランスを保てる場所を見つけようって気にならないと、怒りに支配された過酷な日々を送ることになるわ」

「かわいそうなジェシカですって！」とテンプルはいった。「たまには〝かわいそうなテンプル〟っていえないの？　〝かわいそうなカリン〟でもいいわ。ジェシカのことは心配しても、わたしのことは心配じゃないの？　彼女は人の命を奪った悪党で、わたしは母さんの命の恩人なのよ！」

カリンはベッドの脇にひざまずいて、両腕を娘の身体にまわした。「テンプル、あなたを愛してる。あなたはわたしの人生の月と太陽の女神よ。でも、あなたが〝かわいそうなテンプル〟になることはありえない。あなたはけっして、自分の鬱憤晴らしのために人を殺すような、そんな弱い臆病な人間になりはしない。あなたをかわいそうに思うなんて、そんな侮辱的なことがどうしてできるの？」

「ほらね」レティスがいった。「うちの母だったら、こんなことぜったいいってくれないわ。きっとこうよ。〝レティス、さっさと病院のベッドを離れて、ママにお水を持ってきて〟って。あなたのお母さんは最高にクールよ、テンプル。いいかげんに慣れなきゃ！」

第三部　ボーナス・トラック

ポスター・チャイルド

Poster Child

本作がサラ・パレツキーの最新の短篇作品となる。昨年（二〇一一年）の十一月に刊行されたばかりのアンソロジー*Send My Love and a Molotov Cocktail!*のために書き下ろした作品。もちろん本邦初紹介となる。V・I・ウォーショースキー・シリーズではおなじみのフィンチレー警部補が登場するほか、ヴィクについての言及も出てくるなどシリーズの外伝的作品になっている。出来立てほやほやの作品をご堪能いただきたい。

ジョギングやサイクリングの連中が死体のそばを通りすぎるものの、誰も足を止めないまま、一時間近くがすぎた。その朝は湖畔に霧が濃く立ちこめ、亡霊のごとく重なりあった霧を透かして、男は自分が吐いたゲロにまみれてベンチで意識を失っている酔っぱらいのように見えた。通りかかった人間がわざわざ近づこうとする姿ではない。

男が死んでいることが明らかになったのは、ベンチのまわりに散らばったゴミの山から一人の女性が犬をひき離そうとしたときだった。男は顔面を強打されて眼球がつぶれていた。また、口からはみでているのは吐瀉物ではなく、中絶反対のチラシを丸めたものだった。つんと突きだしているため、切断された子供を食べているみたいに見えた。

女性の脚から力が抜けた。悲鳴をあげたかったが、声にならなかった。犬が湖畔の小道の真ん中に立って狂ったように吠えはじめ、霧のなかを猛スピードで走ってきたサイクリングの男が犬と衝突して、自転車ごと転倒し、草と雁の糞まみれになった。女性にガンガン文句をいいはじめたが、女性は無言でベンチを指さすだけだった。サイクリングの男はようやく九一一に電話をしたが、犬をおとなしくさせておかなかった女性をどなりつけながら、自転車をおこし、ふたたび霧のなかへ走り去った。

女性は子供の泣き声を耳にしたように思ったが、足の震えがひどすぎて、調べにいく余裕もなかった。しばらくしてから、カモメの声にすぎなかったのだろうと思った。

九一一への通報を受けたのは、すでに現場近くにいたラリー・パチェコだった。ランドルフ通りの近くに錨をおろした船の上で、赤ん坊殺しの連中が資金集めパーティをやっている。当然、それに抗議するために、中絶反対の連中が大挙して押し寄せていた。その一部はレイク・ショア・ドライブ沿いに並び、虐殺された赤ん坊が描かれたプラカードを掲げていた。べつのグループは、港の入口近くで車やタクシーからおりるパーティ参加者に罵声を浴びせていた。

パチェコは、中絶反対派と賛成派の乱闘騒ぎを防ぐために派遣された数人の警官の一人だった。無力な小さい赤ん坊を、自分の胎内にいるうちに殺すことのできる女がいるというのが、パチェコにはどうにも理解できなかった。自分の姉が中絶手術を受けたことを知ったときは、姉をさんざんぶちのめした。あとで目と唇の手当てをしてもらうため救急病院へ連れていかなくてはならなかったほどだ。しかし、姉にわからせる必要があった。殺人は殺人。法律で罰せられることがないとしても、罪の報いは受けねばならない。

　とはいえ、これら赤ん坊を救う連中というか、愛する連中というか、とにかくその連中も、パチェコにはうまく説明できないのだが、どうもまともとは思えなかった。アーノルド・カルヴァー（四十七歳、八人の子持ち）みたいな一人前の男がなぜこんなことをしているのか。国内をまわって医者を襲撃したり、血まみれの人体のパーツに覆われたプラカードを掲げたりするのが、まともなことといえるだろうか。

　パチェコが九一一の通報を受けたのは、資金集めパーティが始まって二時間ほどたったころだった。港の入口に何時間も立ちどおしだったため、脚が疼《うず》いていた。のろのろと重い足どりで、湿った冷たい大気のなかを死体のところまで歩いた。

　犬を散歩させていた女性と同じく、パチェコも死者の口からはみでたチラシを見てたじろいだが、部長刑事に携帯メールを送り、何を見つけたかを報告した。殺人事件発生、たぶん鈍器による殴打、刑事の派遣要請。

　被害者がいかに有名な人物かを、第六管区の警邏隊長を務めるフィンチレー警部補が知っていたなら、ベテラン刑事のペアを急行させていたことだろう。ところが、内勤の巡査部長がフィンチレーにパチェコのメッセージを伝えたときは、ホームレスの男が被害者だと思われていた。刑事部屋にいた刑事二人を行かせることにした。オリヴァー・ビリングズ（フィンチレーにいわせれば怠け者）、そして、オリヴァーのパートナーである新米刑事のリズ・マーチェク。

リズとオリヴァーが湖畔に到着すると、霧がかかっていたにもかかわらず、死体はすぐに見つかった。モンロー通りの交差点で、少なくとも五台のパトカーがライトを点滅させていた。一台のパトカーが何か興味深いことを発見すれば、その界隈にいるパトカーがつぎつぎと集まってくる。ひとつには、危険な事態になったときに仲間を守るためだが、退屈しのぎのためでもある。

オリヴァーが被害者のジャケットのポケットに手を突っこむと、身分証の入った財布が見つかった。アーノルド・カルヴァー。

「カルヴァー？」パチェコは思わず叫んだ。「赤ん坊殺しの連中が集まってる港の外で、さっき、姿を見たばかりだ。子供を何人も連れてて、どっかの女がカルヴァーを襲撃したんだが、命に別状はなかった」

「赤ん坊殺し？」リズがきいた。「赤ちゃんを殺した連中が湖畔で堂々と集会をやってるのに、警察は黙って見てるんですか」

「こいつがいってるのは中絶推進派の連中のことだよ、新米くん」オリヴァーがいった。「資金集めのパーティか何かやってんだ。点呼のときに、ボスがその話をしてただろ」

リズはパートナーに向かって目をしばたたいた。「ありがと、オリー。専門用語を使われると、ときどき戸惑ってしまうの」

鑑識チームが彼らに合流したので、リズも死体に注意を戻した。「上方から殴打されたようだ」技師の一人がいった。「犯人の身長は監察医のほうから教えてくれると思うが、誰にでもやれただろうな。大柄でなくてもいい。怒り狂ってただけだ」

中絶をめぐるアメリカ国内の論争に関心を持つ者なら誰だって、カルヴァーが多数の人々を激怒させてきたことを知っている。中絶をなくすために創意工夫に富んだ方法を考える人間ともとれるし、人や財産の境界線を平気で踏みにじる邪悪な異常者ともとれる。つねに十以上もの訴訟をおこされているが、同時に、中絶に反対するアメリカ国内の教会の潤沢な資金を後ろ盾にしているため、リベラルな考え方のクリニックにヘリから爆弾を投下したり、クリニックのスタッフの子供たちをつけまわしたり、自分の支持者をそそのかして医者を銃撃させたり、といったことを続けている。

リズがパートナーに視線を戻すと、彼はパチェコがさきほど目撃したというカルヴァー襲撃の件について、くわしい話をきいているところだった。

さっきはものすごい霧だったから、車が走ってきても、すぐそばにくるまでほとんど見えなかった、とパチェコはいった。「おれとミュラーの二人が港の外に立ってたら、突然、霧が部分的に晴れて、カルヴァーの姿が見えたんです。子供を四人連れてた。二人はたぶん十代、あとの二人は七歳か、八歳か、まあそんな感じでした」

カルヴァーは子供たちにチラシを渡しているところで、何か指示している様子だった。黒っぽいコートをはおった白髪の女性がタクシーをおりたとき、カルヴァーは年下の子の一人にチラシを持たせて、その女性のほうへ行かせた。

車の音と波の音がうるさくて、女性が何をいったかまでは、パチェコはきいていなかった。「けど、あの態度からすると、かなり怒り狂ってたようです、刑事さん。チラシをつかむなり、丸めて、力いっぱいカルヴァーに投げつけたんだから」

「たいした襲撃じゃなかったようね」リズは意見をいった。「カルヴァーのほうは、その女性を殴るか何かしたの？」

「霧でよく見えませんでした。おれは二人のほうへ行きました。仲裁が必要かと思って。けど、女性はすでに船につづくタラップを渡ってるとこでした」

カルヴァーは子供二人を連れて霧のなかへ姿を消していた。あとの二人（十代が一人と、小さい子が一人）は、チラシの束を抱えて港の入口に残っていた。車が止まるたびに、甲高い声をそろえて、「ぼくらを殺さないでくれてありがとう！」といっていた。

女性の顔を見ればぜったいわかると、パチェコがオリヴァーにいったので、二人は船に乗りこんだ。ダイニング・ルームに入ると、ちょうど最後のスピーチが終わろうとしていた。

二人は室内をまわり、演壇近くのテーブルについている女性をパチェコが見つけた。リズはすぐさまその顔に気づいた。ドクター・ニーナ・アダリ。ループにあるクリニックで中絶をやっている。

ドクター・アダリにのしかかるように立ったオリヴァーとパチェコが、アーノルド・カルヴァーについて何か知っているかと尋ねたとき、ドクターは呆然とするあまり、リズにまで目を向ける余裕がなかった。

「何か知ってるかって？　あの男は弱い者いじめの好きな悪党よ。どうして？　誰かを襲撃したの？」

「逆でしょう」オリヴァーがいった。「けさ、あなたがカルヴァーと喧嘩なさった件について、二、三お尋ねする必要があります」

「喧嘩？」アダリはその言葉が一度も耳にしたことのない外国語であるかのようにくりかえした。「わたし、人と喧嘩なんかしません。カルヴァーがそういっているのなら、嘘に決まってるわ」

「われわれがきいた話とちがいますね。こちらのきいた話では、あなたはカルヴァーと一緒にいるところを目撃された最後の人物だとか。そして、あなたがカルヴァーに襲いかかった」

「死んだっていうの？」アダリがギクッとした声になった。

「なぜそう思うんです？」オリヴァーがいった。

「じゃ、行方不明なの？　襲いかかったなんて嘘よ。あの男が子供の一人を使って、不愉快なチラシをよこしたから、あいつの顔に投げつけてやったけど、それが襲撃にあたるとは思えないわ。うちのクリニックやスタッフに対するあの男の襲撃なんか、比べものにならないわよ。警察は知らん顔だけど」

アダリと同じテーブルにいた一人がドクターの腕に手を置いた。「まあまあ、ニーナ。あなたの知ってることをこの人たちに話す前に、なんの用だかきいてみましょうよ」

たちまち、ダイニング・ルームが騒がしくなった。アーノルドが死んだ。殺された。車にひかれたらしい。いや、港に浮かんでるのを警察が見つけたんだ。人がぎっしりの部屋で単純な事実が迷路のごとき陰謀に変わっていくそのスピードときたら、驚くべきものだった。近くのテーブルにいた誰かが神経質な忍び笑いを洩らして尋ねるのを、リズは耳にした——四十七歳になって中絶されたわけね。ちょっと遅すぎない？

警察がアダリを連れていこうとしていることに近くの人々が気づき、まわりに集まってきて、アダリの権利や無実を主張しはじめた。

「逮捕したわけじゃありません。一緒にきて、質問に答えてもらいたいだけです。かまいませんね、先生」オリヴァーがいった。

人々は何やらぼそぼそとつぶやきながらしりぞいた。資金集めパーティの席で年配の白人女性を連行するのは、麻薬の密売所でチンピラ連中をつかまえるのとちがって、楽な点がひとつある――リズは思った――当人も、友人たちも、喧嘩腰になることはない。だが、一方、ダイニング・ルームには弁護士がうようよしていて、警官がアダリを連れて出ていこうとすると、そのうち三人（男性一人と女性二人）が彼女の横に付き添った。

「罪に問うつもり？」女性弁護士の一人がきいた。

リズは目を細めて、バッジの名前を読んだ。レイドン・アシュフォード。苗字を二つもつけて歩きまわるのは、超セレブな特権階級だけだ。リズはカッとならないように努めたが、本音をいえば、取調室で横柄な弁護士に同席されるのはごめんだった。

「いや、いまのところ、そのつもりはありません。話をききたいだけです」愛想のいい笑みを顔に貼りつけて、オリヴァーが答えた。この男は、砂糖をふるいにかける菓子職人のごとく、微笑を使い分ける。ペストリーに甘みをつけるのに砂糖がどれだけ必要かを心得ているのだ。

弁護士三人は、アダリと警官たちと一緒にエスカレーターで下におりた。三人とも署まで一緒に行くといった。

「この人に弁護士は必要ありません」リズはいった。「いくつか質問したいだけですから」

「誰にでも弁護士が必要よ」レイドン・アシュフォードが答えた。「車で一緒に行くわ、ニーナ。取調べが正当におこなわれるよう監視しなきゃ」

警察の外には、刑事たちが〝興味の対象となる人物〟を連れて到着するずっと前から、群衆が集まりはじめていた。ロザリオと怒りのプラカード（〝赤ん坊殺しの連中を絶滅させろ〟、〝アメリカのホロコーストを止めろ〟、〝胎内の子を守れ〟、そして、例によって、血まみれの人体のパーツをひきのばした写真）を手にした大人たちが、歩道に膝を突き、車道ぎりぎりのところまで埋めつくしていた。子供も一緒に連れてきていた。この子たち、本当だったら学校にいるはずなのに、とリズは思った。警察の前ですわりこみに加わって、自分たちの親がパトカーに向かって大声で悪態をつくのを耳にするのではなく。

「裏へまわってくれ」オリヴァーがいった。「あいつらに車を襲撃されたら大変だ」

リズはスピードを落とすことなく正門前を走りすぎた。「あの人たち、何を考えてるのかしら。こんなことに子供を巻きこんだりして。テレビドラマのセットじゃないのに」

「いや、セットのようなもんだ」リズが猛スピードで角を曲がる瞬間、オリヴァー・ビリングズはサイドミラーをのぞいた。「テレビの取材班が準備をしてる」

リズは無線で内勤の巡査部長を呼びだし、裏から入ることを伝えた。「表に人だかりができてるわよ、トミー。テレビ局もたくさんきてるって、オリヴァーがいってる。クリスチャン・ブロードキャストのトラックが、ローズヴェルト・ロードでこの車のうしろについてたんですって」

「モニターでずっと見てたよ」内勤の巡査部長はいった。「サーカスで働くのが望みなら、空中ブランコの練習でもやってただろうけどさ。きみらが着いたことを、警部補に知らせておこう」

刑事たちが署の裏口に着いたとき、裏のゲートのそばですわりこみをやっている少人数の連中の頭を霧が包みこんでいて、まるでギロチンにかけられた死体のように見えた。

内勤の巡査部長がゲートをあけても、すわりこみの連中は車の行く手を阻もうとはしなかったが、リズがゲートを通り抜けようとすると、窓をガンガン叩き、唾を飛ばした。

「この人たちがクリスチャンなら、ライオンに勝ち目はないわね」リズはオリヴァーに向かって小声でいった。

「リーダーが死んだんで、いきりたってるのさ。それに、この車に容疑者が乗ってることも知ってるし」

ようやく裏口を通り抜けて、フィンチレー警部補のオフィスに入ったところで、アダリに付き添って同じパトカーできた弁護士がフィンチレーに向かって、ドクターが事情聴取のために連行されたことを中絶反対派がなぜ知っているのかと尋ねた。「ドクター・アダリがこの署にくることを、あなたが連中に知らせたんですか」

「われわれのやることは、あまり秘密にできないんでね」フィンチレーは答えた。「一般の人が警察の通信を傍受する。警官の行動をビデオで撮影して、ネットに流す。あなただってわたしと同じく、よくご存じのはずだ。それから、ミスタ・カルヴァーの死がどれだけ大きな怒りを招いているかは、あなたとドクター・アダリにもおわかりのはず。だから、嫌みないい方はほどほどにしてください。いいですね？」

フィンチレーは制服警官に命じてアダリと弁護士を取調室へ案内させ、そのあとでリズとオリヴァーをオフィスに呼んだ。「よし、きみたち二人の知ってることをすべて話してくれ。いますぐ。なぜあの医者を連れてきた？」

「パチェコが――あ、カルヴァーの死体を発見した制服警官ですが――資金集めパーティがひらかれてた船の外で医者がカルヴァーに襲いかかるのを見たっていうんです」オリヴァーはいった。

「警官はなんで医者の正体を知ってたんだ？　その中絶賛成グループのことを調べてるとか？」フィンチレーはいった。

「いえ、ちがいます」パチェコがドクター・アダリのことを知った経緯をリズが説明した。「アダリの経歴をネットで調べてみました。アダリが彼女に嫌がらせをつづけてたみたいです。アダリが訴訟を二つおこしてます。カルヴァー自身と、彼の組織を相手どって」

「だがなあ」フィンチレーはいった。「あのドクターはあまり大柄じゃないし、おまけに、カルヴァーより二十は年上のはずだ。カルヴァーを襲撃できるとは思えん。ましてや、殺すなんて無理だ」

「霧のなかで不意打ちってこともあります、警部補」オリヴァーが意見を述べた。「しかも、カルヴァーを殺した犯人は怒り狂ってた。頭を何度も殴りつけて、眼窩がぐしゃぐしゃになったほどだ」

フィンチレーは不機嫌にいった。「アダリって女医のほうに前科は？」

オリヴァーは肩に力をこめた。「学生時代からあとはありません。ベトナム戦争のころにさかのぼって、七〇年代に三回逮捕されてます。一度は軍の徴兵担当官に血をぶっかけたとかで」

「マーチェク——三十年も前じゃなくて、もっと最近のことで何かないのか」

リズがふと見ると、フィンチレーの左のこめかみで血管が脈打っていた。「ええと、あの、カルヴァーのことを調べてたようです。アダリはたぶん、カルヴァーの弱みを何か握って、クリニックが彼の標的にされるのを阻止しようとしたんでしょう」

「何か見つかったのかな」

「アダリから話をきくときに、それについても尋ねるつもりです」

「二人とも、ここはひとつ、きわめて慎重にやってくれ。すでに枢機卿からこっちに電話が入っている。市長からも。それに、アメリカ市民的自由連合の支部長からも。ＦＯＸや

CNNが二十四時間ぶっつづけでこのニュースを追うのはまちがいない。容疑者と話をする場合、この署内においてはとくに、ごく小さな点に至るまですべて規則に従ってほしい。わかったな？《カピーシュ》」

「了解」リズは答えた。

「それと、きみらのどちらかが情報を洩らしたりすれば、たとえ相手が十歳のブロガーであっても、短い人生の残りをサウス・シカゴの夜間パトロールに費やすようになるからな」

「了解」リズはくりかえした。

「へい、了解です、ボス」オリヴァーが敬礼のまねごとをした。

警部補が眉をひそめたので、オリヴァーはぶつぶついいながら取調室へ向かった。フィンチレーがオリヴァー・ビリングズと一緒に笑ったり冗談をいったりするのを拒むたびに、オリヴァーのほうは新任の警邏隊長への不満を大きくしていた。フィンチレーが黒人で、オリヴァーが白人という事実が、二人の関係をよけい不安定なものにしていた。

リズはフィンチレーのことで不満を並べるパートナーに同情するふりをした。というのも、リズのことを自分の味方ではないと思っただけで、捜査現場でオリヴァーが意地悪な態度に出たことが一度ならずあったからだ。リズ個人としては、前任の警邏隊長がやめたことを喜んでいた。その隊長の下で働いたのはわずか二カ月だったが、女性警官へのセクハラ発言を冗談でごまかそうという男だった。リズをオリヴァーのパートナーに任命したときには、横目で彼女を見ながら、オリヴァーに「ひとつ、この女を揉んでやれ。ただし、変なとこを揉むんじゃないぞ」などといったものだった。勤務が終わると、深夜にお気に入りの仲間を連れて飲みに出かけるため、署内に不和が生じるだけでなく、オリヴァー・ビリングズを含めた飲み仲間がつねに二日酔いで仕事をする結果になっていた。

リズとオリヴァーは取調室の前でいったん足を止め、隠しマイクに耳を傾けていた警官に様子をきいた。レイドン・アシュフォードはどうやら、警察の盗聴を疑っているようで、警官の話によると、ドクター・アダリと弁護士がおたがいの耳元でぼそぼそささやきあっているため、何もききとれないそうだ。

オリヴァーはテーブルから椅子をひき、ゆったりもたれて脚を組んだ。こうすれば、容疑者は気軽な雑談が始まるのだと思うはず。録音しておくために、自分とリズの名前を告げたが、最初の質問にとりかかる暇もないうちに、アダリが目を細めてリズを見た。

「どこかでお目にかかってるかしら、刑事さん」

「それはないと思います、先生。今日のようなイベントの警備に駆りだされていないかぎりは」リズの口調はぎごちなかった。

オリヴァーが咳払いをして、自分に注意を向けさせようとした。「あなたとアーノルド・カルヴァーは過去にも揉めたことがあるそうですが、先生」

「この国で中絶をおこなっている医師は、誰もがカルヴァー氏と揉めた経験を持っています。最近は、避妊薬を処方する医師もほとんどが彼と揉めはじめています」ドクター・アダリは膝の上で両手を重ねていた。

「今日の午前中、資金集めのパーティ会場の外でカルヴァーを襲撃なさったのは、それが理由だったんですか」オリヴァーが尋ねた。

「さきほど申しあげたこと以外、つけくわえることはありません」ドクターはいった。

「あの男は自分の子供の一人を使って、わたしにチラシをよこしました。わたしはそれを彼に投げつけました。それが襲撃といえます？　あの男がガソリンをしみこませたボロ布に火をつけて、わたしに向かって投げつけたときと同じだといえます？」

「そこんとこを知りたいんですよ、先生」オリヴァーはいった。「カルヴァーを追って湖の小道を行かれたのでは？　彼に食ってかかって、収拾がつかなくなったんじゃないですか」

「いいえ。実の子供たちを中絶反対の私的な軍隊に無理やり入れるなんて、児童虐待にあたるから、そんなことはやめるようにと彼にいって、それからパーティ会場に入りました。ランチのあいだわたしがずっと席についていたことを証言してくれる人は、いくらだっていますよ。ほかにお尋ねになりたいことは？　患者が待ってるんですけど」

「赤ん坊を中絶するために？」オリヴァーはきいた。

医師は答えた。「患者さんのプライバシーは侵すべからざるものです、刑事さん。診察を受けにくる理由は申しあげられません。わたしにいえるのは、患者さんを待たせるのは医師として失格だということだけです」

弁護士がいった。「そのとおりよ。ドクター・アダリに対してほかにも質問がおありでしたら、わたしに電話してください」レイドン・アシュフォードは名刺を一枚、取調室のテーブルに置いた。アダリにうなずきかけ、二人の女性は立ちあがった。

「カルヴァーの身辺調査をするために雇った探偵のことはどうなんです？」リズがきいた。

「それがなんなの？」弁護士がいった。

「調査に対して、カルヴァーはどう反応しました？」リズは食い下がった。

「彼の組織の人にきけば、話してくれると思うわ」アダリがいった。

「カルヴァーはあなたをプライバシーの侵害で訴えていた」オリヴァーはいった。「つまり、彼としては、おもしろくなかったでしょうな」

「プライバシーの侵害に関しては、とてもくわしい人だったから」アダリはいった。

弁護士が彼女の腕をきつくつかみ、取調室から連れだした。

「最後になって事情聴取に参加してくれてよかったよ」女性二人が出ていってから、オリヴァーがリズにいった。「耳と口が不自由になっちまったのかと思った」

リズは微笑した。「わたしは新米ですからね。覚えてます？　あなたに勉強させてもらってるの」

「きみはな、フィンチレーにへいこらしてる生意気女だよ。その達者な口を、カルヴァーの子供たちの前で使ったらどうかね。かわいいわが子を持ったときの予行演習になるだろうよ」

「じゃ、わたしがデイケアのスキルを磨いてるあいだ、あなたは何をするつもり？」

「ドクター・アダリはカルヴァーのことを調べるために誰かを雇った。その点を調べる価値ありだ」

リズは街の北西にあるかつての職人のコテージを改装した建物の三階を借りていたが、カルヴァーの子供たちの事情聴取を終えると、湖に近いロジャーズ・パークにある祖父のアパートメントへ向かった。

リズが九歳のときに母親が警察の手入れの不手際から死亡したあと、祖父母がリズと弟のエリオットを育ててくれた。祖母のジュディスは数年前に亡くなり、古いアパートメントで祖父が一人暮らしをしている。エッ・ハイム寺院の仕事からは離れたが、いまでも、リズが知っている人のなかで祖父が最高の賢人だ。

リズも昔からそんなふうに思っていたわけではない。十代のころは、母親のことで祖父と大喧嘩をしたものだった。母親はアナーキスト集団に入ってたんだから、死んだのは自業自得だ、というエリオットと喧嘩をし、警察の味方をして貧しい者を虐げている（というのはリズの勝手な意見だったが）祖父とも喧嘩をした。祖父を怒らせたくて、自分は神を信じないアナーキストだと宣言したが、祖父のほうは、リズに祝福を与えるときに「わたしの小さなアナーキスト」と呼んだだけだった。

警察に入りたいとリズが祖父に告げたとき、祖父は心を痛め、動機に関して鋭い質問をした。「レジスタンスのヒーローか何かになったつもりかね？　警察に潜入して、極秘ファイルを読もうというのかね？」

二人が真剣に議論を闘わせたのはこのときが最後だった。祖父が真実をズバッといいあてていることを、リズとしては認めたくなかったからだ。リズが警察でうまくやっていけるとは、祖父には思えなかったが、じつのところ、仕事が好きになっていった。七年間パトロールの仕事をしたあとで、刑事になるための試験に合格した。

「アナーキスト刑事！」今夜、リズがアパートメントに着くと、祖父がそういって迎えてくれた。「秩序の望めぬ世界で、いまも秩序を守ろうとしておるのかね？」

祖父はニュースを追うタイプではない。カルヴァーの死のことは祖父の耳に入っていなかったので、リズもそれには触れずに、祖父の関節炎、祖父の気をひこうと競いあっているミセス・ギリンスキーとミセス・マンハイム、そして、人間の女性がいないときにこの家の支配者となる猫のバテシバのことを尋ねるだけにしておいた。

「弟から連絡はあるかね？」

「毎日よ、おじいちゃん。おじいちゃんが携帯メールのやり方を覚えれば、こっちにも連絡をくれるでしょうに」弟のエリオットはデンマークにいて、勤務先のコペンハーゲン本社でコンピュータのセキュリティの検証と修復を担当している。

リズは夕食を作ろうと思ってキッチンに入った。祖父は一人分の食事を作るような面倒なことはしない人だとわかっているので。

「ところで、何を悩んでいるのだね、小さなアナーキスト？」祖父の前にオムレツを置くと、そう尋ねられた。

「ううん、何も。おじいちゃんが大好きだから食事を作りに寄るのが、どうしていけないの？」

祖父は微笑した。「感謝してるよ。たとえ、おまえが真実の一部しか話してくれなくても」

「真実を省略するのって、どれだけ大きな罪なの？」

祖父はうなずいた。リズはようやく、訪ねてきた本当の理由を打ち明けた。「ラビたちはその点について大いに思索を重ねてきた。そして、出した答えが――一概にはいえないということだ。おまえが誰かを危害から守ろうとしているのか、それとも、自分が恥をかくのを防ごうとしているのか、よけいな自慢を控えようとしているのか、自分のプライバシーを侵されまいとしているのか――おまえの問いに答える前に、わたしにはもっともっと情報が必要だ。誰かと話をしていて、真実を省略したのかね？　それとも、〝心を盗む《グネイヴァト・ダ》罪《ート》〟を犯して、誰かに偽りを信じさせたのかね？」

祖父が話をするあいだに、オムレツが冷めていった。夜が終わるころには、リズは自分が神を信じていたなら、いまよりもっと大きな悩みを抱えこむことになっただろうと思ったが、口には出さずにおいた。その必要もなかった。リズの額に手を置いて祝福を与えたとき、祖父のほうはそれを見抜いていたからだ。そのあと、リズは祖父の住まいを出て車で自分の家に帰った。

神が自分に対して怒っているのかどうか、リズにはわからなかったが、フィンチレー警部補はまちがいなく怒っていた。翌朝、第六管区の署に着くと、ほかの二人の刑事と共同で使っているデスクにメモが貼りつけてあった。〝マーチェク、すぐおれの部屋にくること〟。警官どうしの連絡は、ふつう、メールでおこなわれる。手書きのメモを見て、不吉な予感がした。

フィンチレーは内勤の巡査部長を部屋から追いだして、ドアを閉めた。「きのう、アダリを署に連れてきたとき、どうして打ち明けてくれなかったんだ、マーチェク？」

リズは背中で手を組み、脚をややひらいて、点検を受けるときのような姿勢で立っていた。警部補の左目の上に青筋が立っていた。危険なサインだ。

「この事件から離れてもらう」

「でも、警部補――」

「この会話に、〝でも、警部補〟というセリフはなし。きみが容疑者のクリニックに入っていくところを、被害者がカメラで撮っていた。いつまでも内緒にしておけるなどと、どうして思ったのだ?」

「わたしの病歴が誰かに関わりのあることだとは思いませんでした、警部補。被害者にも、わたしの同僚にも、関係のないことです」

「きみの病歴はきみ自身の問題だ、マーチェク。だから、おれがそれをネットに投稿することはないが、おれの指揮下にある警官の誰かが、捜査中の事件の容疑者もしくは被害者と過去に接触を持った場合は、まずその警官からこっちに報告がくるのが筋だと思う。被害者の書類を調べていた証拠物件担当班の人間からではなくて。まあ、きみがV・I・ウォーショースキーになったつもりで、標準的な法体系の枠外で活動しても罰を受けることはないと思いこんでいるのなら、話はべつだが。これから四十八時間以内にもっと強力な証拠が見つからないかぎり、きみも、カルヴァーが写真に撮ったほかの患者もすべて、この事件において参考人扱いを受けることになる。わかったね?」

「はい、警部補」リズは声が震えそうになるのを抑えるために、てのひらに爪を突き立てた。

「ふたたび現場に出てもいいと、おれのほうで判断するまで、きみは受付でレグゾール巡査部長を手伝い、それから、たまった書類仕事を片づけてくれ。ビリングズ刑事が出てきたら、ここにくるようにいってくれ。きみは捜査からはずす」

リズは警部補がオリヴァーに何を話す気でいるのかを知りたかったが、警部補の表情があまりに険悪なので、何もきけなかった。頭をしゃんとあげ、肩を丸めないようにして、受付デスクへ向かった。〝心を盗む罪〟はイリノイ州の刑法には含まれていないが、フィンチレー警部補はとにかく、それに対する罰則を知っている。

幸いなことに、レグゾール巡査部長は、刑事が内勤を命じられるのはよくあることだという態度で接してくれた。

九時半、リズのパートナーが到着すると、レグゾールはいった。「ビリングズ、警部補がお呼びだ。何をやってもいいが、痔のことでこぼすのだけはやめとけよ。あの警部補、痔のせいでおれの仕事の能率が下がってると判断し、おまえのパートナーをこっちの手伝いによこすことにした」

フィンチレーの部屋に五分いたあとで、オリヴァーは唇をキッと結んで受付デスクのところにやってきた。「おれたちの捜査に関して、あんた、フィンチレーに何を話した？」

「何も。けさ、警部補に呼ばれて、しばらくデスクワークをするようにっていわれたの。

そっちはわたしのことを警部補にどういったの？」

「役立たずの新米だといっといた。警部補はカルヴァー殺しをクレヴェンジャーとコーマックに担当させて、おれにはその補佐にまわるようにといった。お荷物ってわけだ！　あとこれぐらいでバッジを突っ返すとこだった」

オリヴァーが親指と人差し指を四分の一インチぐらいまで近づけてみせたので、リズとレグゾールは同情のうなずきを送った。オリヴァーの父親も、叔父二人も、祖父も、みんなシカゴ警察の警官だった。彼が辞職することはありえない。リズは警部補への感謝が心にあふれるのを感じた。リズのプライバシーを守ってくれた。オリヴァー・ビリングズに秘密を洩らさずにいてくれた。

「ところで、V・I・ウォーショースキーって誰なの？」ふたたび二人だけになったところで、リズはレグゾールにきいた。「警部補から、V・I・ウォーショースキーになったつもりかっていわれたの」

「私立探偵だ。多くの警官の神経を逆なでしてる。危険をものともしないし、おれたちにはできない近道をするんでな。おまけに、世間の注目を集める事件現場にひょっこりあらわれて事件を解決するという、迷惑な癖を持ってる」

「じゃ、カルヴァー殺しもその人があらわれて解決してくれるかも」リズはいった。

三十六時間がすぎたが、有力な証拠は見つからず、V・I・ウォーショースキーがあらわれる気配もなかった。あと十二時間たてば、フィンチレー警部補が証拠物件担当班から捜査班の刑事たちのほうへ写真をまわす。リズは参考人となる。中絶クリニックでカルヴァーが撮った何千枚もの写真のなかの一人にすぎないが、パートナーがリズをこきおろしたくなったときには、この個人的な病歴がパートナーの武器の一部になるだろう。このまま いけば、警察でのキャリアもおしまいかもしれない。

アダリのクリニックに入ったとき、カルヴァーに写真を撮られたことに気づいていれば、リズはその場で彼を殺していたかもしれない。警部補から、四十八時間後にはリズの個人的な事柄を公にするという脅しを受けていなかったら、カルヴァー殺しの犯人が罪に問われずにすむのを見て、喜ばしく思うことだろう。モーゼの十戒のうち、第六の戒律によれば、誰を殺すか、誰を殺さずにおくかを自分で選ぶなど、許されるはずもないことだが。

レグゾールの勤務時間が終わったとき、フィンチレーはまだ署に残っていた。リズは自分のデスクへ行って、迷宮入り事件のファイルの整理で忙しいふりをした。つぎのシフトの交替時間がくるまで仕事をつづけた。フィンチレーがようやく帰っていった。〝きみはいまだ保護観察中の身だ。しっかりやれよ〟という思いをリズに伝えるために、うなるような声を浴びせていった。リズは警部補がまちがいなく駐車場を出たと思えるまで待ってから、オリヴァーのデスクへ行き、パソコンにログインした。カルヴァー事件には彼女のパソコンからもアクセスできるが、証拠を残したくなかった。

カルヴァーのパスワードは簡単に推測できた。警察のバッジ番号に、お気に入りのアスリート二名の背番号をくっつけたもの。USBメモリに事件ファイルを保存し、ログアウトして、第三シフトの点呼が始まる前に自分の車に乗りこんでいた。

学生の多いにぎやかな界隈にあるネットカフェまで車を走らせた。駐車料金まで払った。駐車違反の取締りにあたっている女性警官にナンバープレートを読まれ、警官がそこに駐車していたことを知られたら大変だ。わたしは泥棒なの——祖父にそう告げる自分を想像した——情報泥棒。悪いことをしているという自覚があるから、ほかの人のパソコンを使って自分の足跡を消そうとしている。きまりの悪い思いで、パソコンを使うために時間料金を払った。

カルヴァー殺しは重大事件だったので、事件ファイルに多数の者がメモを書きこんでいた。鑑識からの報告／殺害に使われた凶器は、中絶反対派の連中がレイク・ショア・ドライブ沿いで掲げていたプラカードの持ち手のひとつ。犯行現場の捜索を担当した者が、カルヴァーの脳みそと血に覆われた木切れを見つけたが、指紋もDNAも被害者のもの以外は見つからなかった。

ドクター・アダリが始めていたカルヴァーの人生と経済状態の調査に関しては、オリヴァーのメモがついていた。犯罪行為は何ひとつ見つかっていないが、カルヴァーは組織の金を年間百万ドル近く自宅に持ち帰っていた。オリヴァーが余白に〝ここに大きな動機あり〟と書いていた。リズは首をふった。カルヴァーがアダリを殺す動機になるが、その逆にはならない。

リズはブログとソーシャル・ネットワークを少し調べてみた。ときたま、殺人犯が自分の頭の良さを認めてほしくて、ネットにさりげなくコメントを書きこむことがある。中絶反対の辛辣なコメントがネット上にあふれていた。標的はドクター・アダリ、多くの投稿によると、誰からも銃を向けられて当然の医者だとされていた。あまりに辛辣なので、リズは読むのをやめてしまった。

カルヴァーの写真が多数見つかった。彼を崇拝する支持者たちがデモのときに撮ったもので、いまでは、殉教した彼の貴重なイコンとして投稿されていた。写真の何枚かに、抗議デモに同行させた四人の子供も写っていた。男の子二人は水色のブレザーにネクタイというそっくりの格好、女の子たちはこの寒空にもかかわらず、水色のリボンがついたフリルひらひらの白いワンピースを着ていた。

二日前、フィンチレーの判断で事件からはずされる前にリズがカルヴァーの家へ出向いたとき、女の子たちは抗議デモのときと同じフリルのワンピースを着ていて、年下の男の子ジミーは水色のブレザーにネクタイという格好だった。年上の男の子だけが堅苦しい服を脱ぎ、スウェットシャツとジーンズ姿になっていた。思春期の反抗的な精神を発揮できるのは、たぶん、これだけなのだろう。リズは十代のころに祖父とあれこれ衝突したことを思いだした。スウェットシャツで寺院へ礼拝に出かけることだけがリズの反抗だったなら、どんなによかっただろう。

家には子供があふれていた。カルヴァーの子供が八人、未亡人を慰めるためにやってきた近所や親戚の人々の子供がさらに十人以上。

リズはカルヴァーの未亡人に型どおりの言葉を述べた。お邪魔して申しわけありませんが、けさ、ご主人と一緒にいたお子さんたちと話をさせてもらえないでしょうか。壁にかけられた十字架像を見ても、たじろがないようにした。

「犯人は逮捕されたと思ってたが」近所の人間がいった。「赤ん坊殺しの一人だろ」

リズは首をふった。「情報を集めているところです。お子さんが見たりきいたりしたことがあれば、とにかく参考にできますので」

カルヴァーと一緒にいた四人の子供を、女性たちがしぶしぶ連れてきた。いちばん上の子がルーシー、十六歳、つぎがポール、十五歳、そして、ヴェロニカとジミー。この二人は七歳と八歳。

「かわりばんこにパパと出かけるのよ」なぜ資金集めパーティの会場のそばにいたのかとリズが質問すると、ルーシーが答えた。「ポールとあたしの番だったの。でね、あたしたち、弟や妹のトレーニングをやってるとこなの。女の人たちが処刑室に入っていこうとするときに、どう声をかければいいのか、まだ生まれてない赤ちゃんを殺さないようにって、どうやって説得すればいいのか」

ルーシーの声はおだやかで、感情がなかった。

「学校を休んでも、先生たち、何もいわないの？」リズはきいた。

「あたしたち、自宅学習なのよ。だから、学校では、キリストが十字架にかけられたことを否定するよう無神論者たちが生徒に強要してるけど、あたしたちはそんなことされずにすむの」

この言葉は丸暗記されて自動的に出てくるように見えた。親はどうして子供たちをカトリックの学校へやらないのだろうと、リズは不思議に思った。たくさんあるから、よりどりみどりのはずなのに。だが、子供たちと、もしくは、母親たちと議論を始めるべきでないことは、リズも心得ていた。

「で、二人が港に残ってチラシを配り、あとの二人がお父さんについていったのね？」

「ジミーとあたしが港に残って、ポールとニッキーが、あ、ヴェロニカのことだけど、パパと一緒に小道を歩いてったの。パパはピケを張ってる人たちの様子を見にいったのよ。ずっと一人で立ってると、ときどき落ちこんじゃう人がいるから。キリストを憎んでる連中が車のなかから投げつける言葉ときたら、信じられないぐらいひどいの。仲間の女性の一人なんて、泣きだしちゃったのよ。ニッキーがその人を元気づけたの。そうよね？」

七歳の少女が無言でうなずいた。ポールとジミーも沈黙していた。湖の小道で何か見るか、きくかしなかったかと、リズが尋ねたときも、黙って首を横にふっただけだった。

「あなたがチラシを渡した女の人だけど、ほら、それをお父さんに投げつけた人ね、湖の小道で姿を見なかった？」

ニッキーとポールはふたたび首を横にふった。

「二人でずっと一緒にいたの？」リズはなにげなく尋ねた。

リズに秘密を見抜かれたかのように、ニッキーがハッと息を呑んだが、ルーシーが横から口をはさんだ。「もちろんよ。この二人はずっと一緒だったわ」

「あなたは資金集めパーティがひらかれてるヨットのそばに残ってたんでしょ」リズはいった。「あなた、何を見たの、ニッキー？」

「見てない。見えなかった。霧が出てたもん」年下の少女は息を切らして答えた。「ポールを見失ったような気がしたけど、ずっとあたしの横にいたの。あたし、泣きだしちゃった。あ、あのね、もう少しで泣くとこだった」

「そうそう。あんたはもう大きな女の子。泣くのは赤ちゃんだけよ」ルーシーがいった。

リズはニッキーが何かに怯えるのを見たという確信があったので、おだやかな口調で探りを入れようとしたが、ルーシーが妹のかわりに返事をつづけ、とうとう、大人の一人が子供たちへの尋問はもう充分だろうといいだした。これ以上の質問はやめてくれ。

いま、ネットカフェのなかで、リズはじっくり考えようとした。子供は何かを見ている。でも、何を？　子供がよくやるように、兄のそばを離れて、いきなり駆けだし——雁、カモメ、船。どれもみな、中絶反対を叫んでばかりの人生でまたしても反対運動をやるより楽しいものばかりだ——叱られたのだろうか。それとも、父親に襲いかかった犯人を目撃したのだろうか。

すでに午後十一時になっていた。リズはパニックを抑えようとした。考えて。考えて。このどこかに手がかりがある。リズ自身のメモ——死体を発見した女性は、子供の泣き声をきいたような気がしたといっていた。

ニッキーだわ——リズは思った。霧のなかで兄の姿を見失ったと思いこんだカルヴァー家の小さな女の子。笑顔でいるようにといわれたのに、泣きだしてしまった。小さな子をそんなふうに扱うなんて、まったくひどすぎる！

パニック。そして、今度は怒り。刑事にとっては、二つの悪い仲間だ。リズはUSBメモリを抜いて、夜の街に戻った。

犯行現場までふたたび車を走らせたが、暗すぎて何も見えなかった。リズの弟がダウンタウンにアパートメントを持っている。デンマークへ発つとき、リズに鍵を渡してくれた。リズは公園を横切って、そのアパートメントに入り、客用のベッドで数時間寝たが、空が白みはじめたとたん、ふたたび、カルヴァーの死体が発見されたベンチまで行った。

夜のあいだに風向きが変わっていた。この一週間、街を包みこんでいた霧が、ようやく消えた。リズは湖畔と港のあたりを休みなく歩きまわった。ベンチはどこもホームレスに占領されていて、身のまわりの品々は、真夜中に荷物を奪いとられるのを防ぐために身体の下に用心深く敷いてあった。連中を目にするたびに、息をしているかどうかたしかめたが、わざわざおこそうとはしなかった。だが、四分の一マイルほど歩いたところで、水色のブレザーをたたんで枕がわりにしている一人のホームレスを見つけた。

部下の刑事たちをひきつれ、ブレザーを持って、フィンチレーみずからがカルヴァー家のあるラ・グレーンジ・ロードまで車で出かけた。リズも同行させたが、いまだ保護観察中の身であることをいいきかせ、ひと言もしゃべるなと釘を刺しておいた。

ミセス・カルヴァーが玄関に出てくると、フィンチレーはブレザーを見せた。「月曜の大混乱のなかでご子息のポールくんがこれをなくしたようですが、奥さん、鑑識へ検査にまわす前に、ポールくんのものかどうか確認したいと思いまして」

奥のほうから子供たちの声がきこえてきた。フィンチレーからはちょうど見えない場所で、長女のルーシーが小さな子に算数の問題の解き方を教えている。リビングの隅からは、ネットでやっているスペイン語のレッスンが流れてくる。大人が四六時中出入りすることに子供たちは慣れっこなので、警察がきても注意を払わなかったが、やがて、ピーナッツバター・サンドを持って通りかかったニッキーが大声をあげた。「ポール、この人たちがブレザー持ってきたよ」

突然、玄関に子供たちがあふれた。『ピーターパン』にあるように、あらゆるドアや、あらゆる家具からころがりでてきたように見えた。ミセス・カルヴァーが困惑の表情で周囲を見まわした。

「ポール、これ、おまえのブレザー？　月曜日の抗議デモのときになくしたの？」

少年の顔は真っ青だった。無言で一分ほどブレザーを見つめ、やがて、顔をゆがめて泣きだした。

母親が眉をひそめた。「人前で泣いちゃだめでしょ、ポール。イエスさまを見習って感情をコントロールしなくては。イエスさまはわたしたちのために、泣くことなく命を落とされたのよ」

「イエスなんてうんざりだ！」ポールは叫んだ。

兄弟姉妹がいっせいに息を呑み、ポールからあとずさった。

「ぼくは見世物にされたくない。うちにはたくさん子供がいて、避妊なんかしてないってことを、みんなに見せるために、ぼくが法廷に立たされるなんていやだ。デモもクリニックも行きたくない。サッカーやったりして、同じ年のみんなと同じ人生を送りたい！　母さんに何回もそういっただろ。父さんにもいった。それなのに、二人とも子供のことなんか考えてもくれない。ぼくらはただの小道具だったんだ。人前で見せびらかすことのできる小道具。父さんがあのベンチにすわって、まだ生まれてない子供たちに対するぼくの義務について説教を始めたから、〝生まれた子に対する父さんの義務はどうなんだよ。ぼくたちに対する、父さんの子供に対する義務は？〟っていってやったら、父さん、ぼくを殴りつけた。殴り方がひどすぎた。

ぼくはあのプラカードを拾いあげた。血を流す赤ん坊の絵がついてる、あのくだらないやつ。父さんは血を流す赤ん坊を崇拝してたくせに、ぼくらが父さんに殴られて何回血を流しても気にしなかった！　それから、母さん、母さんは〝アーメン、父さんに何をいわれてもイエスさまに感謝なさい〟っていっただけだった。で、ぼくは父さんを殴ってやった。どんなに痛いか、わからせてやりたかったんだ。何回も、何回も、何回も殴って、そのうちニッキーが泣きだした。ぼくのブレザーに血が飛んでしまったから。で、港にブレザーを捨てて、ニッキーを連れてアイスクリームを食べにいって、そのあとはひざまずいてひたすらロザリオの祈りをあげたけど、ぼくが唱えたのは〝神さま、ありがとう。あのけだものが二度とぼくたちを殴れなくなって〟っていうだけだった」

署に戻ってから、ポールはどうなるのかとリズはフィンチレーに尋ねた。

「あの子は未成年だ。大きな心理的ストレスにさらされてた。優秀な弁護士がつけば、チャンスがあるかもしれん」

「いやいや、あの母親がいる！」オリヴァーがいった。「裁判で有罪にならなかったとしても、母親が息子の生皮をはいで、自分でフライにしちまいますよ」

「うん、おれもそう思った」フィンチレーは同意した。「マーチェク——けさ、犯行現場で何をしてたんだ？　事件から離れているようにと、おれがじきじきに命令したというのに」

「あのう、警部補、眠れなかったので散歩に出たんです」真実を不完全に伝えるのが結果的に嘘となることについて、ユダヤの律法はどういっていただろう？　リズは思いだせなかった。

「マーチェク、おれがミセス・カルヴァーだったら、上層部に報告して懲戒処分を求めるだろう。だが、おれはあの女よりさらに冷酷だ。きみをビリングズと組ませて現場に戻すことにする。だが、今後も犯罪の目撃者と個人的に接触するようなことがあれば、たとえ相手が夢遊病者であろうと、きみのシナゴーグで顔を合わせただけだろうと、最初におれのほうへ報告をよこさなかった場合は、バッジを返してもらう。わかったな？」

「わかりました、警部補」リズは敬礼をして部屋を出た。

「なんだ、いまのは？」オリヴァーがきいた。

「わたしがスタンドプレーをやったものだから」リズは答えた。「警部補がムッとしたの」

グネイヴァト・ダート。そう、心を盗んだ罪。またしても、真実を半分しか告げなかった。ひょっとすると、四分の一かもしれない。今夜、祖父にすべてを打ち明け、ユダヤの律法から見て、多少は許されることなのかどうか、祖父の意見をきいてみよう。

訳者あとがき

V・I・ウォーショースキー・シリーズの一作目 *Indemnity Only*（邦題『サマータイム・ブルース』）がアメリカで出版されたのが一九八二年のこと。今年がちょうど、デビュー三十周年にあたる。それを記念して、今回、この短篇集が出版される運びとなった。光陰矢のごとし。三十年もたったなんて信じられない。早川書房の編集部へ原稿を届けにいったときに、「これ、訳してみませんか」と『サマータイム・ブルース』の原書を渡されたのが、アメリカでの出版から二年後の一九八四年のことだった。長い年月が流れたのに、編集部の雰囲気やまわりにいた編集者の顔がいまも鮮明によみがえってくる。思いだすと、なんだか胸がキュンとするほどなつかしい。

パレツキーの長篇小説はすでに、V・Iのシリーズ十四作とノンシリーズ二作が翻訳出版されているが、短篇集のほうは本書が二冊目となる。

一冊目の『ヴィク・ストーリーズ』が出たのは一九九四年。早川書房の招きによるパレツキーの一回目の来日のときに、それを記念して出版された。翻訳作業が『バースディ・ブルー』と同時進行でけっこう大変だったのを記憶している。『ヴィク・ストーリーズ』という邦題からもわかるように、収録作品はすべてV・Iを主人公にしたものだった。それに対して、本書は第一部の四篇がV・Iの物語、あとの六篇はシリーズから離れた作品となっている。

シリーズ外の六篇のうち、「命をひとくち」、「スライドショー」、「フロイトに捧げる決闘」「偉大なるテツジ」は完全に独立した作品だが、残る二篇の「分析検査」、「ポスター・チャイルド」では、V・I・シリーズとのつながりがちらっと顔をのぞかせている。「分析検査」には、プロビット・エンジニアリング研究所の場面にサンフォード・リーフなる人物が登場する。V・Iが頻繁に利用しているチェヴィオット研究所の男性と同姓同名。勤務先がちがうからチェヴィオットのリーフとは別人と解釈すべきだろうが、同じ名前を使ったのはパレツキーの遊び心かもしれない。

また、「ポスター・チャイルド」にはシリーズでおなじみのフィンチレー警部補が登場し、部下の女性刑事を叱責するさいにV・I・ウォーショースキーの名前を出したりしているので、ファンなら思わずニヤッとさせられることだろう。

本書に収録された短篇のなかで、個人的に興味を覚えたのは「V・I・ウォーショースキー最初の事件」だった。『サマータイム・ブルース』に、V・Iが夫との離婚の直接の原因となった事件のことを語る場面がある。ロティの紹介で訪ねてきた女の子から、盗みの疑いをかけられた兄を助けてほしいと頼まれ、事件の調査にのめりこむあまり、夫が勤務する法律事務所のパーティをすっぽかして彼を激怒させ、ついに別れることになったというもの。これがV・Iの手がけた最初の事件だと思っていたのだが、なんと、それよりずっと若いころに、というか、子供時代にとんでもない事件に巻きこまれていたことが、今回明らかになった。V・Iの悪ガキ時代を知ることができて、なんとも楽しい作品である。

それから、「偉大なるテッジ」に関してひとこと。題名となっている囲碁名人の〝テッジ〟というのが気になって調べてみたが、この名前の名人が見つからなかったので、実在の人物かどうかを確認するため、パレツキーに問いあわせてみた。その結果、架空の人物であることが判明した。じつは、この名前、パレツキーの勘違いから生まれたもののようだ。〝手筋〟という囲碁用語を〝テッジ〟だと思いこんでいて、それを人名として使ったとのこと。裏話がきけて、ちょっとおもしろかった。

ハードボイルドの世界にV・Iを送りだして三十年目を迎えたパレツキーはますます創

作意欲に燃えていて、二〇一二年一月には、ウォーショースキー・シリーズの十五作目となる*Breakdown*が出版されている。翻訳をお届けできるのは九月ごろの予定。前作『ウィンター・ビート』に負けない分厚さで、V・Iの世界を堪能していただけることと思う。どうぞお楽しみに！

二〇一二年四月

訳者略歴　同志社大学文学部英文科卒，英米文学翻訳家　訳書『ナイト・ストーム』パレツキー，『五匹の子豚』クリスティー，『漂う殺人鬼』ラヴゼイ（以上早川書房刊）他多数

HM=Hayakawa Mystery
SF=Science Fiction
JA=Japanese Author
NV=Novel
NF=Nonfiction
FT=Fantasy

アンサンブル

〈HM(104)-23〉

二〇一二年五月二十五日　発行
二〇一四年三月　十五日　二刷

（定価はカバーに表示してあります）

著者　サラ・パレツキー
訳者　山《やま》本《もと》やよい

発行者　早川　浩
発行所　株式会社　早川書房
郵便番号　一〇一 - 〇〇四六
東京都千代田区神田多町二ノ二
電話　〇三 - 三二五二 - 三一一一（大代表）
振替　〇〇一六〇 - 三 - 四七七九九
http://www.hayakawa-online.co.jp

乱丁・落丁本は小社制作部宛お送り下さい。送料小社負担にてお取りかえいたします。

印刷・三松堂株式会社　製本・株式会社明光社
Printed and bound in Japan
ISBN978-4-15-075373-3 C0197

本書は活字が大きく読みやすい〈トールサイズ〉です。